身代わりの侯爵夫人

アン・ヘリス 作
長田乃莉子 訳

ハーレクイン・ヒストリカル・スペシャル
東京・ロンドン・トロント・パリ・ニューヨーク・アテネ・アムステルダム
ハンブルク・ストックホルム・ミラノ・シドニー・マドリッド・ワルシャワ
ブダペスト・リオデジャネイロ・ルクセンブルク・フリブール・ムンバイ

BARTERED BRIDE

by Anne Herries

Published by Harlequin K.K., Tokyo, 2013

アン・ヘリス

イギリスのケンブリッジに住んでいるが、冬のあいだは夫とともにスペインのジブラルタル海峡に面したマラガのリゾート地で過ごすことが多い。青い海の白い波頭を眺めながら、涙あり笑いありの、ロマンチックな恋物語の構想を練るという。

主要登場人物

シャーロット・スタントン……貴族の娘。愛称ロティ。
クラリス・スタントン……ロティの双子の妹。
サー・チャールズ・スタントン……ロティとクラリスの父親。
ベス……ロティとクラリスの伯母。レディ・ホスキンス。
アガサ……サー・チャールズの従姉妹。レディ・フォックス。
ニコラス……ロスセー侯爵。
ヘンリエッタ……ニコラスの名づけ親。シェルビー伯爵夫人。
レディ・エリザベス・マディソン……ニコラスのかつての恋人。
バートラム・フィッシャー……ニコラスの友人。愛称バーティ。
ジェブ・ラーキン……侯爵家の森番。
サム・ブレーク……密猟者。
リリー・ブレーク……サムの妻。
ディコン・ブレーク……サムの従兄弟。

プロローグ

ロスセー侯爵ニコラスは今年二十九歳、背が高くハンサムだが、人に冷淡な放蕩《ほうとう》者として社交界では知られている。その彼がいま、途方に暮れた表情で見おろしているのは、シェルビー伯爵夫人ヘンリエッタだった。彼女は小柄で、かかとの高い靴を履いても、頭のてっぺんが名づけ子の肩にも届かない。けれども、この世の中でニコラスが本当に心にかけている相手はこの伯爵夫人ひとりだった。

「跡継ぎをもうけるために結婚しろって言うんですか、ヘンリ?」ニコラスは疑わしげな顔で自分の名づけ親を見た。「ですが、縁結びの大好きな世の奥方たちは、ぼくには近づいてもきませんよ。みんな、大切な令嬢を堕落させられやしないかと怯《おび》えているんです」

「あんな連中は、どうしようもないおばかさんばかりだわ」ヘンリエッタは憤りに目をきらめかせた。「自分でもよくわかっているんでしょう。若い令嬢の中には、よろこんであなたと結婚したがる人たちがたくさんいるっていうこと」

「ぼくの財産に目がくらんで、でしょう?」

ニコラスの瞳が陰り、顔は頑《かたく》なにこわばった。

「跡継ぎを生んでもらったら、あなたはその見返りとして、妻が一生安楽に暮らせるように面倒を見なくてはいけないわ。子どものためなら、そのくらいのことはしたってかまわないでしょう? 一族に対するあなたの義務ですもの、ニコラス。それに、お父さまだって、死の床であなたに跡継ぎをもうけるよう言い残したじゃありませんか。あなたはもうすぐ三十歳ですよ。年をとってからでは遅いのよ」

こんなことを面と向かって彼に言うのは、この名づけ親くらいのものだろう。「従兄弟《いとこ》のレイモンドがいるでしょう。彼がぼくの跡継ぎということにはなりませんか？」

「あのたわけ者？　あの子が興味を持つことといったら、自分の見てくれと社交界の噂話《うわさばなし》ばかりだわ」伯爵夫人は強い視線でニコラスを見すえた。「あなた自身のためにはしないと言うなら、わたしのために身を固めてちょうだい。レイモンドなんかを一族の長として仰ぐことになったら、わたしは情けなくて、あっという間に死んでしまうわ」

「気の毒なヘンリ」ニコラスはやさしくほほえんだ。そうやって笑うと、彼はロンドンの社交界で知られる冷淡な人物とは別人のように見えた。「従兄弟がまた、ぼくの不品行についてあなたのところへ進言しに行ったんですか？　彼は最近、ぼくのところへも来ましたよ。家名への義務を説くためにね。適当に追い払いましたが」

「当然だわ。あなたのすることにとやかく言う権利が、レイモンドにあるとでも思っているの。でも、だからこそなおさら跡継ぎをもうけなくてはいけないのよ。もしもレイモンドが、そのうちに家督がまわってくるかもしれないと考えはじめてごらんなさい。ただでさえうぬぼれが過ぎるのに、もっと手に負えなくなるに決まっているわ。そして、ずっとあとになって、あなたに跡継ぎが生まれたらどうなると思うの。レイモンドの恨みを買うことになるわよ」

「ヘンリエッタ」ニコラスは思わず伯爵夫人の体を足が浮くほど高く抱き上げて、その頬にキスした。「失礼。でも、あなたがあんまりやさしいことを言うからですよ」

「わたしはあなたの倍ほどの年齢なのよ。それなりの敬意を持って接してちょうだい」けれど、彼女の瞳は笑っていた。「せめて結婚のことを考えてみてくれるわね、ニコラス？」

ニコラスは名づけ親の目の端に涙が光っていることに気がついた。跡継ぎの件は彼女にとっても重要な問題なのだろう。おそらく、ずっと望んでいたのだろうに、彼女自身はついぞ子どもに恵まれなかったし、最近では体調もあまり思わしくない様子だ。

心の中ではニコラスも、伯爵夫人の言い分の正しさを認めていた。そろそろ侯爵家のために跡継ぎをもうけるべきころ合いだろう。彼の父親も臨終の間際に、かならず跡継ぎをもうけるようにと言い残したのだ。

ところが困ったことに、独り身に慣れきったニコラスは、いまの暮らし方を変えたいとは微塵《みじん》も思っていなかった。色恋は面倒なだけだから、なんとしてもごめんこうむりたい。だが、便宜的な結婚だったら、ぼくの都合に合うんじゃないのか？　ヘンリエッタも言ったように、跡継ぎをもうけるのはぼくの義務だ。ぼくに妻がいないせいでヘンリエッタがこんなにも気を揉《も》むなら、一度よく考えてみるべきかもしれない。

「あなたのために、跡継ぎの問題を検討しましょう。パリから戻ったら、かならず」

「パリへ行くの？」

「ええ、二、三週間ですが。気分を変える必要がありましてね」

「あなたに必要なのは、熱い情熱をわき立たせる恋の冒険よ」ヘンリエッタは反論した。「お金で片のつく女優や踊り子との関係を言っているのではないわ。あなたはあらがいようもなく恋に落ちて、もう一度、命の息吹をその身に吹きこまれる必要があると言っているの」

「愛なんてものは作り話だ」ニコラスは口元を軽蔑にゆがめた。「結婚するなら、相手は夫の自由な暮らしぶりを理解する女性でなくてはいけない。妻はぼくの跡継ぎを産み、ぼくは妻に家と、身を飾る宝石を与える。もちろん、ぼくを夫とするような愚かな女性がいればの話ですが」

たとえヘンリエッタのためであっても、愛に心と魂を明け渡すつもりはなかった。ニコラスは愛が人を破滅させるさまを、目の当たりに見て知っていた。彼の父親は妻を熱愛しており、その妻が亡くなったあとは、ありとあらゆる人を遠ざけるようになってしまったのだ。自分のひとり息子でさえも。

ニコラスも、若い時分にはいっとき、恋に落ちたと思いこんだことがある。だが、恋の告白を相手に笑って退けられ、手痛い教訓を学んだ。その令嬢、エリザベスのあと、ニコラスはどんな女性にも夢中になるまいと心に誓ったのだ。

「ぼくには恋心なんてものは無用なんですよ、ヘンリ。恋は愚か者のすることだ」

「仕方がないわ。言うだけのことは言いましたよ。あとは自分の思うようになさい、ニコラス。それじゃあ、わたしはこれで失礼させていただくわ」

「もう帰るんですか？　少しゆっくりして、いっしょに食事をしていってください。あなたが訪ねてきてくれるなんて、滅多にないことですからね」

「あなたがロスセー・マナーへちょくちょく帰りさえすれば、わたしだってもっと頻繁に顔を見に行きますよ。近ごろ、ロンドンは騒がしすぎて身にこたえるの」

「そんなに体の具合が悪いんですか？」一瞬、ニコラスの瞳に気遣わしげな色がよぎった。

ヘンリエッタはほほえんだ。冷淡でよそよそしい物腰の下には、彼女の愛した少年がまだちゃんと息づいていた。

「いいえ、体調は悪くないわ。そうね。もう少しゆっくりして、お昼でもいただこうかしら……」

1

シャーロット・スタントンが手紙を持って居間へ戻ると、伯母のレディ・ホスキンスは尋ねた。「あなたのお父さまからの手紙なの？」

「クラリスからよ」ロティはほほえんだ。「もっと前に手紙を書かなかったことを謝っているわ。でも、忙しかったんですって」

「忙しかった！」ベス伯母は鼻で笑い、お気に入りの姪《めい》に目を向けた。「双子の姉に手紙も書けないほど忙しかったというの？　あなたのお父さまといい、妹といい、あきれたところはどっちもどっちね。わたしみたいな半病人の世話をあなたひとりに押しつけて、親子でパリへ遊びに行ってしまうなんて」

「わたしはパリへなんか行きたくなかったわ」ロティは小さな嘘《うそ》をついた。「それに、おばさまがひとりで家にいるだろうと思ったら、旅行をしても楽しくないんですもの」

「ばかをおっしゃい。わたしの世話ならメイドがいるじゃないの」レディ・ホスキンスはそう応じたが、声音にはひとりで取り残されたくない気持ちが正直に表れていた。

「わたしはお父さまと賭博場で浮かれ騒ぐより、おばさまとここで静かに過ごすほうがいいわ」

「クラリスが賭博場で羽目をはずさないように心から祈るわ」伯母は不安そうに言った。「年ごろの若い娘にあってはならないことですよ。あなたのお父さまの博打《ばくち》好きは生まれついての悪い癖で、もうどうにもならない。気の毒なわたしの妹は、あの悪癖のおかげで命を削ったのよ。夫が湯水のように賭けにお金を注《つ》ぎこんでしまうんですもの」

「お父さまのせいで、お母さまは苦労が絶えなかったわ」ロティは悲しげに瞳を曇らせた。「身も細るような思いでお金の心配をしながら、ヨーロッパ中の賭博場をお父さまについてまわったんですもの。この家だけは売られずにすんで本当によかった。もちろん、一部は抵当に入っているけれど、銀行はもうお父さまにお金を貸してくれない。かえって、それでよかったわ。さもなければ、わたしたちには住む家も残されなかったところですもの」

ロティはこぢんまりとした部屋の中を見まわした。家具やカーテンは古く、色褪《いろあ》せているけれど、彼女にとっては居心地のいい住みかだった。

「それでクラリスはほかになんと言ってきたの？」手紙のつづきを読むために、ロティが椅子に腰かけると、ベス伯母は尋ねた。

「お父さまがイギリス人の侯爵を相手にカードで賭けをして、大金をなくしたそうよ……」ロティは妹からの手紙をめくり、怒りに満ちた文面にすばやく目を走らせた。「まあ……お父さまったら、なんてことを。いくらなんでもやりすぎよ。クラリスが怒るのも無理ないわ」

「何があったの？」

ロティは伯母のほうへ手紙を差し出した。ベス伯母は額にしわを寄せながら、もうひとりの姪からの手紙を読んだ。

「ばかげてるわ。なんてひどい。どうしてこんなことができるの？」ベス伯母はつぶやいた。

「ひどいって、お父さまが申し出を受けたこと？ それとも、そのあきれた要求をした侯爵のほう？」

「両方よ」伯母は憤然として答えた。「こんな話は聞いたこともないわ。賭けに負けてできた借金の代わりに、クラリスを差し出そうとするなんて。とんでもないことですよ！」

「侯爵はクラリスと結婚すると言ったそうよ」ロテ

ィは考え深げに言った。「ある意味、クラリスにとってはいいことかもしれないわ。侯爵はもっと不名誉な要求を――クラリスに愛人になるように要求したかもしれないんですもの」

　ベス伯母はかぶりを振った。「この侯爵は不道徳なごろつきにちがいないわ。きっとあの子の父親のような年齢なのよ。いやらしい老人が、若い娘を餌食にしようとしているんだわ」

「だとしたら、クラリスを結婚させるわけにはいかないわ」ロティは立ち上がった。「すぐに詳しいことがわかるはずよ。お父さまもクラリスも数日中に帰ってくると書いてあるわ。侯爵が帰りの旅費をくれたのだそうよ。そうでなければ、ふたりともフランスで立ち往生していたところだわ」

「だけど、どうやって賭けの代金を支払うの？　わたしには財産なんて何もない。真珠の首飾りならあるけれど、あれはロティ、あなたが結婚するときに贈ろうと思っているものなのよ。そのほかには年に五十ポンドの収入だけだわ。クラリスには、以前婚約したときにガーネットの首飾りをあげたけれど、婚約を解消しても返してくれなかった。わたしが死んだら、わたしのわずかな持ち物は全部あなたに遺《のこ》すつもりなの」

「不吉なことを言わないで。おばさまにはうんと長生きしてもらいたいわ。それに、わたしは結婚なんかしないかもしれない」

「どうして？　あなたはクラリスに負けないほど美しいし、人柄はあなたのほうがずっとすぐれているじゃないの。クラリスには、これまでにいいお話がたくさんあったわ。なぜあなたが結婚できないわけがあるの？」

　ロティはため息をもらした。「結婚するなら、愛する人と結ばれたいわ。でも、お母さまは心から愛した人と結婚して、あっという間に夢を打ち砕かれてしまったのよ」

「妹は愚かだったわ」ベス伯母は言った。「でも、人生なんてわからない。わたしは家柄の面でも、財産の面でも申し分のない相手と結婚したけれど、いまはこのありさまよ」

ロティはうなずいた。伯母の夫だった人は、賭博ではなく、投資に失敗してほとんどの財産を失ってしまった。夫の死後、伯母は屋敷すら売らざるをえなくなり、妹のもとに身を寄せて暮らすようになったのだ。そして、その妹が亡くなったあとは、遺された娘たちの面倒を母親代わりに見てくれている。姉妹のうち少なくともロティのほうは、この伯母を心から慕っていた。

「わたしたち姉妹のどちらかが裕福な男性と結婚すれば、暮らし向きが楽になるかもしれないわ」ロティは眉をひそめた。「でも、クラリスはかんかんに腹を立てていて、とても結婚を承知するとは思えないの。あの子が侯爵と結婚しなければ……」

「わたしたち、この家を失うことになるのかしら」伯母の顔に心配そうな表情が浮かんだ。「そうなったら、どこへ行って暮らせばいいの、ロティ？」

ロティには見当もつかなかった。近ごろ、彼女は眠れない夜を過ごすことが多くなった。父が賭博台でなけなしのお金をすべて失ってしまったら、どうしたらいいの？　今回のパリへの旅行も、行かないでほしいと父にすがるように頼んだけれども、無駄だった。しかも、クラリスまでが強引についていってしまったのだ。そして、いまや父は払いきれないほどの借金を背負って家へ帰ってくるという……。

ロンドンの屋敷へ戻ったニコラスは、玄関の棚の上へ手袋を乱暴に投げだした。大理石の床に響く靴音が、高い天井に幾重にもこだまする。帰国した侯爵の機嫌があまりよくないことは、顔つきを見れば明らかだった。

「よいご旅行でしたか、だんなさま？」執事は思いきって声をかけた。

「いいや」ニコラスはぴしゃりと答えた。「二、三日、領地へ行ってくる。荷物を用意させておいてくれ」

「かしこまりました。ほかにご用は？」

「何もない……ああ、そうだ。ぼくに祝いの言葉をかけてくれてもいいぞ、バレット。近々、結婚することになった」

驚いた執事をその場に残し、ニコラスは足早に階段を駆けあがった。今度の惨めな結婚話にいい側面があるとすれば、それは世間をあっと言わせることができるという一事だろう。彼はおもしろくもなさそうにほほえんだ。少なくともまだ社交界と自分自身を笑うくらいのことはできるわけか。しかし、なんだってぼくはあんなことをしてしまったんだ？

結婚について考えると、確かにヘンリエッタには約束した。だが、会ったばかりの相手、しかも、あんないかがわしい女と婚約するとは、どうしたことだ？

ニコラスは最初、賭けで負けた金の代わりに娘を差し出そうとしたサー・チャールズ・スタントンの申し出を断った。しかし、ひと晩たって、ニコラスは考え直した。妻を持たねばならないなら、どんな相手でも同じではないか。エリザベスにあざ笑われ、ニコラスは二度と女性に心を捧《ささ》げまいと決意した。であれば、サー・チャールズの提案は彼の問題を解決するのにまさにうってつけの方法だ。クラリスが淑女として育てられた娘であることにまちがいはない。だが、取り引きに同意したときには、露ほども知らなかったのだ。その娘が野良猫のようにさもしい心根の持ち主だったとは。

ニコラスがみずからのあやまちに気づいたのは、

サー・チャールズが弁護士に作らせた契約書にサインした翌日のことだった。友人がパリを訪れていたので、ニコラスはいっしょに賭博場へ出かけた。友人のラルフ・サールストンはそこでしたたかに酔っぱらい、ニコラスも普段よりかなり酒を過ごしてしまった。姿の見えない友人を捜していたニコラスは、賭博場の奥の個室で彼を見つけた。そのとき、ラルフはベッドにあおむけになって正体もなく眠っており、そしてこともあろうに、長い金髪をしどけなく垂らした若い娘が彼のポケットを探っている最中だった。くしゃくしゃに乱れた髪やドレスから見て、おそらく娘は直前まで、ラルフといっしょにベッドの中にいたのだろう。

「何をしているんだ？」ニコラスは険悪な口調で尋ねた。

「当然もらえるはずのものを、もらっているのよ」いらだちに緑の瞳をきらめかせて、娘は答えた。「この人はわたしに借りがあるの。ここにあるだけじゃ、とても足りないわ」

「男とベッドをともにするのは、これがはじめてだと言うつもりか？」

「わたしの答えをあなたは信じるの？」

「いいや」

「だったら、何も答えるつもりはないわ」

ニコラスは黙って娘を行かせた。実のところ、たったいま目にした光景にかなり面食らっていた。少したってから人の集まっている広間へ戻ると、賭博台の前にサー・チャールズの姿があった。そして、彼の背後には若い女性が立っていた。ついさっき、友人のポケットを探っていたあの娘だ。クラリス・スタントン。彼の未来の花嫁。

「ああ、侯爵」サー・チャールズが賭博台から顔を上げた。「ここに座ってくれ。今夜は娘のクラリスがわたしに運を運んできてくれたんだ。正真正銘のすっからかんだったのに、この子が十ギニー持ってきてくれた。おかげで二百ギニーも勝ったんだ」

だがその金も、サー・チャールズが席を立つころには、まちがいなく使いはたされていることだろう。ニコラスは年若い娘をまっすぐに見すえた。すると、相手はぱっと赤くなった。ニコラスはその夜までサー・チャールズの娘とは会ったことがなかった。結婚を決める契約書にサインしたのはまったくの衝動だったし、サー・チャールズの娘は美しいと噂《うわさ》に聞いてはいたものの、実際の容姿にはさして興味も湧かなかったからだ。跡継ぎを産んでくれる相手が見つかったことだけが肝心だった。

　ニコラスは戦慄をおぼえた。身持ちの悪い泥棒女と結婚の契約を交わしてしまった。ぼくはなんというばか者だ！

　なんとかして契約を破棄しなくてはならない。だが、いったいどうしたらいいんだ？　賭博台の父親をしきりにけしかける娘を見て、ニコラスの胸に怒りが湧いた。サー・チャールズが二千ポンド近い金を稼いで席を立つと、娘は勝ち誇った目でニコラスを見やった。まるで、わたしのことを世間に言えるものなら、言ってごらんなさいと挑むように。

　言うまでもなく、ニコラスはこの日の出来事について沈黙を守った。人に知られたら彼もラルフもいい笑いものだし、折悪《おりあ》しく友人は、さる名家の令嬢との婚約がまさに決まったばかりなのだ。ラルフはパリへ独身最後の浮かれ騒ぎにやってきて、あり金全部をなくしたわけだが、その原因が賭博でなかったとは本人は知りもしていないだろう。

　ニコラスは翌日、パリを離れた。未来の義理の父親には、娘といっしょにイギリスへ帰り、これからの指示を待つようにと、かなり厳しい調子の手紙を書き送った。

　ロンドンへ着くと、彼はその足で侯爵家の法的諸事をとりしきる弁護士のもとを訪れ、パリで作った契約書に何かほころびがないかを調べさせた。だが、契約書の文面に手抜かりはなかった。もちろん、契約を破棄し、娘に違約金を払って片をつけることもできるだろう。だが、あの娘と手を切るには、おそらく法外な金額を支払わされるにちがいない。その後の世間の騒ぎを考えて、彼は固く唇を結んだ。

やはり、相手の側から契約を取り消したいと言わせたほうがいい。いずれにしろ、行きつけの紳士クラブで笑いものになるのは避けられないだろうが、サー・チャールズの娘に先に手を引かせるほうが、まだしも人聞きは悪くない。

闇雲にあんな契約を交わしたのはぼくの失態だ。ヘンリエッタを責めるわけにはいかない。彼女だって、こんな向こう見ずな結婚を勧めたわけではないのだから。ニコラスはゆがんだ笑みを浮かべた。皮肉なものだ。相手があんな泥棒女でさえなければ、今回の結婚はまさしくぼくにおあつらえ向きだっただろうに。サー・チャールズの娘は確かに美しかった。彼女にしても、契約に協力的であれば、子どもをひとりふたり産んだあとは、侯爵家の財産で好きなように暮らせただろう。

とはいえ、いまのところは正式な手順に従って事を進めなければならない。ヘンリエッタに結婚のことを知らせて、いずれは『タイムズ』紙にも結婚の告知記事を載せなくては。妻を迎えるとなれば、領地の屋敷にも知らせをやり、いろいろと準備させなくてはならないだろう。

妻……。ニコラスは刃物で胸をえぐられたような気がした。かつてはどうしても妻にしたいと思った女性がいた。けれど、エリザベスは面と向かって彼の申し出を笑い、年上で、侯爵家よりさらに財産のある相手と結婚してしまった。傷ついた自尊心を何年もそのまま腐らせていたが、そろそろ過去にけりをつける潮時だろう。今回の騒ぎが終わったら、本気になって自分にふさわしい妻を見つけなくてはならない。

「あんな人とは結婚しないわ。パリでお父さまにもそう言ったのよ。あなたに手紙を書いたあと、お父さまが賭博に勝って少しはお金を取り返したの。だから、この家を売れば、きっと借金を返せるわ」

紅潮した双子の妹の顔を見て、ロティはいぶかしんだ。クラリスは自分のこと以外頭にないの？

「ベスおばさまとわたしはどうなるの？　家が人手に渡ったら、どこへ行けばいいのよ」

「わたしがお金持ちと結婚して、ロティとおばさまを助けてあげる」クラリスは笑った。

「でも、その侯爵はお金持ちなんでしょう？　お父さまがそう言っていたわ」

「そうね。確かにお金持ちよ。でも、あんな人、好きじゃないわ。高慢ちきで冷たい人なの」

クラリスはブラシを取りあげて、姉の髪をとかしはじめた。

「侯爵なんて大嫌い。あんな人と結婚しろだなんて、お父さまはひどすぎるわ。そのくらいなら死んだほうがましよ。それにわたし、好きな人ができたの。パリで会った人よ。彼のほうもわたしのことを愛していると思うわ」

ロティはため息をついた。「相手がそんなにも不愉快な人なら、あなたと結婚させるわけにはいかないわ。侯爵は相当年をとっているのね？」

「ええ、まあ、中年よ。そうね……三十歳か、もっと上かしら」

「だったら、年をとっているとは言えないわ。見栄えの悪い人なの？」

「いいえ、見栄えは悪くないわ……いかめしい感じよ」クラリスはブラシを置いた。「ねえ、ロティ、わたしの味方をして。このままだと、お父さまに結婚させられてしまうわ」

「見栄えが悪くなくて、お金持ちの人なら……」ロティは考えこむ表情になった。「お父さまのかかえる問題が解決するわ。クラリス、あなた、お父さまとわたしたちのために、侯爵と結婚できない？」

クラリスは、鏡に映る双子の姉に向かって顔をしかめてみせた。「そんなに夫としてふさわしい相手だと思うなら、あなたが結婚すればいいでしょう。どうせ、向こうには見分けなんかつかないんだから……」クラリスは鏡に映った姉の顔をまじまじと見つめ、興奮に瞳を輝かせた。「そうよ。わたしの代わりに、ロティが結婚すればいいんじゃない？　そうすればベスおばさまには住むところができるし、お父さまがお金に困ったら、いつでもあなたに助けを求められるわ」

「ばかなことを言わないで、クラリス」ふたりは見た目はそっくりだけれど、性格はまるで正反対だった。「侯爵なら見分けがつくはずでしょう？　赤の他人だったらわたしたちを見分けるのはむずかしいけれど、相手はあなたの婚約者なのよ」

「一度会ったことがあるだけよ。あの人はわたしのことなんか何も知らない――もっとも、向こうはよく知っていると思っているかもしれないけど」

「どういう意味？」

クラリスは肩をすくめた。「高慢で鼻持ちならない男なの。そうね、あなたに代わりに結婚してもらいたいとは言えないわ。だけど、わたしだって絶対いやよ。結婚するより家を出るわ」

「気持ちは変わらない？」

「誰がなんと言ってもね」クラリスはきっぱり断言した。「家を売ることになるのは申し訳ないと思うわ。でも、ベスおばさまには小さな貸家がきっと見つかるわよ」

「お世話になったおばさまに、そんなことしか言えないの」

「それは、わたしだっておばさまに宿なしになってもらいたいとは思わない。でも、どんなことがあってもあの男とは結婚しないわ。そんなにみんなのことが心配なら、やっぱりあなたが侯爵と結婚すればいいのよ。こんな田舎に引きこもっているより、あなたにとっても、そのほうがずっといいでしょう」

「冗談を言わないで。侯爵が結婚したがっているのはあなたなのよ」

「ロティがわたしのふりをすればいいわ」

「だめよ。それでは侯爵をだますことになるわ」

「だったら、お父さまから侯爵に、結婚はとりやめになったと言ってもらうしかないわね」クラリスは頑固に言った。「わたしはあの人とは結婚しない。この件はこれで終わりよ」

「今朝、クラリスを見かけた？」翌日、散歩から戻ったロティは、伯母にそう声をかけられた。「侯爵から手紙が来たので、お父さまがクラリスを呼んでいるの。わたしが行ってあの子の部屋のドアをノックしたのだけれど、返事がないのよ」

「きっとふてくされているんでしょう。わたしが呼んでくるわ」ロティは言った。

妹の部屋へ向かいながら、ロティは考えに沈んだ。

前の日に言いあらそって以来、身代わりになってロティが侯爵と結婚するというクラリスの案が頭から離れなかった。双子の姉と妹が入れ替わるなんて、とんでもないことだわ。でも、クラリスが本気で我を通したら、ほかにどうすればいいの？

クラリスは家族を救うために身を犠牲にすることなど決してないだろう。妹があれほど嫌っているのだから、侯爵というのはよほど不愉快な人物にちがいない。けれど、クラリスが結婚を拒んだら、父親はすべてを失ってしまう。

　妹の部屋のドアをたたき、ロティはしばらく待ってからドアを開けた。部屋の中はからっぽだった。誰かがあわてて荷造りでもしたように、着る物があちこちに散らばり、靴の片方が床に転がっている。そして、化粧台の上にあったブラシや香水の小瓶が消えていた。

　全身から血の気が引く思いで、ロティは部屋を見まわした。たんすを開けると、引き出しのいくつかがからになっていた。残っているのは古びて使わなくなったものばかりだ。

　ベッドの枕の上に手紙がのっていた。ロティ宛の手紙だった。封を開け、ロティは最悪の予感が現実のものとなったことを知った。

　クラリスは逃げたのだ。

〈お父さまに、捜さないように言ってちょうだい。ここへは二度と戻らないわ。わたしはあんないやな男と結婚するつもりはないから、お父さまはこの家を売ってお金を作ればいいのよ〉

「ああ、クラリス」ロティはため息をついた。

　クラリスは子どものころからわがままで、人への思いやりに欠けていた。双子の姉と瓜《うり》ふたつなのをいいことに、いたずらや失敗を全部ロティのせいにして自分は罪を免れる、などということはしょっちゅうだった。

　ロティは手紙の追伸に目を落とした。

〈昨日、話したように、あなたが侯爵と結婚したら、ロティ？　婚約者が入れ替わっても、向こうは絶対に気づかないわ。どうせ侯爵はわたしに好意なんか持っていないんだから、何がいけないの？〉

　ロティは手紙を持って階下へ戻った。すると、ちょうど書斎から父親が出てきた。疲労と不安にやつれた父親の顔を見て、ロティは胸を締めつけられた。

「お父さま、どうかしたの？」

「おまえの妹ときたら、侯爵とは結婚しないの一点張りだ。わたしはもうどうしていいかわからん。この家を売るしか方法はなさそうだな」

「たぶん、そこまでしなくても……」

「それはどういう意味だ？　クラリスの気が変わったのか？」

「この手紙を読んだほうがいいわ」ロティは妹の置き手紙を父親に渡した。「あの子がどこへ行ってしまったのかはわからない。でも、自分の持ち物はほとんど持っていった様子よ。お母さまのものだった銀器もなくなっていたわ」

サー・チャールズは手紙に目を通して毒づいた。

「あの娘は考えなしのじゃじゃ馬だ。だが、これで話は決まった。家は売らなくてはなるまい。そのうえ、侯爵に契約違反で訴えられたら、わたしはおそらく監獄行きだ」

「お父さま！　まさか、訴えられたりはしないでしょう？」

「そういうことになるかもしれん」

「わたしがクラリスの言うとおりにしたらどうかしら？」

サー・チャールズは目をみはった。「クラリスの代わりに結婚するというのか？」

「ええ。侯爵はあの子を愛しているわけではないとクラリスは言ったわ」

「わたしの知るかぎり、ふたりは一度会ったことがあるだけだ」父親の目に希望の光が差しはじめた。

「まさかおまえが結婚する気はないんだろう？」

「結婚するわ」父親の懊悩《おうのう》を見るに見かね、ロティの口から思わず返事がこぼれ落ちた。即座に取り消そうとしたが、父親のあからさまな安堵《あんど》の表情を目にした途端に、言えなくなってしまった。「侯爵が望んでいるのは跡継ぎだけだとクラリスから聞いたわ」

「そうだ。欲しいのは跡継ぎだけだと、侯爵ははっきり言った」サー・チャールズは一気に十歳も若返ったように見えた。「おまえが我慢できると言うなら、ロティ、これで問題はすべて解決する」

「ええ、もちろんよ。我慢できるわ」ロティは無理をしてほほえんだ。「年ごろの女性はほとんどみんな、財産や家柄のために結婚するものでしょう?」

ほかにどうすればいいのだろう? 自分が妹の身代わりにならなければ、伯母は住む家をなくし、父親は債務者の監獄へ送られてしまうかもしれないのだ。長年、家族に苦労ばかりかけてきた父親だけれど、ロティは自分の親を愛していた。わたしにできることがあるなら、手をこまねいたまま家族を苦しませるわけにはいかないわ。

2

「本当にいいのかね、ロティ?」馬車の中でサー・チャールズはかすかに震える娘の手にふれた。あと数分で馬車は侯爵の領地にある邸宅に着くだろう。そうなったら、もう後戻りはできない。「娘は結婚に乗り気でないから、時間をかけて借金を返済させてほしいと侯爵に頼むこともできるんだ」

「どうやってお金を工面するの、お父さま」ロティは美しい緑色の瞳で責めるように父親を見た。「よく考えて出した結論なのよ。クラリスは侯爵とは絶対結婚しないでしょう。家出したあの子がいまどこにいるのか、わたしたちには見当もつかないわ。このままだとわたしが職を見つけて、家族を養わなくてはならなくなるのよ」

「おまえをこんな目に遭わせて、恥ずかしいと思っているんだ」サー・チャールズは悲しそうな顔で言った。「クラリスはわたしに似てわがままな娘だ。一方、おまえは母親の気質を受け継いで、どんな相手にもやさしい。わたしはクラリスが誰といっしょになろうと心配はしない。あの子はひどい仕打ちを受けたら、同じだけやり返す娘だ。だが、おまえは傷つくだろう、ロティ」

「わたしはお父さまが考えるより強いのよ。それに、前にも言ったとおり、わたしたちに選択の余地はないわ」ロティはほほえんだ。「ねえ、お父さま、わたしをロティと呼ばないように気をつけてちょうだい」

「侯爵はおまえのことを何も知らないんだ。呼び名だろうと思うだけさ」

「それにしても、気をつけたほうがいいわ」ロティは父親の手を握った。「言ったでしょう、お父さま。結婚の契約を破棄してくれるよう侯爵には頼んでみるけれど、承知してもらえないときは、侯爵の妻になるしかないわ。わたしにとっては今度のことがおそらく結婚できる唯一の機会でしょうし、そのうち自分の子どもを持てたら、とてもうれしいと思うの。だから、それほど厳しい条件ではないわ」

「本当にそう思うかね？」

ロティは視線を下げた。愛する人と結ばれて幸せになるという無邪気な夢が打ち砕かれたことは、父には知られたくなかった。クラリスは侯爵のことをひどい放蕩《ほうとう》者だと言った。そんな相手と結婚しても、幸せは望めないだろう。けれど、少なくとも伯母は住む場所を失わなくてすむし、ロティ自身も子どもを産めば心が満たされるかもしれない。

「大丈夫よ、お父さま。でも、侯爵が契約を見直してくれればいいと思うわ」

「あの男は考えを変えないだろう」サー・チャールズは吐息をついた。「おまえに覚悟を決めてもらうしかなさそうだな」

ロティは何も答えなかった。ふたりを乗せた馬車は、ちょうどそのとき、前世紀に建てられた堂々たる屋敷の前にとまった。

「お客さま方がお着きになりました、だんなさま」

声をかけられ、ニコラスは執事を振り返った。「お飲み物をお出しするよう、ミセス・マンに伝えてよろしいですか？」

「ああ、そうしてくれ」

ニコラスは気むずかしい表情のまま、きびきびした足取りで応接間へ向かった。令嬢が結婚に乗り気でないという話が伝わってくるだろうと、先方からの連絡をずっと待っていたのだが、それらしい知らせはまるで届かなかった。こうなったら、無理やりにでも何か不都合を見つけて、婚約破棄を申し出るしかなさそうだ。

「ええ、お父さま。本当に美しいお庭ね」応接間のドアの前に立ったとき、中から若い女性の声が聞こえた。「ベスおばさまがさぞかしよろこんで――」

令嬢は急に口をつぐみ、入ってきた侯爵に大きく見開いた目を向けた。その頬がほんのりと赤く染まった。令嬢は帽子をかぶり、旅行用の緑色のドレスを身につけていた。パリでは、控えめに言ってもかなり大胆なドレスをまとっていた娘が、今朝はつつましく地味な装いをしているので、ニコラスは意外に思った。

この期におよんで、物静かな田舎の令嬢のふりをしようというのか？　ニコラスは嘲りに唇をゆがめ、相手の全身を一瞥《いちべつ》した。令嬢の頬の赤みが濃くなった。パリで盗みの現場を目撃されたときのことを思い出しているのだろうか。

「ミス・スタントン」ニコラスは相手に二歩だけ近づいて、会釈した。「ロスセー・パークへようこそ。サー・チャールズ、ごきげんいかがです？」

「まあまあだよ」サー・チャールズはためらいがちに娘のほうへ目を向けた。「きみは披露目の舞踏会を計画しているのだろうね。わたしの……娘との婚約をそこで発表するのだろう？」

「ご自分で催されるほうがよいと？」

その言葉はニコラス自身の耳にさえ嘲りに満ちて聞こえた。彼は急いで自分の不作法を取り繕った。

「ぼくには親族がたくさんいますから、ここで開くほうが話は簡単でしょう。ぼくが婚約したと聞きつけたら、みんな大挙して屋敷へやってきますよ」

「ああ、なるほど……」サー・チャールズは情けなさそうに口ごもった。

「舞踏会はこのお屋敷で開くのがよろしいかと思いますわ」娘は言い、帽子を脱いで、うなじできちんとまとめた髪をあらわにした。パリでの彼女は、まるでたったいまベッドから起きだしたように髪をたらしていたものだ——実際、そうだったのだろうが。「こちらのお屋敷を訪問できれば、伯母がとてもよろこぶでしょう。舞踏会に伯母を招いてもよろしいかしら？　ほかに招きたい人は誰もいませんのよ」

「ほかに親族はいないのですか？」

「母方の親戚は、母の姉であるその伯母ひとりです。伯母は未亡人で、子どもはおりませんの。父方の親族は誰もいません」

「わたしには従姉妹《いとこ》のアガサがいるじゃないか、ロティ」サー・チャールズは言った。「あれが大変な毒舌家なのは知っとるだろう。招かなかったら、あとあとまで文句を言われるぞ」

「だとしたら、なおのことアガサおばさまはお招きしないほうがいいと思うわ」ロティは父に言った。

「お父さま、わたしを呼ぶときはきちんと本来の名前で呼んでちょうだい。その愛称は未来の妻にふさわしくないと、侯爵が思われるかもしれないわ」

「ロティ？」ニコラスは眉を上げた。「それは普通、シャーロットの愛称として使われる呼び名では？」

「シャーロットはわたしのセカンド・ネームです。母がこの名を好きでしたの。家ではみんな、わたしのことをロティと呼びます」

「なぜでしょうね。ぼくがパリで出会った女性には、クラリスのほうが断然ふさわしい気がしますよ。世慣れた感じがするでしょう？」

「ええ、そうですわね」ロティはうなずいた。「どちらでもお好きな名前でお呼びになってください」

「ありがとう、ミス・スタントン。少し考えてみましょう」そのとき家政婦が、銀のトレイを手にしたメイドをともなって部屋へ入ってきた。「ああ、ミセス・マンがお茶を持ってきてくれたようだ。あなたにはもっと強い飲み物もありますよ、サー・チャールズ。申し訳ないが、少しやることがあるので、ぼくはこれで失礼させていただきます」

「いろいろとすまなかったね」サー・チャールズは侯爵に言い、マデイラ酒を勧める家政婦にうなずいてみせた。「ああ、それで結構だ。ありがとう」

「それでは失礼、ミス・スタントン」ニコラスは唐突に会釈して部屋を出た。

令嬢はあわててお辞儀しようとしたが、その目に怒りがひらめいたのを彼は見のがさなかった。ニコラスはささやかな満足感をおぼえた。それでいい。本当のクラリスが顔をのぞかせたじゃないか。

ニコラスは屋敷の外へ出ながら、不機嫌そうに眉をひそめた。あれ以上あそこにいたら、自分の癇《かん》癪《しゃく》を抑えられそうになかった。あの娘はなぜああも澄ました顔をしていられるんだ？

彼女の笑顔は、はじめて会った日のエリザベスを彼にまざまざと思い出させた。知り合ったころのエリザベスは、なんの汚れもない魅力的な女性に見えたものだ。だが、ニコラスが心を打ちあけると、彼女はそれを笑い、夫にするならあなたよりもっとお金持ちがいいのと言い放った。

クラリスは——いや、ロティのほうが本人は気に入っているらしいが——エリザベスではない。だが、ニコラスはもう、あのころのうぶな気持ちを失っていた。パリの賭博場での場面を彼が忘れたとでも思っているなら、それはとんだ勘ちがいだ。そのことをロティは思い知らされるだろう。

父親の前で無礼な口をきくのはつつしもう。だが、彼女とふたりだけになったら、いったいどういうつもりなのか問いつめてやる。

クラリスの言ったとおりだったわ！　なんて無礼で高慢で、冷たいいやな人なのかしら！　確かにお父さまは賭博に負けて、払いきれないほどのお金をなくしたわ。でも、お父さまの提案を受け入れたのはあの人自身じゃないの。せめてお父さまとわたしに敬意のかけらくらいは示すべきでしょうに。

こうなったら、どんなことになっても彼の自業自得よ。旅のあいだ、ロティは良心の呵責《かしゃく》にさいなまれていた。自分たちの行為は、何も知らない侯爵をだますことにほかならない。内心、ロティは恐れおののいていたのだ。侯爵はクラリスに恋しているのではないかしら。ここにいるのは別人だと、ひと目で見破られたらどうしよう？　けれど、明らかに侯爵はクラリスに恋していたのではなかったらしい。最初に婚約者を軽蔑に満ちたまなざしで一瞥したあと、彼はロティにほとんど目もくれなかった。

侯爵はクラリスが言ったとおりの人物だ。あんな人と結婚できるわけがない。

けれど、燃え上がった怒りはあっという間に静まった。向こうから契約を解除しようという申し出がない限り、約束はそのまま有効だ。彼女のほうから契約の破棄を申し出たりすれば、家族が悲惨な目に遭うだろう。ロティは自分を慰めた。結婚しても、それほどつらくはないかもしれないわ。侯爵のお屋敷はこんなにも美しいんですもの。ここで暮らせたらきっとすてきよ。未来の夫はロンドンの生活がお気に入りらしいから、なおさらだわ。侯爵の屋敷はベス伯母が越してきてもなんの支障もないほど広かった。おそらく、伯母はこちらで暮らすことになるだろう。ロティは父親の改悛《かいしゅん》の情について、なんの期待もしていなかった。いまは反省して、賭博好きを改めようと思っているのかもしれない。でも、数週間もすればまたふらふらと賭博台に引き寄せられていくに決まっている。

　賭博好きは治らない病気と同じだ。ロティはわがままな妹も含めて、家族全員を愛していた。自分が侯爵と結婚すれば、長年にわたって、みんなに援助の手を差しのべることができるだろう。契約によって夫から妻へ少額の手当が渡されることになるはずだし、彼女は生来質素なたちだ。

　大丈夫、侯爵の求めるものが跡継ぎだけだとするなら、妻とはあまり長い時間をいっしょに過ごしたいとは思わないはずよ。家族のためなら、侯爵を相手に妻の務めを果たすことにも耐えられるわ。それに、わたしだって子どもは確かに持ちたいもの。

「二階のお部屋へご案内いたしましょうか、ミス・スタントン？」

「え……ええ、ありがとう、ミセス・マン」

　ロティは我に返った。ここに着いてしまった以上はもうどうしようもない。父親の結んだ取り決めから逃れる術がないなら、せいぜいここにいるのを楽しむことだ。

　家政婦についていこうとする娘に、サー・チャールズは声をかけた。「本当にいいのかね、ロティ」

「ええ……」ロティは顔を上げた。父親は問題の解決を娘にたよりきっている。ベス伯母もだ。もしも侯爵があれほど尊大でいやな男でなかったら、彼をだますことにロティは罪の意識をおぼえただろう。けれども、侯爵はそんな思いやりを示す価値もない相手だ。「大丈夫よ、お父さま」

ロティは家政婦のあとについて幅の広い階段をのぼった。歩きながら、屋敷の美しい内装や、風格ある家具類、優美な天井などをほれぼれと眺めた。この屋敷を建て、維持してきた人たちは大変な資産の持ち主にちがいない。

侯爵のような男性が、なぜ花嫁を賭けの借金の形などで手に入れようとするのだろう？　侯爵と結婚したがる未婚の令嬢は、それこそ山のようにいるにちがいない。放蕩者としての悪名があまりに高くて、令嬢たちの親にとって侯爵は義理の息子としては受け入れがたい、はぐれ者なのだろうか？

ロティはすっかり混乱してしまった。もしも侯爵がほんの少しでも温かく彼女と父親を迎えてくれていたら、この人と結婚してもいいと思ったかもしれないのに。

でも、わたしに選ぶことが許されるの？　最後の最後になって、やっぱり結婚はできないと宣言したら、どうなるかしら？

ああ、堂々巡りだわ！　侯爵はどうしようもない男よ。ロティの心の一部は、逃げられるうちにここから逃げ出したがっていた。けれども、その一方で、しきりに自分をそそのかす小さな声があった。侯爵は無礼で高慢ちきな男よ。あの人の自尊心を針の先でちくりとつついてやれたら、さぞ小気味いいことでしょうね。

ロティは旅行用のドレスから、家でいつも着ているもっと着心地のいいドレスに着替えた。そして、午後は侯爵家の屋敷の庭やその周辺を散歩して過ごすことに決めた。

ロティの部屋の窓からは、広々とした草地を望むことができた。少し離れたところには湖も見える。あの湖はきっと近年、人の手で造られたものだろう。まぶしい日差しに誘われて、ロティは誰にも行き先を告げずに、湖に向かって歩きだした。

散歩には絶好の日よりだった。穏やかな周囲の眺めが、騒ぎ立つ神経をなだめてくれた。これからどうするべきかわからない。分別のあるところを見せて、物事をあるがままに受け入れようとは思っている。機会があれば、契約の延期か、もしくは撤回を侯爵に申し出てもいい。けれど、機会が巡ってこないようなら結婚するしかないだろう。

周囲の景色を楽しみながら、ロティは考えた。ほとんどロンドンへ行ったまま帰ってこない夫の妻なら、それほど大変なことはないはずよ。快適な暮らしや、爵位のために結婚する若い娘は数多くいるわ。この結婚はわたしにとっていいことずくめよ。ただ、どうやって跡継ぎをもうけるかを考えると、少し気が重いけれど。

侯爵のように冷たくて高慢な人と床をともにすることが、本当にできるのかしら？

ロティは吐息をもらした。「あんな人のことで頭を悩ませたくないわ」

すばらしいお天気の一日を、考え事などで台なしにしたくなかった。たとえ短い滞在で終わることになっても、こんな美しい場所で過ごせるなら、それだけで幸いというものだ。

湖に着くと、ロティは周囲のすばらしい景色に目を奪われた。黒鳥の群れが、餌を期待している様子で彼女のほうへ優雅に泳ぎ寄ってきた。

「ごめんなさい。あなたたちがいると知っていたら、何か食べるものを持ってきたのに」

「優雅で美しいでしょう？　ニコラスにも言ったんですよ。そいつらを居着かせることができるなんて、運がいいって。白鳥なら我が家の土地にもいるが、黒鳥は珍しいですからね」

　ロティは男の声に驚いて振り返った。

「まあ……誰もいないと思っていましたわ」ロティは知らないうちにそばまで来ていた若い男性を見つめた。

「はじめまして」相手はそう言って、手を差し出した。「ぼくはバーティ・フィッシャーといいます。侯爵家の近所の者で、今日は所用があってニコラスに会ってきたんですよ。婚約者が到着したと聞きましたが、あなたがミス・クラリス・スタントンですか？」

「ええ……でも、友だちはみんな、ロティと呼びます」彼女は答えて、赤くなった。初対面の男性に愛称で呼ぶよう求めるなんて、ひどくなれなれしいと思われたかもしれない。相手の人なつこい、温かな笑顔と、気取りのない態度のせいだろう。「お会いできてうれしいですわ、ミスター・フィッシャー」

「本当はサー・バートラムなんだが、友だちはただバーティと呼びます」彼はにやりとした。「あなたとは友人になりたいな、ミス・ロティ。近所同士だから、ちょくちょく顔を合わせることになると思いますよ。さっきニコラスに、この週末ロンドンへ発《た》つことを知らせてきたんです。もちろん、あなた方の婚約発表の舞踏会には戻ってきますが」

「ええ、お友だちになれると思いますわ」ロティは親しみをこめて答えたが、この土地にそれほど長いあいだ留《とど》まることになるのかどうかは、自分でもよくわからなかった。「このあたりを散策しようと思って出てきましたの。でも、もうそろそろ戻らないと、お茶の時間に遅れてしまうわ」

「ごいっしょしてよろしいですか、ミス・ロティ？

ニコラスに言い忘れていたことを思い出しました」

「ええ、もちろん」ロティは言い、差し出された相手の腕を取った。「侯爵とは長いおつき合いなんですか？」

「ええ、生まれたときからです。ぼくの祖父がこのあたりに所領を買って、越してきたものですからね。母は旅行が好きで、ぼくもときどきつき合いますが、秋にはここへ戻って、よく狩猟を楽しみますよ」

「それで、あなたの奥さまは？」

「ぼくはまだ独身なんです。そろそろ身を固めようとは思っているんですが」

「そうですの……」

「実のところ、あなたには驚かされました、ミス・ロティ。みんな、ニコラスが結婚して落ち着くことはないだろうと諦めていたんです。あなたも彼の評判はご存じでしょう。だが、改心した放蕩者は最高の夫になると言いますからね。きっとすぐに彼はあなたの言うなりですよ」

「どうして侯爵の結婚がそんなに意外なんです？」

「ニコラスはあなたにエリザベスの話をしたでしょう？　誰も彼も、これ以上似合いのふたりはいないと思っていた。彼女は美しくて聡明《そうめい》な令嬢でした。ニコラスはもう完全に夢中だった。少なくとも、みんなそう思っていたんです。世間はふたりの婚約発表をいまかいまかと待ち構えていました。ところがニコラスはあるとき、ふいと外国へ旅立って、長いこと帰ってこなくなってしまった」

「その方と結婚しない理由も説明しなかったんですか？」

「ええ。エリザベスはニコラスがパリにいるあいだに、かなり年上の男性と結婚しました」

侯爵は相手の女性の心を踏みにじったのね。あの人がどんな男性か、これでいっそうはっきりしたわ。令嬢の期待をあおるだけあおって、結婚の申し込みもせずに去っていくなんて。ロティは心の中で憤慨した。彼が直接クラリスに会って結婚を申し込まなかったのも不思議はない。あの人が欲しいのは跡継ぎだけ。だから、賭博の借金の形として妻を手に入れるようなまねをするのよ。父が借金のせいでこんなにも追いつめられてさえいなければ、即刻家へ帰ってしまうところなのに。

　ロティがこの新しい友人から、さらに詳しく話を聞こうとしていると、侯爵がこちらへやってくるのが見えた。彼女は体をこわばらせ、思わず連れの腕を締めつけた。バーティは彼女の顔をちらりと見たが、何も言わなかった。

「きみはもう帰ったと思っていたよ、バーティ」侯爵は言って、眉を上げた。「何か忘れ物でも？」

「ああ、そうなんだ。帰りに湖のわきを通ったら、ミス・ロティが黒鳥に見とれているところにでくわしてね。そのとき、きみにきこうと思っていたことを思い出したんだ。それで、ミス・ロティと戻ってきたわけさ」

「ぜひいっしょにお茶をとお誘いするつもりでしたのよ」ロティは言った。侯爵がきまじめな表情になると、その瞳が銀色の光を放つことに彼女は気づいた。ロティの目から見ても、侯爵は力強い顔立ちをしたとてもハンサムな男性だった。

「バーティ、ぼくの婚約者もこう言っていることだ。みんなでお茶にしよう。そして、取って返すほど重大な用件というのを聞こうじゃないか」

「ああ、よろこんでごいっしょさせてもらうよ」バーティは愛想よく答えた。「実のところ、用件のほうは大したことじゃないんだ。だが、歩くにはちょうどいい陽気だし、美しいご婦人と散歩できるなら、なおさらうれしいと思ってね」

「そうだな」侯爵はあいづちを打ち、婚約者の容貌に関する友人の言葉の真偽を確かめるようにロティを見やった。「きみの言うとおり、すばらしい天気だ」

「あの黒鳥たちに餌をやってもいいかしら？」侯爵の視線を無視して、ロティは尋ねた。「あんなにおとなしい鳥たちだとわかっていたら、何か食べ物を持ってくるんだったわ」

「おとなしそうな外見にだまされてはいけない。鳥たちは餌を期待して寄ってくるが、ときには獰猛《どうもう》なふるまいに出る。森番のひとりが、つがいの雌を守ろうとした雄に襲われて、腕を折ったこともあるんだ。だが、どうしてもきみが自分で餌をやりたいというなら、パンくずではなくて専用の粒餌を与えてくれ。土地の管理人にきけば、しまってある場所を教えてくれる。従僕に言って、取ってこさせてもいい」

「ありがとう。鳥たちを驚かせないように気をつけるわ」ロティは言った。彼女はいまもバーティの腕に手を置いて歩いていた。侯爵は彼女の右側にいた。

「このあたりに鹿はいるのかしら？」

「いくらかはいると思う。ぼくは滅多にロスセー・マナーへは帰らないんだ、ロティ。一年のほとんどをロンドンで暮らしている。バーティとちがって、ぼくは狩りを好まないのでね」

「我が家の土地には鹿がたくさんいますよ」バーティはロティに言った。「馬には乗りますか、ミス・ロティ？」

「ええ。おとなしい馬になら乗れますわ」ロティは彼を見あげた。「わたしの父は狩猟に使う馬を一頭と、馬車用の馬しか飼っていないので、近所の方がときどきわたしに乗るための馬を貸してくださっていたんです」

「馬ならよろこんでお貸ししましょう」バーティは言った。「母がときどき乗るので、気性の穏やかな馬を一頭飼っているんです。だが、女性が乗るのにちょうどいい馬がもう一頭いる。ヘヴンリーというおとなしい馬です。あの馬をこちらの厩舎《きゅうしゃ》にお貸ししますから、ニコラスといっしょに馬で我が家を訪ねてくださるといい」

「なんてご親切なんでしょう。でも、これからのことは侯爵のお心づもり次第だと思いますわ」

「きみが乗るのにふさわしい馬ならうちにもいる」侯爵は言った。その語気の鋭さに、ロティは思わずそちらを振り返った。「申し出はありがたく思うよ、バーティ。だが、妻に必要なものはすべてぼくが用立てるつもりだ。とりあえず、ふたりできみの母上に会いに行くなら、馬車でもかまわないだろう。明日のお茶の時間でいいかな？」

「もちろんだ。母もよろこぶよ」

気のせいかもしれないけれど、バーティのまぶたがぴくりと動いたようにロティは思った。

ロティはバーティの腕を放し、ふたりの先に立って屋敷へ戻った。すると、家政婦のミセス・マンが出てきて彼女を迎えた。

「ああ、ミス・スタントン。お父さまがあなたのことを心配なさっておいでです。あなたの身に何かあったのではないかと捜しておられました。誰もどこへいらっしゃったのか存じあげなかったものですから」

「湖へ散歩に行っていたの」ロティは言った。「心配させてしまったなら、ごめんなさい。散歩へ行くときは、いつも誰にも言わずに出かけるのよ。伯母がいるときは、ひと言言って出かけるんだけれど」

「伯母上はいつここへ見えるのかな？」鋭い口調で侯爵が尋ねた。

「舞踏会には参りますわ。今日もいっしょに来られればよかったのだけれど、いろんなことがはっきりしなかったので……」

「手紙を書くといい。伯母上の名前は？」

「レディ・ホスキンス。わたしのベスおばさま。母が亡くなったあと、わたし……の面倒を見てくださった方よ」

「これからここはきみの家になるんだ、ロティ。誰でも好きな相手を招くといい」

「ご親切に。でも、招きたいのはベスおばさまだけなの。それに、もしかしたらアガサおばさま。でも、アガサおばさまはわたしの婚約を聞きつけたら、言われなくても来るでしょうね……」

「なるほど。強固な意志の持ち主というわけだ」一瞬、侯爵の瞳におかしそうなきらめきが宿った。ロティは思わず侯爵にほほえみ返した。

「そのとおりよ。お父さまと……ベスおばさまは、アガサおばさまのことを怖がっているわ」

「だが、きみは怖がっていない？」侯爵は眉を上げた。

「ええ、アガサおばさまを恐れたことはないわ。がみがみ言われても気にしないの。これでおわかりでしょう。わたしはきわめて自立した女性なんです」

「それはぼくへの警告と受けとめるべきなのかな」

「ええ、そうよ」

ロティは、侯爵たちより先に応接間へ入った。そこには、窓からじっと外を見ている彼女の父親がいた。サー・チャールズはすばやく後ろを振り返ると、安堵《あんど》の色をあらわにした。

「ロティ！　てっきり、おまえが逃げ出したのかと……」娘のあとから侯爵と見知らぬ男性が部屋に入ってきたので、サー・チャールズはあわてて口をつぐんだ。その喉元が赤黒い色に変化した。「娘は散歩が日課で、ほうっておくと何時間も戻ってこないもので……」

父親の不器用な言い訳を、ふたりの紳士が信じるとはとても思えなかった。バーティなどは、ロティが望まない結婚を強いられたのではないかと考えるかもしれない。

「お父さま、そんなことをおっしゃると、スタントンの娘はどんな赤ちゃんかとみなさんに思われてしまうわ。こんなすてきなお屋敷から黙って逃げ出すわけがないでしょう。でも、心配をかけないように、ひと言断って出かけるべきでしたわね」

「まあ、父親というのは、娘に関しては心配性なものだ」

「わたしのことを心配なさる必要はないわ。これまでだって、自分の面倒は自分で見てきましたもの」

「そうだな……」サー・チャールズはどさりと椅子に座って、落ち着きのない目を娘に向けた。ロティはお茶をいれる道具ののったテーブルに近づいた。

「わたしはお茶はいらんよ。さっきのマデイラ酒がもっとあれば、いやとは言わんが」

「用意させましょう」侯爵は答え、暖炉の近くの椅子に腰かけた。暖かい日なので、大きな火床に火は入っていなかった。「バーティは、お茶にはレモンだったね。ぼくも同じだ」

「サー・バーティ、お砂糖はどうなさって？」ロティは客に笑顔を向けた。

「いりません、ありがとう。レモンだけです」

ロティはポットのお茶を注《つ》ぎ、器を配るために控えているメイドにカップを渡した。

「何かお食べになる、サー・バーティ？　そのアーモンドのお菓子はおいしそうよ。それとも、サンドイッチはいかが？　どんなものがあるのかしら……あなた、お名前は？」ロティが若いメイドに声をかけると、メイドは赤くなった。

「ローズです、ミス・スタントン」

「サンドイッチはどんなものがあるの、ローズ？」

「お屋敷の温室で採れたトマトときゅうりのサンドイッチがあります。それと、卵と……ええと……温室で採れた……」

見かねて、ロティの父親にマデイラ酒のグラスを渡していたミセス・マンがわきから言った。「チキンとサーモンのサンドイッチがお好みなら、すぐに料理人に用意させます、ミス・スタントン」

「わたしはきゅうりのサンドイッチがいいわ」ロティは言った。「なんてご馳走《ちそう》かしら。わたしの家の近所では、きゅうりを見かけることは滅多にないの。ご自宅の温室でそんなものが採れるなんて、侯爵はとても運のいい方ね」

「そうかな。考えたこともなかった」

「ニコラスは、なんでもあって当然と思っているんですよ」バーティはにやりとして友人を見やった。「彼は生まれつき苦労知らずの男でしてね、ミス・ロティ。一度、欲しくて欲しくてたまらないものを、横から人にさらわれてしまえば、いい薬になると思うんだが」

「そういうきみは、あくせく働いて身を立てた苦労人だとでも言うつもりかい？」侯爵は横目で友人を見た。

「ぼくもかなりの財産を相続できたことは幸運だった。それは否定しないさ。だが、きみのようにそれを当たり前とは思っていない。ぼくには幸運だという自覚があるんだ」彼の視線がロティの上にとまった。「今日ばかりは、きみほどの幸運に恵まれているとは思えないが……」

「この屋敷で舞踏会を開くのは、ずいぶん久しぶりだ」侯爵はそう言って、思案するように眉をひそめた。「うちで働いている者たちで、およその準備はできると思う。しかし、女主人役が必要だな。ぼくの名づけ親に来てもらおうとは思っているが、きみの母上にも手を貸していただけないだろうか？　シエルビー伯爵夫人といっしょに、ロティを手伝って招待客のリストを作ってもらいたいんだ」

「母ならよろこんで手伝うと思うよ。だが、明日我が家へお茶に来るときに、母に直接頼むといい。いつ舞踏会を開くつもりでいるんだい？」

「二週間後だ」侯爵の返事に、ロティは息をのんだ。

「先へ延ばしても意味がないだろう」

侯爵に結婚を思い留まらせるのに、たった二週間しか時間がないなんて！　そして、それができなければ、運命を受け入れて侯爵の妻になるしかないんだわ。

お茶のカップを持つロティの手がかすかに震えた。何もかもが急すぎる。舞踏会の日取りを告げる侯爵の口調は、意を固めたように決然としていた。侯爵は結婚の契約を後悔しているかもしれないとロティは考えていたけれど、相手の心にはなんらかの変化が生じたようだ。

侯爵の瞳には、ロティたちが到着したときにはなかった光が宿っていた。

3

お茶の時間が終わると、バーティと侯爵はロティと父親を応接間に残して出ていった。

「どうだい、ロティ。実際に侯爵に会ってみて、どう思った？」サー・チャールズは声をひそめて尋ねた。「我慢できそうか？」

「ええ、大丈夫よ。でも、侯爵が考え直して、契約をなかったことにしてくれたらうれしいわ」

「侯爵の妻になれば、贅沢《ぜいたく》な暮らしができるだろうにな。だが、おまえがどうしてもいやだと言うなら、わたしから侯爵に結婚の話は白紙に戻してほしいと頼もう」

「現実と向き合いましょう。わたしはもう二十二歳よ。財産はないし、これが条件のいい相手と結婚できる唯一の機会かもしれないわ」

「おまえのお母さんは、自分で選んだ相手と結婚した」サー・チャールズは重々しく言った。「わたしは妻に約束したんだ。おまえとクラ……」

「お父さま」ロティは父親の言葉をさえぎり、周囲に視線を走らせて、ほかに誰もいないことを確かめた。「お願いだからそれ以上言わないで。わたしたちに選択の余地はないのよ。それに、こんないいお話を棒に振ったら、それこそどうかしているわ。なにしろロスセー侯爵夫人になれるんですもの……」

　ロティの人柄をよく知る者なら、彼女は冗談を言っているだけだとすぐわかっただろう。けれど、友人を見送って応接間へ戻ってきた侯爵は、ロティの言葉の最後の部分を聞いて、最悪の結論を導き出した。

　ニコラスの耳には、いまもパーティから雨あられのように浴びせられた祝福の言葉が響いていた。そして、ニコラス自身も、あんなに美しい花嫁を見つけることができて幸運だったとすら考えはじめていたのだ。ところがいま、父親と娘が笑い合っているのを小耳に挟み、ふたたび怒りに火がついた。あの悪党どもめ！　まんまと金づるを手に入れたとでも思っているのか？　荷物を持って、いますぐ出ていけと言ってやる。

　ニコラスが応接間へ踏みこもうとしたとき、きーきーという奇妙な音が聞こえて、部屋の中で小さな騒ぎが起きた。

「まあ、かわいそうに。大変だわ……」

　ロティの口調が変わったことに興味を引かれて、ニコラスは応接間へ入った。そして、そこで目にしたものに驚いた。いましがた、彼が悪党と決めつけた相手が、煤《すす》だらけでそれは惨めなありさまの子猫を抱きかかえていたのだ。痩せこけ、汚れた子猫をロティは大事そうに撫《な》でていた。暖炉に目をやったニコラスは、子猫がどこからこれだけの煤を持ちこんだのかわかった。

「なんだってこんなところから落ちてきたんだ？」サー・チャールズは子猫と暖炉を見くらべて言った。

「どうやってか屋根にのぼって、煙突に落ちたんだと思うわ。なんて痩せているのかしら」ロティはドレスに煤がつくのもかまわず、子猫を胸に抱いた。

「紅茶に入れるミルクが少し残っているわ」彼女は見事な磁器のカップにミルクを入れ、子猫とカップを絨毯《じゅうたん》の上へおろした。そして、子猫の体を両手で支えて、ミルクをなめさせてやった。「まあ、見て、よほどお腹《なか》をすかせているんだわ。ここの料理人が魚の身を少しわけてくれないかしら？」

「きみが頼めば、わけてくれるだろう」ニコラスは口を開いた。「きみはこの屋敷の女主人になるわけだから。ちがうかい？」

「あなたがそれでよろしければね」ロティは顔も上げずに答えた。「いまのところ、わたしはただの客ですわ。ミルクがなくなってしまった。この子を厨房《ちゅうぼう》へ連れていかないと。体を洗ってやったら、少しずつ食べ物を与えるわ。わたしの部屋で預かりましょう」

「その猫のおかげで、きみのドレスも絨毯も煤だらけだ」ニコラスはこれといった理由もなしに彼女をにらんだ。

「ええ、絨毯のことはごめんなさい、侯爵さま。あとで布を持ってきて、できるだけきれいにしておきますわ」

「使用人に掃除させればすむことだ」ニコラスはいらだって答えたが、何がそんなに腹立たしいのか、自分でもよくわからなかった。「呼び鈴を鳴らしたまえ。ミセス・マンが来てくれるから、その哀れな猫のことは従僕の誰かにまかせるといい」

ロティは緑の瞳を怒りにきらめかせて顔を上げた。

「この子をかわいそうだとはお思いにならないの、侯爵さま？　迷路みたいに入り組んだお宅の煙突の中で、きっと何日もさまよっていたのよ。飢え死にする寸前だわ。この子はわたしが面倒を見ます」

ニコラスはまばたきして視線を下げた。「その子猫がかわいそうでないとは言わない。世話なら使用人にまかせればじゅうぶんだろうと思っただけだ。きみが自分で世話したいと言うなら、それはきみの勝手だ」

「厨房の場所を教えてくださる？」

「ミセス・マンに案内させよう」ちょうどそのとき、お茶の道具を片づけるために、家政婦とメイドがやってきた。「ミセス・マン、子猫が煙突に迷いこんでしまったようなんだが……」

「まあ、その子はきっと厨房の猫が産んだ中の一匹ですわ。ひとつ見えないと思っていたんです。その子をローズにお渡しください、ミス・スタントン」

「ミス・スタントンは自分で世話をしたいそうだ。子猫を洗ってやれるところへ彼女を案内してくれないか」

家政婦は雇い主をちらりと見たが、何も言わなかった。

「ローズが厨房へご案内いたします。本当にご自分でなさるおつもりですか、ミス・スタントン？」

「ロティはそういうことを面倒がらん娘でしてな」ロティの父親が口を挟んだ。「小さい生き物が鳴いていると、助けずにいられないのですよ。クラ……いや、その、クララは、怪我《けが》した小鳥なんぞ見つけようものなら、金切り声をあげて騒ぐだけだが」

「クララというのは誰です？」ニコラスは尋ねた。

「ああ、クララはお友だちですわ」無邪気そうに目を見開いて、ロティは答えた。「失礼、侯爵さま。子猫の面倒を見てやりませんと――この子、おもらしをしてしまったようだわ」

「まあ、お召しものが大変」家政婦は声をあげた。「お飼いになるなら、しつけをしないといけませんよ」

「ええ」ロティはほほえんだ。「お行儀を教えてあげなくてはね」

ニコラスは部屋から出ていくロティを目で追った。応接間へ戻ったときは、彼女とその父親を屋敷から追い出すつもりだった。賭けの借金を帳消しにして、傷ついた令嬢の心を癒《いや》すために、ある程度の金を払うだけでいいのだから話は簡単だ。しかし、子猫にまつわる出来事が彼の好奇心を刺激した。何がどうとはっきりしたことはわからないが、どこかちぐはぐなのだ。ロティはドレスに煤がついても、手の中で子猫が粗相をしても、まるで平気だった。パリで友人のポケットから金を盗んだ女と、いま屋敷にいる物静かで思いやりに満ちた令嬢が同じ人物だなんてことがあり得るのだろうか？　まるでふたりのちがう女性を見ているようだ！

　彼女は大した女優にちがいない。ニコラスは顔をしかめた。彼の同情心に訴えようとするロティのやり方が気に食わなかった。弱った動物に手を差しのべた経験があるのは、何もミス・スタントンだけではない。小さい子どものころは、ぼく自身、何度も動物を助けた……なぜ子どものころのことなんかを急に思い出したんだ？　小さいころのことを振り返らなくなって、もうずいぶん年月がたつ。おそらく、つらい記憶が幸福な月日の思い出を頭から追いやってしまったのだろう。

　生まれたときからこんな屋敷に暮らし、子どもだった自分の身近に愛情深い両親がいてくれたことは、幸運だったのだとは思う。ニコラスは家庭教師や馬番と領地を歩きまわったり、川や池で釣りをしたり、小馬に乗ったりして子ども時代を過ごした。子どものいる家庭を築くには、ここはとてもいい土地だ。しかし、残念なことに彼の母親は少し体が弱く、若くして亡くなると、屋敷は喪の深い悲しみの中に沈んでしまった。そして、その悲しみは時がたっても癒えなかった。ニコラスの父親は独り身のままで、領地へは滅多に帰ってこなくなった。子どもだったニコラスは、悲しみの中にひとり取り残された。

部屋を見まわしたニコラスは、カーテンや内装が少し色褪《いろあ》せ、古びてきていることに気がついた。最近では、年に数日しかこの屋敷で過ごすことはない。妻となる女性がこの部屋を使うつもりなら、内装を新しくしなければならないだろう。

妻……。ニコラスはフランス窓に近づいて外を見た。これまで結婚の問題を避けつづけてきたのは、何年も前に愛に幻滅したからだろうか。それとも、心のどこかで、自分も父親のように愛しすぎるのを恐れているからなのか？　幼いころに母親を失って、ニコラスは少し内気になり、人を愛することを恐れるようになってしまった。そして、はじめて恋した女性に拒絶されたあとは、心に高い壁を築いて自分を守るようになった。

ニコラスは初恋の人エリザベスのことを思い出した。彼女のやさしげな物言いは、意地の悪い性根を覆い隠すための偽装にすぎないことがわかったとき、彼は愛の幻を頭の中から締め出した。ニコラスの愛の告白をはねつけた彼女は、わざと残酷で、心を傷つける言葉を使った。エリザベスはニコラスの中にあった女性への信頼を打ち砕き、恋とは愚か者のすることだと確信させたのだった。

彼の父親は、愛に心を奪われた愚か者だった。子どものころのニコラスは、母親の死後、なぜ父親が田舎の屋敷へ帰ってこなくなったのか理解できなかった。五代目侯爵として多忙な生活を送っているため、ひとり息子の相手をする暇などないのだろうと、ぼんやり想像していたものだ。だが、成長したニコラスは、どういうことなのかがわかるようになった。父は人とかかわることがあまりにもつらくて、あらゆる人間から自分を切り離していたのだ。父は妻の死に打ちのめされてしまった。おそらく、悲しみはニコラスと同じくらい深かったのだろう。しかし、その気持ちを人に見せることができなかった。だとすれば、父親と息子のニコラスは、お互いにそんな自覚はなかったけれども、似た者同士だったのかもしれない。

　愛の痛みにふさわしい女性など、この世の中にいるものか。捧《ささ》げたところで、どうせ女性の華奢《きゃしゃ》な足に踏みにじられるくらいなら、もう二度と他人に心は差し出さない。ニコラスはそう決意していた。

「ばかげてる……」ニコラスはつぶやいて、フランス窓から外へ出た。恋など時間の無駄だ。便宜的に調えられた結婚のほうがよほど安全ではないか。

「さあ、さっぱりしたでしょう、子猫ちゃん」ロティは子猫の毛並みを撫でながら言った。まだ少し毛がごわごわしているけれど、たっぷり食べさせて、よく面倒を見てやれば、またたく間に元気になるだろう。「用を足したくなったら、さっき見せた砂のトレイの上でするのよ」

「まるで、言葉が通じるみたいに話しかけるんですね」ローズは笑った。「そのうちに、ちゃんとおしっこする場所を覚えますよ。わたしの母さんも下のしつけのために子猫を外へ出しますけど、小さいうちはどうしても家の中でしちゃうことがあるんです。本当に厨房で飼わなくていいんですか？」

「もっと元気になるまで、この部屋で面倒を見るわ。でも、ときどきあなたがのぞいて様子を見てくれるとうれしいんだけれど……」

「お食事の片づけをする前に、いつもここをのぞくことにします」ローズは言った。「でも、猫って、なつきにくいですよ。外へ出すと、ふらっといなくなってしまうんです。母さんは、犬のほうが人なつこくていいって言います」

「わたしの伯母は太ったとら猫を飼っているの。伯母はその猫に夢中よ」ロティは笑った。彼女はこの若いメイドを気に入ったので、ローズが身のまわりの世話をしてくれることに決まってうれしかった。「そろそろ階下《した》へ行かないと。お食事を知らせるどらが鳴って、もう五分くらいたつんじゃないかしら。侯爵をお待たせしてしまうわ」

ローズを残して、ロティは自分の部屋を出た。メイドの手で世話を焼いてもらうことに慣れるまで、しばらく時間がかかりそうだ。ロティの家には料理人と、どんな仕事もこなすメイドがひとり、それに、ベス伯母に付き添ってやってきた使用人がひとりいるだけだった。ということは、ロティも部屋の掃除くらいはせざるをえないわけで、実際、彼女はそういう仕事をやりつけていた。これほど多くの使用人たちが侯爵と、そして、ロティのためだけに働くことになるというのは、なんだか奇妙な感じがした。

これからこのすばらしいお屋敷で暮らすのかと思うと、自然に気持ちが浮き立ってくる。ロティは眉をひそめた。このままクラリスとして侯爵と結婚するということは、この先一生、嘘《うそ》をつきつづけるということなのかしら。

わたしは侯爵をだましているの？

ロティはかすかな罪悪感を抱かずにはいられなかった。クラリスの身代わりになることを決心したとき、後ろめたい気分にはできるだけ目をつぶろうと思った。そして、初対面の侯爵があまりにも横柄な人物だったために、怒ったロティは、相手がどんな目に遭おうと自業自得だと考えた。けれど、怒りも収まったいまは、良心がうずきはじめていた。これ以上、事が進む前に、侯爵に本当のことを言うべきではないだろうか？

夕食のために、ロティは緑色の絹のドレスに着替えていた。ドレスの胸元は大きく開いているけれど、右胸の上にあるほくろが見えるほどではない。クラリスにはそんなほくろはないので、妹好みの大胆なドレスだったら、姉妹の唯一のちがいがはっきりと見えてしまうところだ。ロティはそのことを強く意識した。

階段を下りていくと、ホールの右側にある部屋から侯爵が現れて、彼女を見あげた。

「誰かを探しにやろうかと思っていたところだ、ロティ」

「まあ……」ロティは赤くなった。「ごめんなさい。お待たせするつもりはなかったの。ローズと話をしていたら、つい時間を忘れてしまって」

「ローズと話を……あのメイドのことか？」

「彼女がわたしの世話をしてくれることになって、ふたりで犬や猫の話をしていたのよ。ローズのお母さんは犬が好きなんですって」ロティは途中で言葉を止めて笑った。「わたしったら、この話題に取りつかれているとお思いでしょうね。ロンドンにいることの多いあなたなら、もっと刺激的な会話に慣れていらっしゃるんじゃないかしら。わたしは摂政皇太子についてのおもしろい噂話《うわさばなし》なんか何ひとつ知らないわ。社交界の方たちとはまったく行き来がないんですもの……」彼女は口を滑らせたことに気がついた。「お父さまとパリへ行ったときは別として、ですけれど」

「パリでは、すっかりくつろいでいるように見えたものだが」侯爵は眉根を寄せた。「教えてくれ、ロティ。それはぼくに見せるための演技なのか？　もしそうなら、きみは時間を無駄にしている。ぼくの記憶力はきわめて確かだ」

「なんの話……」侯爵の言葉には裏に深い意味がある。そのことをロティは感じ取った。まさかわたしが身代わりだということを見破られたのだろうか？　クラリスは、侯爵と会ったのは一度だけで、相手が姉妹のちがいに気づくはずはないと断言した。けれどもパリで、妹の言わなかった出来事がまだ何かあったとしたら？「どういう意味かわからないわ」

「そうか。では、思い出させてやろう……」そのとき部屋から執事が出てきたので、侯爵はそちらを振り返った。「わかった、わかった、マン。いま行くよ」ふたたびロティに向き直った侯爵は、目つきを険しくした。「別の機会に話そう。夕食の用意ができている。遅れると料理人が機嫌を損ねるのでね」

「ええ」ロティは答え、侯爵の差しのべた腕にためらいがちに手を置いた。「早めに話し合ったほうがいいわ。実は、わたしもお話ししたいことが――」玄関の扉が音高くノックされて、ロティの言葉をさえぎった。従僕が扉を開けると、数人の使用人と小さなスパニエル犬をともなった貴婦人が屋敷の中へ入ってきた。スパニエル犬はたちまち飼い主の腕から飛び出して、ニコラスめがけて走り寄った。彼はかがみ込んで犬の頭を撫でてやり、苦笑して突然の客に目を向けた。

「ヘンリ！　ぼくの手紙が届いて、まだ一日もたっていないはずですよ。驚いたな」

「うれしい驚きでしょう？」小柄な女性は笑い、歓迎されるのを確信している顔でニコラスを見あげた。

「今朝、ここに来ようと決めて、出かけてきたのよ――このお嬢さんがあなたの花嫁になる人ね？」彼女はロティに近づいた。「あなたがミス・スタントン？　お会いできてうれしいわ。この日を本当に長いこと待っていたのよ」彼女はロティの手を取り、両方の頬にキスした。「この年寄りはいったい誰だとお思いでしょうね？　そこにいる不肖の名づけ子ときたら、わたしたちを紹介してくれようともしないんですもの。わたしはヘンリエッタ、シェルビー伯爵夫人よ。ヘンリエッタと呼んでちょうだい」

「奥さま……」ロティは小さくお辞儀した。「お会いできてうれしいですわ」

「あなたのお名前は？」

「クラリスと申します。でも、みんなはロティと呼びますの」

「あなたにぴったりの呼び名ね。でも、シャーロットという名前ではないの？」

「クラリスのセカンド・ネームがシャーロットなんですよ。とにかく、立ち話はもういいでしょう、ヘンリ。食事の時間に遅れているんです。ぼくたちといっしょに夕食にしませんか？　それとも、何か部屋まで運ばせましょうか」

「今夜は休ませてもらうわ。あとでスープを部屋まで運ばせてちょうだい」伯爵夫人はロティに向き直った。「寝室へ引き取る前に、少しのあいだでいいからわたしのところへ会いに来てね、ロティ」

「参りますわ、奥さま」

「さあ、これ以上はあなた方を引きとめないわ」伯爵夫人は後ろを振り返り、付き添い役らしい女性を招き寄せた。「腕を貸してちょうだい、ミリセント。ここの階段は少し急なのでね」

「あの調子なんだが、きみもすぐに慣れるだろう」名づけ親のにぎやかな一行が階段をのぼりはじめると、ニコラスはロティに言った。「ヘンリがやってくると、もう彼女の天下なんだ――とはいえ、このごろは彼女もこの屋敷へ出向いてくれることはなくなったが……」彼はかぶりを振った。「夕食にしよう。だいぶ時間に遅れてしまった。話はあとだ」

「あの方のことがとてもお好きなのね？」

「親族は多いが、心にかけているのはヘンリだけだ」

「そう……」名づけ親が到着する直前、侯爵は何を言おうとしていたのだろう。ロティはひそかにいぶかった。

　侯爵とロティ、それにサー・チャールズだけの夕食なので、食事は普段朝食をとる小さめの部屋で供された。

「明日の夜には隣人を何人か食事に招こうと思うんだ」食事を終えると、侯爵は言った。「しばらくはふたりで静かに過ごして、お互いによく知り合おうと考えていたんだが、伯爵夫人が来たからには、客を招いてもてなさないわけにはいかない」

「どうぞここに残って、ワインを楽しんでいらして」ロティは言った。「わたしは伯爵夫人のお顔を見てから、部屋へ引き取って休みます」

「きみの好きにするといい」ニコラスは眉をひそめた。「ふたりで話をするんじゃなかったのかな？」

「明日の朝にしましょう。わたしも今日は疲れているので、早く休みたいの」

「わかった」侯爵は答え、会釈した。

　話し合いが先へ延びたことを、侯爵はよろこんでいないようだ。どうして真実の告白を先送りにしたのか、ロティは自分でもよくわからなかった。

　気まずい思いをするだろうけれど、ほかにはどうすることもできないわ。侯爵本人をだましているだけで罪の意識を感じるのに、何も知らない伯爵夫人までだますなんて許されないことよ。

　侯爵がクラリスに惹《ひ》かれているわけではないのだったら、妹の代わりを姉のロティが務めてもかまわないかもしれない。けれど、どうするかは侯爵本人に決めてもらうのが筋というものだろう。

　ニコラスはブランデーのグラスを見つめながら眉根を寄せていた。サー・チャールズとニコラスのふたりは、摂政皇太子の政治の話題や、穀物の値段のことなどを取りとめなく話しながら食後のひとときを過ごした。そして、葉巻を一本吸ったあと、未来の義理の父親は断りを言って自室へ引き取っていった。

　ニコラスは図書室にひとりで座っていた。なぜこんなにも考えがまとまらないのだろう。彼はいまだに、自分で作りだしたこの状況をどうしたらいいか決めかねていた。

　もちろん、自分がどれほど愚かだったかに気がついたらすぐ、サー・チャールズに契約の破棄を申し入れるべきだった。だが、それもいまとなってはもう遅い。バーティがニコラスの婚約話を近所中にふれまわっていることだろう。それに、ニコラスからの手紙を受け取ったヘンリエッタが、まるで疾風のようにやってきてしまった。彼の婚約者を見たときの、名づけ親のよろこびの表情は、ニコラスの胸を揺さぶった。

　いまのところ、ロティはまさしく侯爵家にふさわしい、魅力あふれる控えめな女性としてふるまっている。汚れを知らない令嬢の役を本気で演じようとしているかのようだ。だが、なぜだ？　いったい何を企《たくら》んでいる？

　彼は安楽椅子の肘かけを指でこつこつとたたいた。なんということだ！　こうなったのは、ほかでもない自分自身のせいじゃないか。彼は応接間の外で耳にした親子の笑い声を思い出して、顔つきを険しくした。なるほど、彼女は侯爵夫人になりたいのか？　だが、それがそんなに悪いことだろうか？　クラリスの盗みを目撃する以前であれば、話はまったくちがっただろう。友人のラルフとベッドをともにしたのではないかという疑いさえなければ、彼女なら自分が結婚するのにちょうどいいと、ニコラスは考えたはずだ。

実際のところ、ニコラスはロティを嫌ってはいない自分に気がついていた。彼女を信用できるかどうかはわからない。だが、妻が必要な事実にはいまも変わりがないし、もしヘンリエッタが彼女を気に入ったのであれば……ロティでいいかもしれない。

ニコラスはうめいた。ぼくはなんという愚か者だ。金目当ての親子とここまで深くかかわり合ってしまうとは。

ロティが演技をしているという気がしてならないのはどうしてだろう？　より高い身分を手に入れる滅多にない機会が訪れたので、行いを改めようと決心したのだろうか？

このままロティと結婚したとしても、夫の役目を果たすのはそうむずかしくはないはずだ。彼女とベッドをともにするのはいやではない。過去に愛人にした相手の中には、道徳観念の面でロティと似たり寄ったりの女性たちが何人もいた。最後に愛人にした女性などは、あまりに欲深くわがままだったので、手を切るのになんの憂いも感じなかったほどだ。ニコラスは、少なくとも結婚当初くらいは、外に別の女性を囲うような後ろ暗いまねはしないつもりだった。であれば、当然ながら、妻の裏切りを容認するつもりもない。結婚後に何をしても夫は黙認するだろうと高をくくっているなら、ロティはすぐ自分のあやまりに気づくはずだ！

「なんてことだ！」ニコラスはつぶやいて立ち上がった。

朝になったら、ロティにはっきりと言い渡さなくてはならない。この結婚に本気で踏みきる気があるなら、貞淑な妻でいてもらわなくては困る。少なくとも、ひとりかふたり息子を産むまでは。

ロティは習慣で朝早く目を覚ました。体を起こすと、ベッドの上に子猫が丸くなっていた。昨夜はローズが見つけてきてくれた籠に入れておいたのだけれど、子猫はこちらのほうが気に入ったようだ。ロティは子猫を抱きあげて体を撫で、もとの籠に戻してやった。

「ここがあなたの場所よ。悪い癖をつけてはいけないわ。ベッドで寝ると、寝返りを打ったわたしにつぶされてしまうかもしれないわよ」

　ロティはゆうべの残りの水で顔と手を洗った。朝食のあとで、もう一度念入りに顔を洗うつもりだけれど、まずは散歩に出かけたい。

　階下へ行くと、メイドのひとりが一生懸命家具を磨いていた。

「起きておいでなのを存じませんでした。何かご入り用のものはありますか？」

「いまはないわ。散歩へ行こうと思うの。朝食までには戻ってくるわ」

　眠たそうな顔の従僕が、ロティのために玄関の扉を開けてくれた。彼女は相手に笑顔を向けて、早朝の空気の中へ踏み出した。

　芝生の上を歩いていると、ロティは穏やかな気持ちになった。侯爵の所領は美しいところで、ここに住めたらさぞすばらしいだろう。けれど、今朝は侯爵に本当のことを言わなくてはならない。

　狩り場に足を踏み入れたロティは、かなりの樹齢を重ねた何本もの立派な大木に目を奪われた。中には優に百年以上はこの場所に立っていそうな、太い樫《かし》の木もある。感慨にふけっていたロティは、右手から聞こえた一発の銃声にぎょっとした。確か侯爵は、自分は狩猟を好まないと言っていたはずだ。侯爵の土地でいったい誰が銃など撃ったのだろう？

　ロティは何も考えずに銃声のした方向へ歩き出した。そして、一、二分行くと、眉をひそめたくなるような場面にでくわした。ひとりの男が脚を撃たれ、血のしたたる傷口を押さえて地面に横たわっている。

男は猟銃を構えたもうひとりの男を見あげていた。

「何かあったの？」ロティは尋ねて、ふたりの男に近づいた。

「この男は侯爵さまの土地に罠《わな》をしかけて、こっそり獲物を獲《と》ろうとしていたんです」猟銃を構えた男は森番のようで、ロティへの挨拶として帽子にちょっと手をふれた。「ここでは密猟はご法度だ」

「女房が腹をすかせてるんだよ。口に入れるために、うさぎを一匹欲しかっただけなんだ……」撃たれた男はすがるようにロティを見た。「こいつに言ってやってください、お嬢さま。このあたりには獲物ならたくさんいる。侯爵さまは狩りをなさらないから、獲物なんかいらないはずだ」

ロティは言った。「密猟は犯罪だから、ほうっておくわけにはいかないわ。それに、罠で動物を捕まえるのは残酷よ。あなたは屋敷へ来て、助けを求めるべきだったわ。でも……」彼女は森番に厳しいまなざしを向けた。「何も、いきなり銃で撃つことはないでしょう。この人を屋敷へ連れていってちょうだい。手当てをしないといけないわ。それから、この人の家族に何か食べるものをあげましょう」

「侯爵さまは密猟をお許しにはなりません」

「そうでしょうね。でも、わたしはあなたのしたことが許せないの。手を貸してくれないなら、わたしがこの人を連れていくわ」ロティは撃たれた男を見おろした。「あなた、立てる？」

「そいつが肩を貸してくれれば歩けます」

「おれがそいつを支えましょう」森番はしぶしぶ言った。「おれの代わりに猟銃を持ってください。もう弾は入ってないから、危ないことはありません」

ロティは森番から渡された猟銃の革ひもを肩にかけ、ふたりの男につづいて歩き出した。一行は厨房のある屋敷の裏手へまわった。「その人を流し場へ連れていってちょうだい」

「ミス・スタントン……」三人が流し場の入り口に近づくと、ローズが中から出てきた。「どうかしたんですか？」

「この人が密猟をしていて撃たれたの。奥さんがひもじい思いをしているらしいから、家へ持って帰れるように何か食べ物をあげましょう。でも、今後は何かきちんとした職に就かせないといけないわ。領地のどこかで雇ってもらえないかしら？」

「あの男はサム・ブレークです。これまで一日だってまともに働いたことのない人ですよ」ローズは言った。

「だったら、そろそろ働きはじめていいころだわ」ロティは答えた。「歩けるようになったら、厩舎《きゅうしゃ》の掃除の仕事をさせましょう」

「食べ物のことはわたしからミセス・マンに伝えますけれど、仕事の話は侯爵さまにうかがってください」ローズは言った。「その人を椅子に座らせてちょうだい、ジェブ・ラーキン。わたしが手当てをするわ」

「わたしが傷口を洗って、手当てをするつもりだったのよ、ローズ」

「わたしにおまかせください」ローズはきっぱりと言った。「この人、腿を撃たれてますから、お手を煩わせるには不都合があります。それに、もうそろそろ朝食のお時間になりますよ」

「そうね……でも、この人に食べ物をあげるのを忘れないで」

「忘れません」

ロティは怪我した男の手当てをローズにまかせ、自分の部屋へ向かった。彼女は考えこみながら唇を噛《か》んだ。もしかしたら、密猟者を屋敷へ連れてきたのは軽率だったかもしれない。男の話に同情してしまったけれど、相手がローズの言うようなろくでなしなら、妻の苦境はあの男自身の責任だろう。

彼女は足早に階段をのぼった。

ロティがひとりで朝食の席についていると、床を蹴るブーツの音が聞こえてきた。紅茶のカップを持つ手がかすかに震えた。狩り場での不愉快な出来事のせいですっかり忘れていたけれど、今日は朝のうちにどうしても侯爵に本当のことを打ち明けなくてはならない。

「領地のことに口を出すとは、いったいどういうつもりなんだ？」

ロティは目を上げ、相手の怒った顔を見た。侯爵は密猟者のことを言っているのだ。ロティは立ち上がった。

「お言葉を返すようだけれど、あの人は怪我をしていたのよ。森番は警告として空に向けて銃を撃つだけでよかったんじゃないかしら」

「ラーキンはこれまでに百回もそうしている。サムは手癖の悪いごろつきだ。きみは人のものを盗む行為をなんとも思わないのかもしれないが、他人はそういうわけにはいかない。あの男を厩舎で働かせるなんてとんでもない話だ。もう警官を呼んだから、サムは二、三カ月のあいだ、牢《ろう》に入れられることになるだろう」

「それでは厳しすぎじゃないかしら？　あの人の奥さんはひもじい思いをして……」

「それはサム自身の責任だ。しかも、大目に見たところで、あの男の妻は結局食べ物にはありつけない。サムはどうせ盗んだ獲物を宿屋に売って、自分の飲み代にしてしまうだけだ」

「まあ……ごめんなさい」ロティは両手を握り合わせた。「それに、わたしだって人のものを盗む行為は許せないわ。あの男の奥さんに同情してしまっただけなのよ」

「きみが盗みを許せないだと？」侯爵は信じられな

いと言いたげに声を張りあげた。「だったら、ぜひ教えてくれ。酔いつぶれて正体もなく寝ている男のポケットから、金貨をくすねる行為はどうなんだ？　そういう状態の男と寝室へ行くのは言わずもがなだが」

「なんですって……？」ロティの顔から血の気が引いた。彼女は愕然《がくぜん》として、いま聞いた言葉の意味を懸命に理解しようとしたけれど、頭は空回りするばかりだった。「あの子……わたしは決して……それはどこで起きたことなの？」

「どこで起きたことか、きみだって百も承知のはずだろう。パリの賭博場での話だ。きみは酔ったぼくの友人のポケットを漁《あさ》っていた」ニコラスはロティをまじまじと見つめた。彼女は明らかに大変な衝撃を受けている。そして突然、目の前にいるのはあのときの女ではあり得ないという事実が、彼の頭にひらめいた。「いったい、きみは誰なんだ？　きみはあのときの女じゃない。最初から何か変だと思っていたんだ。きみは嘘をついて、ぼくを笑いものにしようと……」

「いいえ、そんなつもりはなかったわ」ロティは急いで言った。「昨日、言うつもりだったの……父が賭けでこしらえた借金は、何年もかかるかもしれないけれど、お金で返済させていただきたいって。クラリスはわたしの双子の妹よ。あの子があなたとの結婚を拒んだので——」

「きみが身代わりを務めようと思ったわけか。なんとも気高い志だ。それとも、うまく立ちまわってぼくと結婚し、自分が侯爵夫人の座に納まろうと考えたのかな？」

ロティはまっ赤になった。「父に言ったことを聞いたのなら、あれはただの冗談よ……でも、ご心配なく。わたしはあなたに本当のことを言うつもりだったわ。ゆうべ、伯爵夫人に嘘をつくことはできないと気づいて――」

「だが、ぼくをだますのは平気だったと？」

「最初は、そういうことになっても自業自得だろうと思っていたわ。わたしたちを迎えたあなたは、とても無礼だったもの」いまや腹立たしさを抑えきれず、ロティは顔を上げた。

「丁重に迎えられるような立場だとでも思っていたのか？」

「礼儀さえわきまえてくだされば、それでじゅうぶんだったのよ。でも、ご安心なさって。わたしはあなたとは結婚しません。お父さまには、あなたにお返しするお金をなんとかして工面していただくわ」

「すると、きみは自分で決めた契約に背くというのか？」

「わたしはどんな契約も結んでいません。それを言うなら、クラリスだって同じよ。あなたと契約を結んだのはわたしたちの父だわ。ばかなお父さま。贅沢な暮らしを餌に、クラリスを説き伏せてあなたと結婚させようとしたのだけれど、あの子はあなたのことが大嫌いで……」ロティは狼狽《ろうばい》した様子で、途中で口をつぐんだ。「いいえ、だめ。これ以上言ったら失礼だわ」

「きみの礼儀作法は見あげたものだ、ミス・シャーロット」ニコラスはあざ笑った。「その汚れなき怒りの弁を信じられたらいいのだがね」

「お好きなことを信じたらよろしいわ。温かいおもてなし、どうもありがとうございました、侯爵さま。わたしは帰らせていただきます」

「いや、きみは帰らない」ニコラスはかたわらを通り過ぎようとしたロティの手首をつかんだ。「隣人たちや名づけ親の目の前で、ぼくを笑いものにはさせない。きみの父上は契約書にサインしたんだ。そのうえ、ぼくに一万五千ポンドの借りがある。きみが結婚を拒むなら、ぼくは借金の返済を容赦なく求め、世間にきみの妹は泥棒だとふれまわってやる」

「まさか……」ロティは恐怖におののいて彼を見あげた。「わたしの家族を破滅させるつもりなの？　あなたって人は、クラリスの言ったとおり、冷酷で血も涙もない男だわ。パリで何があったのか知らないけれど、クラリスにはきっとやむをえない事情があったはずよ」

「おそらくぼくは冷酷な男なんだろう」ニコラスは顔をこわばらせて言った。「だが、一度契約を結んだら、それにこだわるのがぼくの主義だ。きみにもそちら側の条件を守ってもらう」

「人でなし！　こんな相手に罪の意識を感じていたなんて。好意さえ持ちかけていたのに……」

「そのうち、ぼくがそばにいても耐えられるようになるだろう」ニコラスは言った。「ぼくも個人的な反感はわきへ置くことにしよう」

「なぜこんなことをつづけたがるの？　あなたが言ったようにクラリスが盗みを働いたなら、その姉と結婚したいはずはないでしょうに。契約を破棄してちょうだい。お父さまには必ずお金を返させるわ」

「だめだ。ぼくを拒絶したら、きみの家族は破滅するしかない」

「でも、どうして？」ロティは困惑してきいた。

「なぜなら、ぼくには跡継ぎが必要だからだ。暗い場所であれば、相手はどんな女性でも同じだからね。きみの父上には借金があり、きみはぼくを欺こうとした。きみの気持ちはどうあれ、契約は守ってもらおうか」

　わきあがる涙がロティの目の裏を刺した。

「わかりました。あなたがそこまで強くおっしゃるなら、父の交わした契約に従います。でも、あなたの卑しむべき行いは、なんのよろこびも生みださないわ」ロティはまっすぐニコラスを見すえた。「あなたの花嫁として、わたしは世間の前では非の打ちどころなくふるまいましょう。あなたがお望みの跡継ぎも産みます。でも、心の中では、あなたを憎むわ」

「きみに愛してほしいとは思っていない。なぜそんな必要がある？　愛などというものは作り話だ。大丈夫、そのうちきみは侯爵夫人の立場を気に入るだろう。義務を果たすんだ。そうすれば、我々は仲よくやっていける」

「お好きなように。すべてのカードを握っているのはあなただわ。でも、いつかこの契約を後悔する日がくるかもしれないわよ……」ロティは歩き去ったが、今度はニコラスも止めなかった。

4

「ゆうべはあまり長くお話しできなくて、ごめんなさい」ヘンリエッタが昼食に下りてくると、ロティは謝った。「少し疲れていたんです。でも、今朝はすっかりよくなりましたわ」

「本当に？」ヘンリエッタは疑っているような目でロティを見つめた。

「そういえば今朝、狩り場のほうへ散歩に行ったんです。そうしたら、密猟者が撃たれたところにでくわしましたの。森番に言って、撃たれた男をお屋敷まで運ばせ、手当てをして食べ物をあげたら、侯爵に叱られてしまいましたわ。密猟者は牢《ろう》に入れられるのが当然だと侯爵は言うんです」

「ああ、何かあったのだろうと思ったのよ」ヘンリエッタはわけ知り顔でうなずいた。「殿方というのは、土地の管理の仕方に口を挟まれるのが嫌いなの。わたしたち女性は、何かこうしたほうがいいと思うことがあったら、頭ごなしに言うのではなくて、にっこり笑ってお願いしなくてはね」

「我が家の所領はとても小さいんですけれど、父が土地の運営にも家の管理にもまるで興味がないんです。これまで、わたしにまかせきりでしたの。わたしが結婚したら、父はどうするつもりかしら」

「お父さまはこれ幸いと、あなたに何もかもやってもらっていたのね。でも、ニコラスはそういう人ではないわ。もうご存じでしょうけど、あの子は癇《かん》癪《しゃく》持ちなのよ。それに、最近はしかめっ面をしていることが多くなってしまったわ。本当はやさしすぎるほどやさしい子なのに。でも、それはあなたも知っているわね、ロティ？」

「そうなんですか？」ロティはためらった。そして、ひと目見たときから好きになってしまったこの女性には、できるだけ正直に話そうと心を決めた。「実のところ、わたしと侯爵は愛し合った末に結ばれるわけではないんです。侯爵は跡継ぎが必要で、わたしに結婚を申し込まれましたの。わたしは父の事情で、条件のよい結婚をする必要があって、申し出をお受けしたんです」

「まあ……」ヘンリエッタはため息をついた。「ニコラスのやりそうなことくらい、わかっているべきだったわね。残念だわ。わたしはあの子が恋に夢中になっているところを見たかったの」

「わたしではお役に立てそうにありませんわ」

「そうかしら。あの子はあなたに何か感じているわ。子どものころのニコラスは両親を心から慕っていたの。母親を早くに亡くした悲しみは、とても深かったわ。そして、ある令嬢と出会ったのだけれど、それもうまくいかなくて。たしかエリザベスといったかしら。彼女がニコラスの心を深く傷つけたんだと、わたしは思うわ。ニコラスはそれ以来、次から次へと愛人を持って、結婚には見向きもしなくなったの。あの子はわたしのために身を固めると言ってくれたけれど、何も感じていなかったら、あなたに結婚を申し込むわけはないわ」

　ロティは伯爵夫人をこれ以上がっかりさせたくなかったので、父親の借金や、侯爵の血も涙もない要求については口をつぐんだ。

　侯爵がエリザベスという令嬢に対してもひどく冷酷であったなら、拒まれたのも無理はない。けれど、その令嬢が本当に侯爵の心を深く傷つけたのであれば、侯爵が恋愛を忌避するわけも理解できた。

　いいえ、侯爵が傷つくような心なんか持っているものですか。あの人は、わたしがこれまでに会った中でいちばん傲慢で、冷酷な人だわ！　今朝のふるまいときたら卑劣そのものよ。こんなにも切羽つまった事情さえなかったら、侯爵に思っていることをはっきり言ってやるのに。けれども、ロティは怒りを自分の胸ひとつに納め、伯爵夫人が結婚式について楽しそうに話すのを静かに聞いていた。

　二時になると、ロティは伯爵夫人を庭に残して、着替えのために自室へ戻った。お茶の時間にフィッシャー家を訪問することになっているので、いっしょに行かないかとロティは誘ったが、ヘンリエッタは断った。

「ニコラスは夕食に、ブランド大佐とその奥さま、そして、牧師さんとフィッシャー家の人たちを招いたはずだわ。今夜に備えて、少し休ませてもらいますよ」

　ちょうど三十分後にロティが一階へ下りてゆくと、侯爵が彼女を待っていた。彼は少しためらってから、ロティに小さく会釈した。

「時間に正確なのはいいことだ。ロティ、ぼくはきみに謝らなくてはならない。密猟の件に関する今朝のぼくのふるまいはあまりにも横暴だった。癇癪を起こして、きみに見苦しいところを見せてしまったようだ」

「謝罪の必要はありませんわ」ロティはよそよそしくうなずいた。つまり、わたしがクラリスのふりをしていたことについては、何も言わない気なのね？

ロティの怒りはすでに冷めていた。率直な目で見れば、相手をだまそうとしたことについても、所領の問題に口を差し挟もうとしたことについても、侯爵の非難はもっともだったからだ。けれど、身代わりの件について、侯爵が素知らぬふりを決めこむつもりならば、こちらも調子を合わせておこう。当面は。

「わたしがかかわりのないことに口を差し挟んだのですもの。父は所領の管理に興味がないので、自分の裁量でなんでも決めることに慣れているんです。つい自宅にいるようなつもりで、口を出してしまったわ。このお屋敷はわたしの家ではないと、肝に銘じる必要がありますわね」

「この屋敷はきみの家になるんだ。やむをえずとはいえ、きみの指図を覆すようなことをして申し訳なかった。食べ物については、撃たれた男の家族に届けられたはずだ。だが、サム本人は逮捕された。この先、男の家族を助けたいときみが思うのであれば、反対はしない。男の妻はきちんとした女性だったと思う。縫い物を引き受けて暮らしているそうだから、きみが彼女を雇ってもいいだろう——もしそうしたいと思うのなら」

ロティは侯爵に目を向けた。何も浮かんでいない表情とは裏腹に、彼の喉元は小さく脈打っていた。侯爵としては、これが最大限の謝罪の申し出なのだろう。

「そうね、そうしようかしら。ウエディングドレスを縫うのに、誰か手伝ってくれる人が必要なの。舞踏会のためのドレスならあるけれど、結婚式の衣装は新しく仕立てなくてはいけないわ」

侯爵はまじめな顔でロティを見つめた。「きみはいつもこんなに落ち着いているのか？　今朝あんな口論をしたあとだから、てっきり父上といっしょに家へ帰ると言い出すのかと思っていた」

怒りを抑えるのにどれほど苦労しているか、侯爵が知ってさえいたら！　ロティは穏やかな表情を崩さないように気をつけた。

「父はあなたに借金があり、わたしはその借りを返すためにここにいるんですもの。わたしたちを契約から解放するつもりはないと、あなたははっきり言ったわ。だから、わたしには選択の余地はないのよ。こういう結婚の取り決めは、世間にはよくあることなんでしょう？」

「ああ、よくある話だ」侯爵の表情がはじめて不確かに揺らいだ。「だが、普通はどちらの側も相手に対して好意とか、少なくとも敬意くらいは持っているはずだ」

「本当に？」ロティは険しく光る目で侯爵を見た。「わたしは、あなたを好きにならなくてはいけないの？　でも、もしかしたらそのうち、敬意くらいは持てるようになるかもしれないわね。あなたの謝罪を受け入れるわ。今後はわたしも礼儀正しいふるまいを心がけることにしましょう」

「だったら、ぼくと結婚する気になったのかい？」

「わたしに選ぶ権利があるの？」

「ぼくたちのどちらにもそんなものはないんだ、ロティ」侯爵は陰鬱に言った。「それに、ヘンリの最大の望みはぼくの結婚を見届けることだ。彼女をよろこばせるためなら、ぼくはなんでもする」侯爵はロティの手を取り、彼女を馬車に乗せた。「今後はぼくの短気に悩まされることはないはずだよ。少なくとも、礼儀は心得ているつもりだ」

「そうね」ロティはふいににっこり笑った。不思議なことに、胸の怒りは煙のように消えていた。侯爵が名づけ親に示す思いやりは、彼のやさしさの一端を見せているのにちがいない。「お互いの家族のために、折り合う努力をしましょう」

レディ・フィッシャーは、いささかにぎやかすぎるところはあるものの、親切で感じのよい女性だった。

「侯爵家で大勢の集まるパーティを開かなくなって、もうずいぶんになるわ。侯爵がロンドンからこちらへ帰っていらっしゃるときは、向こうのお友だちを連れておいでになるけれど、近所の人たちを夕食にお招きになることは滅多にありませんものね。侯爵のお父さまは、それはすてきなクリスマスパーティをお開きになったものよ。もちろん、それは前のレディ・ロスセーがお亡くなりになる前のことでしたけれど」

「これからは、その習慣をよみがえらせることができるかもしれません」ロティは言った。「わたしは一年の大半をこちらで暮らすつもりでいるんです。人と会うのは大好きですから、ちょくちょくみなさんをお招きすることになると思いますわ。奥さまも、いつでも屋敷へお茶にいらしてください」

「息子から聞きましたけれど、あなたは外を歩いて、動物を眺めるのがお好きなんですってね。我が家の狩り場には鹿がいるのよ。冬にはわたしが外へ出しておく食べ物を目当てに、屋敷のすぐそばまでやってくるの」

「それはすてきだわ」バーティがお茶の席へやってきたので、ロティは顔を上げた。「いま、レディ・フィッシャーから鹿の話をうかがっていたんです」

「母は連中をペットにしたがるから困る。鹿が畑を荒らすようになると、農家が迷惑するとよく言って聞かせるんですけれどね。我々が狩りをしなければ、密猟者が現れて鹿を盗むし」

「まあ……」ロティは侯爵をちらりと見たが、彼はその視線に気づかない様子だった。「密猟者というのは頭痛の種なんですか？」

「サム・ブレークのやつには悩まされましたよ。だが、ニコラスのところの森番があいつの始末をつけたらしい。ぼくの前へ引き出されてきたら、縛り首にしてやるところですがね。ニコラスもぼくも、この州の治安判事をしているんです。サムの裁判はニコラスの担当になるだろうな。ニコラスは一年の禁固刑にすると言っていますよ。ぼくに言わせれば、それでは甘すぎるが」

「うさぎを何匹か盗んだだけで、縛り首は妥当かしら？」

「ご婦人方は心がやさしいからな」バーティは甘やかすようにほほえんだ。「だが、ああいう連中には示しをつけないといけない。大目に見ていたら、じきに誰も法律を守らなくなってしまいます」

「あなた方のほうがそういうことはよくご存じなんでしょうね」ロティは如才なく言った。

「そのとおり」バーティはうなずいた。「不愉快なことは我々にまかせておいてください。結婚式が三週間後に迫っているなら、いろいろと考えることが多いはずでしょう。ロンドンへ買い物に行く必要もあるんじゃないかな。それとも、近場のノーサンプトンで手に入るものでよしとしますか？」

「三週間後……」ロティは愕然《がくぜん》とした。結婚式の日取りを聞かされたのははじめてだったのだ。

彼女は侯爵にすばやく目を向けたが、彼は壁にかかった絵を眺めていて、こちらの話をまるで聞いていない様子だった。

「ノーサンプトンには何軒か、とてもいい生地屋があるの」レディ・フィッシャーは言った。「もちろん、ロンドンのお店にはかないませんけれどね。でも、仕事の上手なお針子も知っているわ。よろこんでご案内しますよ」

「ありがとうございます。差しあたって、ドレスを仕立てるための絹と、もしかしたら新しい帽子が必要になると思うんです」

「それだけでは足りないでしょう。そう思わないか、ニコラス？　きみの花嫁となる人には、その地位にふさわしいドレスが何着も必要だ。きっときみは、彼女をパリへ連れていくつもりなんだろうね。地元のお針子には、フランスで仕立てるようなしゃれたドレスを縫うのはとても無理だ。しかし、パリへ旅行するにも、そのために着るものがかなりいるだろう」

「なんだって？　ああ、ロティにはドレスがたくさん必要になるな。シェルビー伯爵夫人がきっといろいろと助言してくれるだろう。ぼくも近いうちに、ほんの数日だがロンドンへ行くつもりなんだ。向こうにいるあいだに、必要なものを注文しよう」

「まず、ノーサンプトンで何が手に入るか見てみたいの」ロティは言った。「そのあとで、もしかしたらロンドンから必要なものを取り寄せるわ」

「着るものは大切だよ、ロティ」ニコラスはロティに目を移した。「あとでよく話し合わなくてはいけないな。ロンドンではもちろん、きみの身のまわりの品を注文するつもりだ。何が必要になるか、ヘンリエッタと相談しておいてくれ」

「ええ、そうね」レディ・フィッシャーはあいづちを打った。「伯爵夫人のお召しものの趣味はすばらしいわ。あの方は、みんなから一目置かれているのよ」

人前で侯爵と言い争いたくなかったので、ロティは口をつぐんだ。けれど、この先、それほどたくさんのドレスが必要になるとは、彼女にはどうしても思えなかった。黙りこむロティを、侯爵はいぶかるような目つきで見ていた。

帰り道、みずから操る二頭立ての馬車に乗ってしばらくしてから、侯爵は口を開いた。

「レディ・フィッシャーに悪気はないんだ」

「あの方のおっしゃることには何もおかしなところはないわ。ただ、そんなにたくさんのドレスが必要になるとはどうしても思えないの。あなたがロンドンにいるあいだ、わたしはここで暮らすことになるんでしょう――あなたはそういう物分かりのいい妻をお求めなのよね?」

「ああ、そうだ」ニコラスは言って、眉をひそめた。「跡継ぎができたら、どこでも好きなところで暮らすといい。バースなんかはどうかな? もちろん、きみへの手当は支払われる」

「なんて気前がいいのかしら」ロティの口調に皮肉な響きはなかったが、ニコラスの頬にはさっと血の色がのぼった。「ロスセーで子どもたちと暮らせたら、きっとじゅうぶん満足だと思うわ。それに、もちろんベスおばさまもいっしょにいてくだされば ね」

「ああ、もちろんそうだろう。きみの伯母上とね。伯母上に手紙は書いたのかい?」

「招待の手紙は、あなたから送られるべきだと思うわ」

「すぐに書いて送ろう」

「ありがとう。おばさまもきっとやきもきして待ってらっしゃるわ……わたしたちの婚約の知らせを」

「ああ、そうだろうとも」

「いったいどういう意味? おばさまはとてもいい方よ……」

侯爵は何をほのめかしているの? ロティは彼に

怒りのこもった目を向け、非難の言葉を投げつけようとした。そのとき、一発の銃声が響きわたった。弾はふたりのいるあたりを大きくそれたが、馬が音に驚いて駆けだした。手綱を握っていたニコラスは懸命に馬の勢いを抑えた。けれど、やっと馬が足を緩めはじめたところで、馬車の車輪が路面の起伏に乗りあげた。そのはずみで、ロティは地面に投げ出されてしまった。

　しばらくのあいだ、ロティは呼吸ができずに、目を閉じて横たわっていた。大きな人影が彼女の上に落ちた。ロティはまぶたを開け、ぼんやりとまばたきをくり返した。

「どこかひどく痛めたのか？　なんてことだ。すまなかった。銃声にふいを突かれたんだ」

　ロティはゆっくりと上体を起こした。呼吸がもとに戻ると、あちこち痛くてすっかり動転しているものの、大きな怪我《けが》はしていないことがわかった。

「手を貸してくれれば立てると思うわ」

「本当にすまない。きみが大怪我をしたか……死んでしまったかと思った」

「いいえ。少しびっくりしただけ」

「ああ、よかった！」ニコラスは心からそう思っている様子で、立ち上がったロティの体に腕をまわして、彼女を固く抱きしめた。ニコラスはしばらくそうしていたが、ロティが彼の胸に手を置いて小さく押すと、すぐに彼女から手を離した。

「きみが大怪我をしていたら、自分を許せないところだ。こんなことが起きるなんて考えられない」

「わたしたちを狙って撃ったのかしら。それとも、馬を驚かせようとしたの？　もちろん、誰かの誤射ということも考えられるけれど」

「いずれにしろ、結果は同じことだったかもしれない」ニコラスは奇妙な目つきでロティを見た。「きみはいましがた、死んでいてもおかしくなかった。

そのことに気づいているかい？」

ロティは大きく息を吸いこんだ。「ええ、そうね。大変なことになっていたかもしれないわ。でも、わたしたちはふたりとも無事だった。いまは誰がやったかに注意を向けるべきだと思うの。森番か密猟者の撃った流れ弾だったのではないかしら？」

「我が家の森番たちが道の近くで発砲することはない。密猟者か——ぼくに害を加えようとする誰かだろう」

「あなたには敵がいるの？」ロティは驚いて彼を見あげた。銃弾が狙いどおりの的を撃ち抜いたときのことを考えると、彼女の胸は大きく波打った。侯爵は死んでいたかもしれない。そう思うと、胸の奥に虚《うつ》ろでひんやりとした感覚が広がった。ふたりのあいだはお世辞にもうまくいっているとは言えない。けれど、侯爵がこの世からいなくなったときのことなど、ロティは考えたくもなかった。「ただの事故にちがいないと思っていたのだけれど……あんな行動に出るほどあなたを憎んでいる人が誰かいるの？　サム・ブレークは、牢屋に閉じこめられているのよね？」

「そうだ。だが今回の一件の前にも、ぼくが牢へ送った人間はいる。去年の夏には、治安判事としていくつかの裁判を執り行った。無法な密猟者の一団を解体に追いこみ、一味のほとんどを監獄へ送ったんだ。けれども、ひとり罪を免れて逃げた男がいたはずだ。その男の名前は思い出せないが」

「だったら、本当にあなたが狙われたのかもしれないのね。でも、森番の撃った弾がそれただけということも考えられるわ。馬車の速さはそれほどでもなかったから、狙って撃ったとすれば、どこかに当たったはずでしょう？」

「そうかもしれない」ニコラスは眉根を寄せた。

「森番たちは仕事をしているだけなんだ、ロティ。

今朝のような出来事があったからと言って、彼らに反感を持ってはいけない」

「大丈夫よ。だけど、いつだって不測の事故は起こり得るものでしょう」

「調べてみよう。もしこんな事故を起こすほど不注意な森番がいるとすれば、その男を雇いつづけるわけにはいかない。きみがひとりで馬に乗ってここを通ったかもしれないんだ」

「相手はあなたに恨みを持つ人にちがいないわ。ごめんなさい。今朝は領地のことに口を挟むべきではなかったのよ。これからは、意見を差し控えるように気をつけるわ」

「そうなったとしたら残念だ」ニコラスはほほえんだ。「きみはとても勇敢だ、ロティ。ほかの若い女性だったら、馬車から振り落とされて、これほど気丈にはしていられなかったはずだ」

ロティは赤くなった。「どこにも怪我はないんですもの。このこと、伯爵夫人には黙っていましょうね。心配をかけてはいけないわ」

「ああ、確かに。きみの言うとおりだ」ニコラスはロティをちらりと見やってから馬の手綱を握った。「ぼくの不手際でひどい目に遭わせてしまったことを許してもらえるかな？」

「あなたが謝る必要はないわ。もう、何も言わないで」

「わかった」ニコラスは謎めいた視線を彼女に向けた。「きみには驚かされてばかりだ。こうしてみると、父上と交わした取り引きはそれほど悪いものではなかったように思えてきたよ」

ロティは答えなかった。頬が燃えるように熱くなった。なぜなら、いまの言葉はおそらく本人が意識する以上に彼の本音を吐露していたからだ。侯爵は取り引きを後悔していたのだろうか？　もしそうなら、ロティと父親が屋敷へ着いたときに、なぜ契約の破棄を申し出てくれなかったのだろう？

ロティにニコラスの心を読むことができたならば、ふたりはときに、そっくり同じ考えを抱いていたことがわかっただろう。はじめのうちニコラスは、なぜサー・チャールズと金でけりをつけなかったのかと、何度もみずからに問いかけた。ところがいま、彼の心は突然の、驚くべき変化に見舞われていた。

彼女が目を閉じたまま地面に横たわっているのを見たとき、ニコラスはロティが死んでしまったのではないかと思った。その瞬間に、彼の胸を襲ったのは、言葉にならないほどの寂寥《せきりよう》感だった。その後の深い安堵《あんど》もあいまって、しばらく時間がたつまでは、自分自身の反応を疑問に思う余裕さえなかったほどだ。

この若い女性の生死が、なぜぼくにとってそんなにも重要なのだろう？ 若い命が絶たれてはならないという、当然の気遣いだけなのだろうか？

ニコラスはきわめて率直な男なので、たじろぎもせずに事実を認めた。どうやってかロティは、彼が築いた心の壁の内側に入りこみかけているのだ。出会った当初、ニコラスは彼女のことをきれいな顔をした悪女だと思った。けれど、ロティは彼女の双子の妹とはまったくちがっていた。ロティは泥棒でも、多情な浮気女でもないだろう。彼女の妹はその両方かもしれないが。

ニコラスは考えこんだ。ということは、将来クラリスが身内になったときに、不都合な事態が生じる可能性がある。妻と家名をクラリスの不品行から守るために、何か策を講じなくてはならないだろう。だが、それはまだ先の話だ。

いまのところは、かたわらに座るこの美しく、勇敢で、生気あふれる女性に対して自分がどういう気持ちでいるのかを、よく吟味する必要がありそうだ。ぼくはこの女性といっしょにいるのを、刺激があって楽しいと感じはじめている。ときには、あからさまにたてつかれて、居心地の悪い思いをすることもあるが。

彼自身が決めたふたりの結婚の条件を、ロティの口から再確認されたときには、思った以上に動揺してしまった。もちろん、ロティを一年じゅう田舎に住まわせておくわけにはいかない。ロンドンでいっしょに暮らしたいわけではないが、彼女が望むなら、保養地として有名なバースに住まいを用意してもいい。

そして、彼は気が向いたときにその住まいにロティを訪ねるか、この領地の屋敷へ帰ってくる。彼女は田舎にいても何不自由なく暮らせるだろう。そうだ、それがいい。ニコラスは思った。けれど、どういうわけかそれは、彼自身の本当の望みとどこかちがっている気がしてならなかった。

その夜、夕食のために着替えをしながら、ロティは自分の腕や脚を調べた。何箇所か擦り傷やあざができている。馬車から振り落とされた衝撃はまだ消えていなかったけれど、昼間の事故について無闇に騒ぎ立てられたくなかった。あざを隠すために、今夜はストールが必要だろう。

ローズに髪を結ってもらいながら、ロティは物思いに沈んだ。地面に横たわったわたしを見おろす、侯爵の恐れに満ちた表情に、やけに胸がいっぱいになってしまった。侯爵が婚約者の身を気遣ってくれるのはよろこばしいことだろう。ロティは予想した以上に侯爵のことを好きになりはじめていた。ふたりがいっしょにいて心地よい間柄になれたらと、彼女は思った。

侯爵はロティを愛しているわけではない。この結婚に恋や愛を求めるのは愚かなことだ。けれど、ふたりがお互いのことを好きになれたら、契約による結婚としては理想的だろう。

ロティは階下へ向かいながらため息をもらした。今夜はさらに数人の隣人と会って、結婚を前にした幸せな若い娘のふりをしなくてはならない。

侯爵はしばらくロンドンへ行くと言っていた。本当は、お互いのことをもっとよく知るために、領地に留《とど》まっていてもらいたかった。けれど、結婚式まで三週間しか時間がないなら、準備に忙しくて、侯爵を恋しがっている暇はあまりなさそうだ。

「どうしてわたしたちを置いてロンドンへなんか行かなくてはいけないの？」夕食の客が帰ったあとで、ヘンリエッタは名づけ子をにらんで不平を言った。

「弁護士に会わなくてはならないんですよ」ニコラスは弁解した。「それに、ロティには新しいドレスが必要です。ロンドンのなんという仕立て屋がいいのか、ぼくに教えてください」

ロティは口を挟んだ。「ウエディングドレスは自分で仕立てるつもりなの。それから、あと一、二枚新しいドレスと、帽子があればいいと思うけれど、そちらも自分でなんとかするわ」

「ニコラスにまかせるのをためらう必要はありませんよ」ヘンリエッタは言った。「この子はいい趣味をしていますからね。わたしがいつも仕事を頼む仕立て屋のお店を教えましょう。そこなら、新婚旅行に必要な身のまわりのものをそろえてくれるわ。パリへ行くつもりなら、そちらでももっとドレスを仕立てるといいわよ」

ニコラスは眉根を寄せた。「何を注文すればいいか教えてくれ、ロティ。そうしたら、できるだけ希望に添うようにするよ」

ロティはうなずいたが、何も言わなかった。ヘンリエッタはそんなふたりを見比べてかぶりを振った。ふたりのあいだにまた何か意見の衝突が起きたことは明らかだった。

「あなたは朝早くに発《た》ちたいのでしょうから、いまのうちに仕立て屋の名前を紙に書いてあげるわ」

「お願いします」そして、ニコラスはロティのほうを向いた。「もう休むつもりかい、ロティ？　ぼくといっしょに庭へ出て、少し歩かないか？」

「ええ、ごいっしょするわ」ロティは答えた。

ニコラスの腕に、ロティは手を置いた。

「きみがここでの生活に満足しているか、確かめたかったんだ」庭へ出ると、ニコラスは言った。「結婚式がすむまで領地を離れるつもりはなかったんだが、片づけなければならない用事ができてしまった。きみはここで大丈夫だね？　もう一日二日もすればきみの伯母上が来るし、ヘンリエッタもいる。きみの父上も」

「どうか心配しないで。わたしにはやることがたくさんあるわ。まだ招待状を書き終わっていないし、ウエディングドレスも仕立てなければならないもの」

「ロンドンで作らせてもいいんだ」

「その必要はないわ。これまでも自分のドレスは自分で仕立てていたのよ」

「きみの着るドレスは似合っているよ。だが、ときにはもう少し……」

「あか抜けたものを着ろと？」ロティは笑った。「はっきりおっしゃっても怒ったりはしないわ。ロンドンで社交シーズンを過ごすつもりなら、確かに都会のお針子を雇う必要があるでしょうね。でも、そういうことにはならないんじゃないかしら」

「これからはわからないよ。ときにはロンドンへ行くこともあるだろう。ぼくは少なくともきみと友人同士になりたいんだ、ロティ」

「ええ、そうなれると思うわ。これまでのことは水に流しましょう。あなたさえそれでよければ」

「きみはそれでいいのかい？」

「過ぎたことは忘れるのが賢明よ。そうすれば、また新しくはじめられるわ」

「では、そうしようか、ロティ？」月の光の中で、ニコラスはロティを見おろした。

　彼女は美しかった。クラリスとまちがえて、相手を軽蔑していたときでさえ、ロティはニコラスの感覚を揺さぶった。自分でもどうしてなのかわからないまま、ニコラスは腕をのばして彼女を引き寄せた。そして、唇にやさしくキスをした。彼女が応えはじめると、そのキスはすぐに激しいものに変わった。ロティの体はやわらかく、しなやかだった。心を酔わせるような彼女の香りがニコラスの鼻孔を満たし、彼を駆りたてた。しばらくのあいだ、ニコラスはロティを固く抱きしめたままじっとしていた。彼女をどこかへ連れ去って、いますぐ愛を交わしたい。けれど、彼はその衝動を抑えつけた。

「約束に封印をするキスだ」ニコラスはわざと冗談めかして言った。「おやすみ、ロティ。ぼくはほんの数日で戻ってくる」

「おやすみなさい」ロティは答えた。その落ち着き払った様子がニコラスをいらだたせた。「わたしのことは心配いらないわ。あなたがお留守のあいだも、忙しくしているから」


　ロティは自分の唇に指をあてた。ニコラスの熱いキスの感触が、いまも唇に残っている。侯爵を相手に妻としての義務を果たすことはむずかしいかもしれないだなんて、本当に思っていたの？　月明かりの中で交わしたたった一度のキスで、それはとても簡単なことだとわかってしまった。ロティはニコラスに永遠にキスをつづけていてほしかった。けれど、高望みするのは愚かというものだろう。

恋人としての侯爵は、情熱的で女性慣れしているにちがいない。エリザベスと別れてからは、何人も愛人がいたと聞いている。侯爵が妻にしたいと願った相手は、どんな姿をしていたのだろうとロティは思った。けれど、侯爵に別れた相手のことを尋ねるのは、あまりにはしたない。

この結婚に愛を期待してはならないと、ニコラスは言った。彼のキスは約束に封印をするためのものにすぎない。けれども、キスを交わしたせいで、彼に惹《ひ》かれる自分の気持ちがロティにはわかってしまった。ニコラスが寝室へやってきたら、わたしはきっと戸惑いもしないし、ためらいもしない。けれど、やがて彼がベッドを去るとき、わたしはどんな気持ちになるのだろう？

彼を好きになりすぎたら、心が引き裂かれてしまうかもしれない。この結婚は単なる便宜上のもの。そのことを決して忘れてはならないのよ。

でも、そんな結婚で満足できるの？　満足しなくてはいけないわ。なぜって、いまとなっては、わたしから婚約解消を申し出る力なんて残っていないのだもの。

自分の部屋で、ロティは子猫を撫《な》でて悲しそうに笑った。

「わたしっておばかさんかしら？　いまのうちに、ここから逃げだすべきだと思う？」

子猫が小さく鳴いたので、ロティはうなずいた。

「そうね。いまではもう遅すぎるわ」

5

ロティは何かが欠けているような寂しい気持ちで目を覚ましたが、どうしてそんなふうに感じるのか、気がつくまでにしばらくかかった。侯爵がロンドンへ発《た》って、本当にまだ三日しかたっていないのだろうか？　まるでもう一年もたったような気がする。まったく、わたしったら何を考えているの！　あの人は赤の他人も同然の人なのよ。それに、これから侯爵が留守をするたびに、めそめそしているわけにはいかないわ。

　ロティは決然と上がけをはねのけた。サム・ブレークの妻に関しては、彼女は自分の意志を通して、ウエディングドレスの仕立てのために屋敷へ来てもらえるよう、すでに話はつけてあった。そのために今朝は、レディ・フィッシャーといっしょにノーサンプトンへ行き、必要な布地を買ってくることになっている。舞踏会と結婚式の招待状はもうすべて送り終わった。それでも、使用人たちが彼女の指示を待っているので、やることはいくらでもあった。

　ロティは冷たい水で手と顔を洗い、身支度を調えた。近ごろは、朝いちばんに湖へ散歩に行って、黒鳥たちに餌をやるのが彼女の日課になっている。サム・ブレークの一件があって以来、ロティは早朝に狩り場へ行くのを避けていた。

　ロスセー・マナーの朝の景色は本当に美しく、穏やかな眺めが目を覚ましたときの胸の痛みをやわらげてくれた。それに、侯爵はもうしばらくすれば帰ってくるだろう。

　レディ・フィッシャーとの外出はとても楽しかっ

た。ロティはノーサンプトンの生地屋で金糸の模様の入ったクリーム色の絹を数メートル買った。ところどころにレースの縁取りをすれば、すばらしい花嫁衣装ができあがるだろう。それに後日、何かあらたまった機会があった場合にも着ることができる。花嫁は結婚した最初の年に、しばしばウエディングドレスを身につけるのだ。どんなドレスにするかはもう決まっている。ぴったりした身ごろに、深くくれた襟元へはレースをあしらい、七分袖の袖口にも同じレースで襞《ひだ》飾りをつける。髪には侯爵家の温室に咲く花を飾ることにした。

　午後遅く、屋敷の外で馬車を降りたロティは、レディ・フィッシャーにその日の礼を言った。

「中へ入って何かお飲みものでもいかが？」

「ありがとう、ロティ。でも、またの機会にさせてもらうわ。夕方にお客が来ることになっているの」

「あら、それは楽しみですわね」

「どうかしら。ハンターは気むずかしい人なのよ。でも亡くなった主人の甥《おい》だから、ときどきもてなさなくてはいけないの。それじゃあね。いつでも時間のあるときにうちへいらしてちょうだい、ロティ」

　ロティは手を振って隣人の馬車を見送った。一日の買い物にすっかり満ち足りた気分で、彼女は屋敷へ戻った。

「楽しんでいらっしゃいましたか、ミス・スタントン？」家政婦が彼女に声をかけた。

「ええ、とても。いくつか荷物があるの。誰かに言って、二階へ運んでおいてもらえないかしら？」

「かしこまりました。応接間にお客さまがおいでです。いま、伯爵夫人がお相手をなさっていらっしゃいます」

「ベスおばさまがいらしたの？」ロティは顔を輝かせた。「うれしいわ。どうもありがとう」

　彼女は急いで応接間へ向かった。すると、部屋の中から女性の笑い声が聞こえてきた。ベス伯母と伯爵夫人はもう仲よくなってしまったようだ。

「ロティ」ベス伯母は立ち上がって、笑顔で姪《めい》を抱きしめた。「元気にしていたの？」

「ええ、とても」ロティは答えて、伯母の頬にキスした。「おばさまにいらしていただけて本当にうれしいわ。シェルビー伯爵夫人とはもうすっかり打ち解けたようね」

「これほど幸運な巡り合わせはないわ」ヘンリエッタは言った。「わたしたち、若いころに仲よしだったのよ。わたしが結婚したばかりのときに、バースで知り合ったの」

「遠い昔の話よ」ベス伯母は静かに笑った。「まさかロスセー侯爵があなたの名づけ子だったなんてね。思いもよらなかったわ、ヘンリエッタ」

「あの子の母親とは気の合う友人同士だったの。小さいときのニコラスは、それはかわいい子どもだったわ。わたしには子どもができなかったから、自分の息子代わりに思っているのよ」

「侯爵がお留守だなんて、残念ね。お互いに知り合う時間が必要でしょうに、ロティ」ベス伯母は考え深げな目をして言った。

「これから一生をかけて知り合えばいいわ」ロティはなんでもなさそうに受け流したが、伯母の言葉は彼女の思いを代弁していた。「こんなに大きなお屋敷だと、やることはいくらでもあるのよ。ヘンリエッタが教えてくれなかったら、何をどうしていいかわからないところだったわ」

「それに、これからはわたしも手伝えるわ」ベス伯母は言った。「結婚式でお客さまにお出しするお料理は決まったの？　食事はいちばん大切よ。これほどのお屋敷だと、お客さまは最高のもてなしを期待しておいでになることでしょうからね」

「昨夜、考えはじめたところなの。でも、おばさまは誰よりお料理のことに詳しいわ。書き出したものを見せるから、直したほうがいいところを教えてもらえないかしら」

「ええ、よろこんでお手伝いするわ。このお屋敷の料理人は焼き菓子が上手ね。でも、さらに工夫の余地があるかもしれないわ。相手のご機嫌を損ねないように、話し合ってみましょう」

ベス伯母は厨房《ちゅうぼう》で采配をふるうのを楽しみにしている様子だった。侯爵が異を唱えなければいいけれど、とロティは思った。自宅では、食事のメニューに関してはいつも伯母まかせだった。ロティがこの屋敷の女主人になったら、ベス伯母はきっと家政の助けになってくれるだろう。侯爵がそれを不都合と感じるなら、ロンドンから帰ったあとでロティにそう言ってくれればいい。

ロティは伯爵夫人に目を向けた。「侯爵からの連絡はなかったようですね？」

「なかったわ。本当に腹の立つ子でしょう？」ヘンリエッタはやさしくほほえんだ。「でも、男の人にあれこれ口を挟まれるより、女性だけのほうが何かとやりやすいわ」

ロティは婚約者の不在にかすかないらだちを感じたが、その気持ちをのみこんだ。「侯爵は大事なお仕事をなさっているんでしょう」

「失礼いたします、ミス・スタントン……レディ・シェルビー……」家政婦が部屋へ入ってきて、どちらに話しかけたらいいかわからない様子でふたりの顔を見比べた。「ひとつ問題が生じまして……」

「どうかしたの、ミセス・マン？」ロティは尋ねた。

「あちらでご相談できますでしょうか、ミス・スタントン？」

ロティはミセス・マンのあとについて応接間を出た。家政婦が戸惑っているのがよくわかった。

「使用人たちのことなの？」

「いえ、お屋敷内の問題でしたら、こんなふうにお騒がせすることはございません。サム・ブレークのことなんでございます。あの男を村で見かけたという者がいるんです。ずいぶんといきり立った様子で、侯爵さまに借りを返してやるとわめいていたそうです。ご領地の土地管理人をしているミスター・バートンが、周辺の巡回をする見張りの者を増やすべきかどうか迷っています」

「じゃあ、サム・ブレークは牢《ろう》から逃げたの？」

「そうにちがいありません。ミスター・バートンは伯爵夫人におうかがいを立てたいと申すのですが、わたしはあの方にご心配をおかけしたくないんです。実のところ、レディ・シェルビーは以前ほどお元気ではいらっしゃいません」

「ええ、疲れやすいご様子ね」ロティは眉をひそめた。侯爵からは、領地のことに口を挟むなと言われている。けれど、今回はそうせずにはすまないようだった。「ミスター・バートンに、すぐに見張りを増やすように言ってちょうだい。ほうっておいたら、領地へ帰ってきた侯爵が危ない目に遭うかもしれないわ」自分自身、突然の銃声で馬車から振り落とされたことを思い出して、ロティは不安に襲われた。

「ロンドンにいる侯爵にも、このことを知らせましょう。わたしが自分で手紙を書くわ」彼女は家政婦にほほえみかけた。「あなたの言うとおりよ。伯爵夫人にご心配をかけてはいけないわ」

「わかりました」ミセス・マンはほっとしたような顔をした。「ミスター・バートンにすぐにご指示を伝えます。今度のことは、ここだけの話にしておいていただけますか？」

「ええ、レディ・シェルビーとレディ・ホスキンスには黙っているわ。知らせる必要のないことですもの。ふたりには、結婚式の準備について相談があったと言っておきましょう」

「それがよろしゅうございます」

家政婦は奥へさがり、ロティは伯母たちのいる部屋へ戻った。彼女はふたりに、結婚式の食事に出す鮭《さけ》が足りなくなったのだが、問題はすぐに解決したと伝えた。

「どうしてミセス・マンはそんなことを言いに来たのかしら」ヘンリエッタは言った。「鮭だったら、ニコラスはいつもスコットランドの領地から取り寄せるのに」

「そうですね」ロティはそれ以上の説明を避けた。「今日は結婚式の衣装に使う絹を買ってきたんです。ぜひ、おふたりにも見ていただきたいわ。明日は裁縫の上手な女性に屋敷へ来てもらって、ドレスを縫いはじめることになっていますの」

サム・ブレークの妻は、家政婦から聞かされたような出来事のあとでも屋敷へやってくるだろうか? ロティはいぶかしんだ。夫が逃亡中の身では、その妻も門前払いにされるのではないかと怯《おび》えているかもしれない。明日の朝、ローズに手紙を持たせて、リリー・ブレークの家へ行ってもらったほうがいいだろうとロティは思った。

ロティは届けられたばかりの手紙の封を切った。妹からの手紙だと知って、彼女は表情をくもらせた。クラリスが何を言ってよこしたのだろう? ロティは手紙の文面を読んだが、途中のある部分がことに彼女の目を引いた。

〈侯爵をまんまと丸めこむなんて、さすがね、ロティ。あなたなら、家族のために承知してくれると思ったわ。わたしはどうしようもないわがまま者よ。でも、恋をしているの。とはいえ、そんなのはあなたの知ったことではないんでしょう。あなたはお金と屋敷を手に入れるんですものね。そして、そうなったのも、わたしが身を引いて、あなたに侯爵夫人の座を譲ってあげたからだわ。そのうちに会いに行くわね。わたしに感謝の気持ちを示したかったら、ご自由にどうぞ。なにしろ、あなたはわたしということになっているんですもの。そうでしょう?〉

そのあと、クラリスは強請《ゆす》りめいた要求のことなど忘れたように、パリで訪れた店や名所のことを書きつらねていた。

ロティは深刻な表情で眉根を寄せた。これまでもクラリスは自分勝手でわがままだったけれど、今度の手紙では一線を越えているような気がする。ため息をもらして、ロティは手紙をかたわらに置いた。いまはもっと差し迫った問題のことを考えなくてはならない。

夫のサム・ブレークについて不穏な噂《うわさ》が流れる中で、妻のリリーをどうしたらよいものだろうか?

「みんながサムのことを噂しておりますから、お屋敷にうかがっていいかどうか迷っていたんです」リリー・ブレークは小さくお辞儀をした。「でも、あたしの手伝いが必要だと、ローズから聞いて……」

「ええ、そうよ」ロティは言った。「座ってちょうだい、ミセス・ブレーク。当面、あなたの夫に関する噂のことは考えなくていいわ。あなたはお金を稼がなくてはならないし、わたしには手伝ってくれる人が必要なのだから、それでじゅうぶんよ」

リリーはしばらくのあいだ、ロティをじっと見つめていたが、突然、堰《せき》を切ったようにしゃべりだした。「村で物騒なことをふれまわっているのはサムじゃありません。サムが悪さをしたのは承知してます。でも、密猟をそそのかしたのは従兄弟《いとこ》のディコンなんです。ふたりは外見が似ています。サムは牢《ろう》屋《や》から逃げてなんていません。村の宿屋で口汚いことを言っているのは、ディコンです」

「その人はサムの従兄弟なのね?」

「はい。ディコンは本当に悪い男です。あの男のせいでサムは最初にやっていた仕事を首になって、それ以来、まともな職に就けなくなってしまいました。その後、ディコンにせがまれつづけて、とうとう密猟に使う罠《わな》を作るようになったんです。でも、うちには小さい子どもが三人います。サムは子どもたちを飢えさせたくなかっただけなんです」

「そうね。大変だったことはよくわかるわ」ロティは言った。「これからは、わたしがあなたを雇うわ。あなたの夫が牢から出たら、いっしょに身の振り方を考えましょう。とはいえ、サムの件については、確かなことは何も約束できないのだけれど」

リリーは目に涙を浮かべた。「サムから聞きました。お嬢さまは夫を助けてくださろうとしたって。侯爵さまにはもったいないほどの方だと、サムは言ってました」

「そんなことをわたしに言ってはいけないわ」ロティはほほえんだ。「あなたは裁縫が得意だと聞いたの。型紙も切れるのかしら？」

「はい、できます」リリーの顔つきが明るくなった。「結婚する前は、ノーサンプトンにあるお金持ち向けの仕立て屋でお針子をしておりましたから」

「だったら、わたしたちの手ですてきなドレスを作れそうね、リリー」

「はい。どんなドレスをお考えですか？」

ロティが自分の考えを説明すると、リリーは感心して目を輝かせた。「この形のドレスはわたしに似合うの。これまでにも、同じ形のものを何着か仕立てたことがあるわ」

「とてもお似合いだと思います――でも、ところどころにもう少し手を加えましょう。なにしろ、ウエディングドレスですから」

「そうね」リリーが布を広げて、どうやったらより美しい仕上がりになるか説明する様子を、ロティは考え深げに見つめた。リリーは明らかに才能に恵まれたお針子のようだ。夫のふるまいはどうあれ、彼女にはそれなりの機会が与えられなくてはならない。

　結婚式のあとで、リリー・ブレークの将来についてよく考えてみよう。

　ニコラスは侯爵家のロスセー・マナーから届いたばかりの手紙に目を落とした。筆跡に見覚えがなかったので、文面を読むより先に署名を目で探す。ロティから急ぎの用件とは、いったい何事だろう？

　手紙には領地で起きた出来事の説明と、ニコラスが帰路、暴漢に襲われることがないように見張りを増やしたというロティの指示のことが書かれていた。読み終えて、ニコラスはむずかしい顔つきになった。ロティが馬車から落ちる原因となったあの銃声は、サム・ブレークが関係したものだったのだろうか？だが、あの男はいまもノーサンプトンの牢にいるはずだ。もちろん、その後逃げ出したということも考えられるが、何か企《たくら》むとすれば、サムの従兄弟のほうが可能性は高いだろう。ディコン・ブレークは犯罪に手を染めて逮捕され、一年間服役したあと、最近牢から出てきたばかりのはずだった。サムとディコンは見た目が似ており、夜目にはどちらがどちらかわからないほどだ。しかし、サムとちがって、ディコンは乱暴で危険な男だった。

　ニコラスは吐息をついた。領地へ戻って、みずから今回の件に片をつけるべきなのはわかっている。ロンドンまで出向いた用件は、一時間ほどで終わってしまった。遺言書に必要なことを書き加えるだけの用事だったからだ。彼にもしものことがあった場合、ロティの立場が守られなければならない。その後、ニコラスはいろいろな店を訪れて、ロティのドレスや身のまわりの品を注文した。しかし、注文の品の到着をロンドンで待つ必要はなかった。すべては直接、領地の屋敷へ届けられることになっていたからだ。だったら、なぜぼくはこんなところでぐずぐずしているんだ？

ニコラスは窓から外を眺めた。彼がいま直面しているのは、自分自身の手で作り出した葛藤だった。ロティは便宜的な結婚を期待している。彼女が結婚に同意したのは家族のためだ。いや、実を言えば、ぼくは彼女に選択の余地すら与えなかった。ぼくのしたことは最初から最後まで卑劣だったとしか言いようがない。彼女が誰かわかった時点で、契約から解放してやるべきだったのだ……いや、彼女が誰でないかがわかった時点で、か。

ニコラスはパリで見た女を軽蔑していた。だが、ロティには賛嘆の念を禁じえなかった。ロティは双子の妹とはあらゆる面でちがっている。

困ったことに、ニコラスはロティをあまりにも好きになりかけていた。

あれほどの情け容赦ない仕打ちのあとで、ロティもそのうち彼に好意を抱くのではないかと期待するのは愚かなことだ。それに、ニコラスは自分が愛したり愛されたりしたいと思っているのか、よくわからなかった。ほどほどの礼儀を保った関係をつづけるほうがずっといい。だが、それにはいっしょにいるより、離れたところにいるほうが都合がよかった。

月明かりの中でのキスは、ニコラスに衝撃を与えた。あれはキスとはどんなものかをロティにわからせるための、ただの実験だったのだ。けれど、無我夢中になったのはむしろ自分のほうだった。ロティははじめてのキスにも落ち着き払った顔をしていた。もちろん、抱きしめられているあいだは、ニコラスの抱擁に酔《よ》い痴《し》れていた。だが、キスが終わると、あっという間にいつもの冷静さを取り戻してしまった。まるで何事もなかったかのように。

なんてことだ！　物分かりのいい妻くらいでは満

足できない。ロティと愛を交わすときは、ぼくと同じくらい彼女にも夢中になってほしい。

ニコラスは口元に陰気な笑みを刻んで、窓に背を向けた。いつまでもここに隠れているわけにはいかない。婚約の披露目の舞踏会は五日後で、当の主人役のぼくはどうしてもそれに間に合うように帰らなくてはならないのだ。

「ロティ、来てちょうだい。あなた宛にたくさん荷物が届いているのよ」その朝、ロティがいつもの散歩から戻ってくると、ベス伯母が大きな声をあげた。「いったいなんなのかしら？」

「侯爵がわたしのものを二、三、ロンドンで注文すると言っていたわ」ロティは顔をしかめた。「あまり無駄遣いしないでと言ったのに。それに、この先、わたしのドレスはリリー・ブレークに仕立ててもらおうと思っているのよ。彼女のおかげで、あんなにすばらしいウエディングドレスができあがったんですもの」

「ええ、あのお針子はちょっとした奇跡を起こしたわ。せっかくの腕を、悪い男とつれそったせいで無駄にしてしまっているのよ」

「リリーはご主人を愛しているのよ、おばさま」

「そうね……」ベス伯母はかぶりを振った。「わたしたち女は、男の人のこととなると本当にばかだわ。わたしの気の毒な妹は、あなたのお父さまのせいで泣いてばかりだった。ところで、あなたのお父さまはどこへ行ってしまったの？　ここ何日か姿を見かけないのだけれど」

「家へ帰ったのよ」ロティは答えた。「舞踏会までにはここへ戻ると言っていたわ」

ベス伯母は眉をひそめた。「そう言えば、侯爵もずいぶん長く留守にしているわね。もうそろそろ戻ってくれないと――」ちょうどそのとき、ノッカーの音が鳴り響き、従僕がやにわに姿勢を正して玄関の扉を開けた。

ロティは振り返った。背の高い侯爵が屋敷の中へ入ってくると、彼女の胸は急にどきどきしはじめた。ニコラスがどれほどハンサムか、ロティはすっかり忘れていた。男らしい容姿をこまかなところまで目に焼きつけようとするうちに、胸が高鳴ってどうしようもなくなってしまった。侯爵は最近、髪を短くしたようだ。

「おかえりなさい」ロティは進み出て、侯爵を迎えた。「お戻りになってうれしいわ。わたし宛に荷物がたくさん届いたと、伯母から聞いたところなの。まだ包みを開けていないのだけれど、無駄遣いはいけないとあなたにひと言言わなければ気がすまないわ」

「しゃれっ気のない侯爵夫人だと、噂が立ったら困るからね」ニコラスはロティの手を取り、そこに軽く唇をつけた。彼の視線が婚約者からベス伯母へと移った。「レディ・ホスキンスですね。しばらく留守にしていたので、お出迎えできなくて申し訳ありませんでした。どうぞお好きなだけこの屋敷に滞在なさってください。ロンドンにいるあいだに、バースの街のどこかにロティのための家を探して購入するよう代理人に命じておきましたから、ときどきそちらへも行かれるとよろしいでしょう」

「侯爵さま――わたしはこのお屋敷でじゅうぶんに満足していると言わなかった？」ロティは目を見開いて抗議した。

「きみの気に入ったようにすればいいんだ」ニコラスは彼女の言葉を受け流した。

「ありがとうございます、侯爵さま」ベス伯母は言った。「バースは大好きな街ですわ。ロティもたまにそちらを訪ねれば、気分が変わって楽しいのではないかしら」

「そのとおりです。ところでロティ、少しふたりだけで話せるかな？」

「ええ、もちろんよ」

ロティはニコラスのあとにつづいて長い廊下を歩き、東翼にある図書室へ入った。ここへは彼の留守中に一度だけ足を踏み入れたことがある。明らかにニコラスがひとりで時間を過ごす部屋らしく、読みかけの書物が何冊も机の上へ出しっぱなしにしてあった。

ロティはドアのすぐそばに立って、用件が切り出されるのを待った。ニコラスは窓際へ行き、庭の眺めに目を向けた。

「サムの一件は不愉快な出来事だった。ぼくが留守をしたせいで、きみの手を煩わせることになってしまってすまなかった」

「何も面倒なことはなかったわ。見張りを増やすように指示を出しただけですもの。わかっているのよ。わたしは領地のことに口を差し挟むべきではなかったわ。でも――」

「何を言うんだ、ロティ。ああいう場合、ほかにどうしようがあった？　ヘンリエッタときみの伯母上には何も知らせていないそうだが？」

「不愉快な出来事については、知らせる必要はないでしょう」ニコラスがやっとこちらを向いたので、ロティは彼を見つめた。「お帰りの途中、誰かに襲われるようなことはなかったのね？」

「ああ、何事もなかった。ただの空騒ぎに終わると思うが、きみはまさしくなすべきことをしてくれたんだ。本当はロンドンへ出かける前に、ぼくが手を打つべきだった」

「ディコン・ブレークが従兄弟の恨みを晴らそうと考えるなんて、事前には知るすべのないことだったわ。リリーに聞いたのだけれど、サムはいまも牢屋にいるそうよ。もちろん、あなたはご存じね」

「ディコンが怒っているのは、サムが逮捕されたためだけではないんだ。ディコン自身も最近釈放されたばかりなんだよ。ぼくが裁判であの男に一年の刑期を言い渡したから、まだ牢から出て一カ月ほどしかたっていないはずだ」

「だったら、わたしたちの馬車に発砲したのは、ディコンかもしれないの？」

「そのようだ。誰かに命じて調べさせよう。今回のことが解決するまで、ひとりで遠くへ出かけないでくれ、ロティ」

「わかったわ。いずれにしろ忙しくて、湖以外のところへは散歩に行く暇がないの。まだ馬に乗って出かけてもいないのよ。どの馬を使ったらいいか、あなたのお考えがわからなかったから」

「ぼくはきみのことをすっかりないがしろにしていたようだ。もっと早く戻るべきだった。よければ、明日の朝、いっしょに馬に乗ろう」

「うれしいわ」ロティは答えた。「また勝手なことをしたと、あなたが腹を立てていなくてよかった。ヘンリエッタに指示を仰いで、余計な心配をかけたくなかったの」

「きみならこんなことも片手間にこなしてしまえるからね？」

「わたしは父の土地を管理するのに慣れているのよ。滅多なことには動じないわ」ロティは口元にほほえみを浮かべた。

「きみは驚くべき女性だ、ロティ。ぼくの母なら、悲鳴をあげて失神しているところだよ」

「それはどうかしら。ほとんどの女性は男の人が思うよりずっと有能よ。わたしたちは、よく言われるような〝か弱き性〟ではないわ。ときに、そう思われても黙っているだけ」

「本当かい？」ニコラスの口調には、ロティがこれまで聞いたことのなかった、からかうような響きがあった。「女性については学ばなければならないことがいろいろあるようだ。ぼくは男だから、女性が何をどう考えているのかは見当もつかない。それに、きみは例外的な人で、一般の法則が当てはまらないような気がする。ぼくに至らないところがあったら、言ってくれれば直すように努力するよ」

「まあ、口の減らないこと」ロティは思わず笑い声をもらした。「ヘンリエッタの言ったとおりだわ。あなたって本当に腹の立つ人ね」

「そうなんだ……だが、きみがお行儀を教えてくれるんだろう？」

「ええ、たぶん……」ロティの心臓は早鐘を打っていた。こういう気分のときの侯爵はなんて魅力的なのかしら。心の手綱をしっかり握っていないと、そのうちこの人に夢中になってしまいそうだわ。「あなたのお友だちや親戚の方たちから、たくさん結婚の贈り物が届いているのよ。すべて添えられていたカードといっしょに、回廊のテーブルに並べてあるわ。どうぞあとでご覧になって」

「そうしよう。フレディ大叔父からは銀製の茶器一式が送られてきたんだろう？　それが大叔父のいつもの贈り物なんだ。うちにはもう四組以上あるんじゃないかな」

「あなたの言っているのはフレディ卿《きょう》のことね？　フレディ卿からはとても親切なお手紙といっしょに、わたしへの贈り物として珊瑚《さんご》と真珠の首飾りをいただいたわ。あなたへの贈り物は決闘用のピストルだそうよ。このほうが銀器よりあなたはよろこぶだろうって、手紙に書いてあったわ」

「それはいい。以前から大叔父のピストルが羨ましくて仕方なかったんだ。大叔父はあれで一度、実際に決闘したこともあるんだよ」ニコラスは笑った。「これは驚いたな」

「大叔父さまは、あなたがもういくつも銀器を持っているのを知ってらっしゃったんじゃないかしら。でも、レディ・ボザムが銀製の茶器をわたしたちに贈ってくださったから、伝統は守られているわ」

彼はくすくすと笑った。「これも伝統なら仕方がない。誰も怒らせないようにしないと。ひとりひとりにお礼の手紙を書かなくてはいけないな」

「もうほとんどの方にはお礼の手紙を送ったわ」ロティは言った。「贈り物がたくさん届きはじめたから、順に返事を書いてしまったほうがいいだろうと思ったの。そうしないと、どなたかへのお礼をうっかり忘れてしまうかもしれないでしょう。そんなことになったら、相手の方に失礼だわ」

ニコラスは、どこか謎めいた表情で眉を上げた。

「きみの言うことにはいちいち賛成するしかないようだ。きみは立派な侯爵夫人になるだろうね、ロティ」

それは賞賛の言葉だった。けれど、ニコラスの口調に何かを感じて、ロティは鋭く目を上げた。彼はほほえんではいなかった。

「わたし、何かあなたを怒らせるようなことをしたかしら？」

「何をしたと言うんだい？　きみはあらゆることをそつなくこなしている」

「わたしはあなたに認めてもらえるように努力しているだけよ」

「そうなのか？　だったら、きみは成功している。きみのやることには文句のつけようがない。失礼、これから土地の管理人と話をしなければならないんだ」

ニコラスが図書室から出ていくと、ロティは表情を曇らせた。彼は何かに腹を立てている。でも、それがなんなのか、彼女にはまるでわからなかった。

6

ロティの有能さになぜ急に腹が立ったのか、ニコラスには理由がわからなかった。わずか数日のあいだに、使用人たちが彼女の発するひと言ひと言に謹聴の姿勢を示すようになったとしても、その事実に憤慨するのはばかげている。ロティは彼の助けを借りずに、次代の侯爵夫人として必要なあらゆる素養を遺憾なく示しているのだ。

　結婚したら、こういう生活を送ることになるのだろうか？　数週間ロンドンで過ごしたあと、領地へ戻ると、いつも笑顔を絶やさない妻が待っている。夫がいなくても立派に地所を管理してくれる、冷静で有能な妻が。

　身に過ぎる幸運だと思うべきだろう。あれほど無鉄砲な結婚相手の選び方をしたら、金目当てのとんでもない女がのりこんできても仕方のないところだった。ところが、ロティはむしろニコラスの金遣いの荒さをたしなめるのに熱心だ。そのうえロティは、ここ数年彼がかえりみなかった領地に目を向け、住民の面倒を見ようとしている。完璧な妻だ——ただ一点を除いては。ロティは夫となるはずの相手がしばらく留守をしても、まるで寂しがっているそぶりを見せなかった。

　ニコラスは自分を笑った。これまで愛だの恋だのを避けてきたのはぼくじゃないか。ふたりの間柄を定義づけたのも、このぼくだ。だが、いま彼は自分自身が決めた以上のものを欲しがっていた。

　帰った途端、ニコラスは屋敷にただよう空気のちがいに気がついた。いまこの屋敷は生き生きとした活力と、目的意識に満ちている。以前のこの家は、誰かを待っているだけの、空虚で冷たい場所だった。みんなが待っていたのはロティだったらしい。ロティは自信あふれる落ち着いた物腰で、にこやかに彼を出迎えた。彼女にほかにどうしろと言うんだ？　ぼくに駆け寄って、思いきり抱きつけとでも言うのか？

ニコラスが残酷な言葉を使ってロティに妻となることを強要したあと、彼女は尋ねた。あなたを好きにならなくてはいけないの、と。あのとき、彼女に言ったひどい言葉を取り消すことができたら。ニコラスは切にそう願った。

ふたりのあいだに見えない壁を築いたのはニコラスだ。ならば、その壁を取り除くのは彼自身の仕事だろう。壁さえなくなれば、ロティは夫のことを愛さないまでも、好きにはなってくれるかもしれない。

ロティは次の週までに終えなければならない仕事のリストを見て、むずかしい顔つきになった。婚約披露の舞踏会は明日の夜に迫っている。食事は夜の十時。ヘンリエッタによれば、シャンパンはひと晩じゅう、ふんだんに客にふるまわれなくてはならないという。使用人たちは感心するほどの働きぶりを見せ、さまざまな凝った料理の準備をしたり、屋敷を上から下までぴかぴかに磨きあげたりした。けれど、結婚式までにしなければならないことは、まだだいぶ残っている。

舞踏会で相当な分量の花を使いきってしまうため、肝心の結婚式には屋敷の温室に花が残っていないことになるだろう。そこでヘンリエッタがノーサンプトンの苗木屋に問い合わせの手紙を書いてくれた。鮭《さけ》は獲《と》りたてのものがスコットランドから送られてくるし、ロンドンにある侯爵所蔵のワイン貯蔵庫からは、さらに多くのシャンパンが屋敷へ運ばれる。侯爵の所領は自給自足できるほど豊かなので、ほとんどの必需品は領地の中でまかなうことができた。屋敷で使っている蝋燭《ろうそく》でさえ、蜂の巣から採れる蜜蝋を原料にして、近所の領民たちの手で作られていた。

　この数週間のあいだに、ロティはそういった小さな家内工業が近辺にいくつもあるのを発見した。そこで仕事に従事する人たちは、侯爵家の屋敷や村人たちに品物や労働を提供して収入を得ている。大工、鍛冶屋、石工、農家、酒の醸造所など、程度の差はあれ、多くの人々が侯爵やその屋敷を頼りにして生活していた。

　侯爵家は大きな責任を担っている。そういった重荷を嫌って、ニコラスはロスセー・マナーであまり時間を過ごさないのだろうか？　けれども、ロティにとって、この地所は急速に世界でいちばん美しい場所となりつつあった。彼女は暇を見つけては、屋敷の近所へ散歩に出かけた。そして、そういう散歩の折に、多くの村人たちと知り合いになった。侯爵の婚約者に対する温かな歓迎ぶりは、彼女にとってうれしい驚きだった。

　もしも誰かに、どういう人生を送るのが望みかときかれたら、ロティは愛する夫とともに、美しい土地で人の役に立って暮らしたいと答えただろう。ここにいれば、彼女の願いはすべてかなえられる——ただひとつの望みを除いては。

　ニコラスがロティを好きになった様子はまるでなかった。とはいえ、ふるまいのほうはいまでは格段によくなり、侯爵はいつも礼儀正しく、ロティの努力に対してはねぎらいの言葉を忘れない。けれど、ふたりのあいだの距離は依然として縮まらなかった。まるで身代わりの婚約者を受け入れはしたけれど、だまされたことが忘れられない、とでもいうように。

　けれど、人生に足りないものをいつまでも嘆いていても仕方がない。母が亡くなり、父が転落の道を突き進みつづけても、ロティは現実と向き合って生きてきた。侯爵はわたしを愛してはくれないかもしれない。でも、良識あふれる慎《つつ》ましい妻になれば、きっといつか温かい気持ちを持ってくれるわ。

そろそろお茶の時間になるので、伯母とヘンリエッタを探しに行こうかと思っていると、外の廊下から不満そうな騒々しい声が聞こえてきた。そして、数秒後には応接間の扉が勢いよく開け放たれた。

「アガサおばさま」ロティは笑顔で立ち上がった。「いらしてくださってうれしいわ」

「あなたの父親ときたら、なんて礼儀知らずなのかしら。わたしを迎えに来て、ここまで送ってくれるようにと念を押して頼んだのに、ちっとも姿を現しやしない。おかげで使用人だけ連れて、はるばるこんなところまで来なければならなかったのよ」

「使用人たちがしっかりとおばさまのお世話をしてくれたことと思いますわ」

「そんなことじゃないの……まあ、あなたにがみがみ言っても仕方ないわね。あなたのお父さんはどうしようもない男よ。結婚したあとで、あまりお金をせびられないように気をつけなさい。ロスセー侯爵が甘い顔をするとは思えないわ。聞いた話だと、つんけんしたいやな男なんですって？　あなた、爵位と財産が目当てで侯爵を選んだんでしょう？」

「いいえ、ちがいます」ロティは答えた。「わたしは侯爵を大いに尊敬していますわ。いま、ベスおばさまと伯爵夫人を捜しに行こうと思っていたところなんです。みんなでお茶にしましょう」

「シェルビー伯爵夫人ね」アガサおばの薄い唇が皮肉っぽくゆがんだ。「あの人のことは昔から知っているわ。少なくともまともな人ではあるかしらね。あなたと侯爵が愛し合っているだなんて言わないで。クラリスからすべて聞いたのよ」

「そうなんですか？　でも、クラリスはすべてを知らないのかも」

「そういうことなの？　まあいいでしょう。あなたが侯爵を好きなら、わたしはもう口を挟まないわ。クラリスはばかよ。気をつけないと、あの娘はいずれ困った立場に立たされるでしょうよ。実を言うとあの娘、パリへ発《た》つ前にわたしのところへお金の無心に来たの。百ギニー渡して、これっきりよときつく言い聞かせたのだけれど、あんなお金は五分で使いはたしてしまったに決まってる。きっとあなたのところへも近いうちに顔を出すわよ」

「お願いよ、アガサおばさま。そんなにあからさまにものを言わないでくださる？　クラリスがどういう娘かはわかってるけど、あの子の愚かさ加減をほかの人たちには知られたくないの」

「愚かさ加減ですって？　わたしなら、もっとほかの言い方をするわね。でも、あなたとやり合っても仕方がない。わたしは以前から、親族の中ではあなたをいちばん買っていたのよ、ロティ。事実、こうしてたいそうな出世の機会をものにしたわけだから、精いっぱい役立てるといいわ」

「ええ、そうします」ロティはほほえんだ。「本当にそう思っておりますのよ――それに、おばさまがわたしの結婚を祝いに屋敷へ泊まりに来てくださってうれしいわ」

「わたしがこんな機会を棒に振るわけはないじゃないの」アガサおばは声をあげて笑った。

　応接間のドアの外で、ニコラスは立ち止まった。中から女性たちの笑い声や話し声が聞こえる。屋敷へ帰って、こんなにも楽しげな気配に迎えられるのは本当に久しぶりだった。彼は応接間へ入り、ロティの姿を目で探した。彼女はくつろいだ様子で若いメイドに紅茶のカップを渡していた。ニコラスは一瞬、場ちがいなところへ紛れこんでしまったような気分に襲われた。やがてロティが婚約者に気づいて顔をほころばせると、それを見た彼のみぞおちに強い衝撃が走った。

「侯爵さま、どうぞお入りになって。ご覧のとおり、女性ばかりのお茶会なの。でも、男性のお客さま方ももう少ししたらお着きになるわ。フレディ卿《きょう》とご子息のマーカスは今晩の夕食までにはいらっしゃるそうよ。それから、あなたの従兄弟《いとこ》のレイモンドは、夕方にはおいでになるんじゃないかしら」

ニコラスはお茶会の雰囲気に引きこまれて、部屋の暖炉に近づいた。

「新しいお客人が見えたようだね、ロティ」

「こちらはレディ・フォックス、アガサおばさまよ。わたしの父の従姉妹《いとこ》にあたる方だけれど、わたしはいつも〝おばさま〟とお呼びしているの」

「そうなのかい？　だったら、ぼくもそう呼ばせてもらおうか」ニコラスは言い、肉づきのよい夫人に向かって会釈した。「我が家へようこそ。どうぞ楽しんでいらしてください」

「なるほど、話に聞いていたような、つんけんしたいやな男には見えないわね。ロティにふさわしい人かどうか心配していたのだけれど、こうしてみるとよさそうだわ」

「恐縮です」ニコラスの唇の端がおかしそうにひくついた。「ロティ、きみの父上はどこだい？　少し話したいことがあるんだ」

「二、三日、家へ帰っているの。舞踏会までには戻ってくるわ」

「わかった」ニコラスは眉根を寄せた。「明日になったら、ぼくの親類たちが大挙して押し寄せてくるだろう。きみの親族で、これから来る人たちはいるのか？」

「いいえ、いないわ。お父さまを除けば、ここにいる人たちだけよ」ロティはうっすらと頬を赤くした。

「わたしの妹は来ないと思うわ」

「わたしの知る限り、クラリスはまだパリにいるはずよ」アガサおばが割りこんだ。「あちらに友だちがいるようね。それに、あの娘が来たら気まずいことになるかもしれない。クラリスはいないほうがいいわ」

「ええ、たぶんそうね」

ニコラスはロティが困っていることに気づいた。名づけ親に目を向けると、そちらは何やら考えこむような顔つきをしている。これ以上ごまかしてもいられないので、彼はこの場ですべてをはっきりさせることにした。

「残念ながら、ことのはじめから、すべてを正直に打ち明けていたわけではないんですよ、ヘンリ。実はぼくが最初に婚約したのはクラリスで、ロティは彼女の双子の姉なんです。訳あってクラリスは結婚を考え直し、そのことを知らせに来たのがロティでした。だが、ぼくにとってそれは紛れもない幸運だった。クラリスの気が変わったおかげで、ロティに結婚を申し込むことができたわけですからね」

アガサおばは、さも小ばかにしたように鼻を鳴らしたが、何も言わなかった。ヘンリエッタはひとりひとりの顔を順に見比べてからほほえみを浮かべた。

「ええ、わかったと思うわ、ニコラス。別の機会にもっと詳しい話を聞かせてね。さあ、座ってお茶をいただきなさい。あなたを見あげていると、首が痛くなってくるわ」

椅子に腰かけたニコラスは、ロティから感謝のまなざしを向けられた。ロティがなぜ父親の従姉妹をあまり招きたがらなかったかは、ニコラスにもわかった。レディ・フォックスは困った性格をしているようだ。あとで内密に話をして釘《くぎ》を刺しておこう。ロティが大勢の人の前で恥をかかされてはいけない。レディ・フォックスにも、ぼくが妻を支えるつもりでいることを理解してもらわなくては。

「ロティ、ふたりだけで話せるかな？」夕食の着替えのために部屋へ引き取ろうとしていたロティを、ニコラスは呼び止めた。「客が来はじめたら、そんな暇はなくなるだろうからね」

「もちろんよ。図書室でいいかしら？」

図書室へ入ると、ロティはまっ先に謝った。

「ごめんなさい。アガサおばさまは、いつでもはっきり思ったことをおっしゃるの。妹がおばさまからいくらかお金を借りているのよ。パリへ行く費用を工面するためだと思うわ。アガサおばさまはクラリスのことをあまりよく思っていないの」

「そうらしいね。だが、きみは気に入られているようだ」

「ええ」

「まあ、どこの家にも困った親戚がひとりやふたりはいるものだ。今夜、ぼくの従兄弟のレイモンドに会えば、その意味がわかるよ」ニコラスはためらいを見せた。「話というのは、ぼくたちの結婚の契約書のことだ。弁護士に新しい書類を作成させたから、きみにサインしてもらいたい。きみの父上にも、戻ったらサインしてもらわなければ。法律上の手続きを怠ると、ぼくの身に何かあった場合に面倒なことになるからね。きみが未亡人になったときに渡される財産と、子どもたちの相続分を守るための契約書類だ」

「そうなの……」ロティはニコラスがロンドンへ出向いた理由を知った。「わかったわ」

「これほど重要な用件でなかったら、きみを残して出かけたりはしなかったんだが」ニコラスは服のポケットから書類を出し、それをテーブルの上へ置いた。「文章を読んで内容を確かめてくれ」

ロティは彼を見あげた。「前の契約は破棄されるの？」

「やり直すには、それがいいだろうと思ったんだ。きみの父上は前の書類の写しを持っているが、まちがいなく新しい契約を受け入れてくれるはずだ。こちらのほうがずっと有利だから」

「賭けの負債から解放してくださる以上のことはなさらないでね。お父さまは、どんなお金であれ賭博に使ってしまうわ」

「父上には手当が支払われるが、そのためには身を慎まなくてはならない。きみに贈与される財産も増やしておいた。きみには何ひとつ不自由な思いをさせたくないんだ」

「あなたは気前がよすぎるわ、侯爵さま。ロンドンから届いた包みの中身もまだ見ていないのに。でも、きっと贅沢《ぜいたく》な贈り物なのね？」

「頼むからぼくのことはニコラスと呼んでくれ、ロティ」ニコラスは彼女が書類にサインする様子を見守った。「契約書の内容を読まないのかい？」

「読まなくてもいいわ。前にも言ったとおり、わたしはここで暮らせれば満足なの。ここには必要なものはなんでもあるわ。もちろん、贅沢品は都会から送ってもらわなくてはならないけれど、食べるものや日用品なら地元でじゅうぶん手に入るのよ。農家や職人の工房がたくさんあるから」

「そうなのか？」ニコラスは考え深げにロティを見つめた。「地所の管理は人にまかせきりなんだ。きみは短いあいだに、この土地についていろいろなことを学んだようだね、ロティ。結婚式の準備まで整えるのは大変じゃないか？」

「むしろ、よろこんでやっているわ。あなたがこちらにいらっしゃるときに、ご近所の人たちを屋敷へお招きするのは楽しいでしょうね。あなたがお留守でも、ささやかな夜会くらいは開くつもりよ」

「もうすっかり、先の計画を立てているようだね？

ぼくは留守のあいだにきみが心変わりしたらどうしようかと悩んでいたんだ」

「いいえ、気持ちはまったく変わらないわ。あなたに定められた生き方だけれど、うまくやっていけそうな気がするの」

「だったら、これを渡すべきころ合いのようだ。手を出してくれ、ロティ」ニコラスは彼女の左手の指に美しい指輪をはめた。「ロンドンできみのために作らせたんだ」

ロティはダイヤモンドに囲まれたエメラルドの指輪を見て息をのんだ。

「美しいわ。わたしには過ぎた品よ」

「きみにふさわしい指輪だ。侯爵家に代々伝わる宝石類も、結婚式までには屋敷へ届けられる。気に入ったものを選んで手元に置き、残りは銀行へ戻すといい。もちろん、ぼくからもきみに結婚の贈り物を買ったよ。花嫁には自分の宝石が必要だからね」

「ありがとう」ロティは衝動的にニコラスに近寄り、のび上がって彼の頬にキスした。けれど、次の瞬間には彼の胸に強く抱きしめられていた。

ニコラスの唇はやさしいけれども有無を言わさずロティを求め、彼女から甘い反応を引き出した。ロティは心の砦《とりで》を守ることができなくなり、彼のくちづけに熱くとけた。情熱が体内に渦を巻き、小さなうめきが口からもれる。ロティは自分がいまだ知らない何かを懸命に求めた。男と女が結ばれるときを。体と体のふれ合いを。ニコラスの目をのぞきこむと、そこには飢えにも似た渇望がはっきりと映っていた。

彼はわたしを求めている。わたしは愛されてはいないけれど、尊重されるようになってきたし、たぶん、好かれてもいるんだわ。幸福がロティの心を満たし、彼女は我知らずほほえんだ。

「きみは男が求める理想の妻だ」ニコラスはかすれ

た声でつぶやいた。「残念ながら、これ以上きみを引き留めるわけにはいかないようだ、ロティ。夕食に遅れてしまう。だが、指輪をきみの指にはめて、新しい契約のことを話したかったんだ」

二階へ向かうロティは、さっきまでよりずっと幸せだった。ふたりがはじめようとしているのは奇妙な結婚生活かもしれない。でも、案外順調に運ぶのではないだろうか。

親戚が到着しはじめたら、話をしている暇はなくなるというニコラスの言葉は、なんと正しかったことだろう。フレディ大叔父と息子のマーカスは、いのいちばんに着いた中のひと組だった。侯爵の大叔父とそのハンサムな子息を、ロティはひと目で好きになり、向こうも彼女に好意を持った様子だった。けれど、侯爵の従兄弟のレイモンドにはひどくがっかりさせられた。彼は服装からして飾りたてた気取り屋で、自分の外見と社交界の噂話《うわさばなし》以外にはなんの関心もないらしかった。

その後は次から次へと、翌日に着くはずだった家族が三組到着した。これは予定外のことだったが、客用の部屋はすでに整えられていたし、三家族とも途中で夕食をすませてきたということなので、料理人には大してへそを曲げられずにすんだ。

ヘンリエッタがいなかったら、ロティは新しく親族となる人たちの顔と名前を覚えるのに相当苦労したことだろう。

「コットレル家の人たちはニコラスのまたいとこにあたるの。サー・ジェームズとその奥さまは、ニコラスと仲がいいのよ。レディ・ティルダはニコラスのいとこであるルパートの奥さま。彼女は夫を亡くし、息子のロバートもまだ成年に達していないので、ニコラスが一族の長として遺《のこ》された財産の管理をしているわ。ウィリアム・ストー卿は母方のいとこなの。そして、その奥さまがジェーン。あの夫婦には小さなお子さんがふたりいるわ。ほかにも遠い親戚が山のようにいるのよ。誰も彼もロスセー・マナーに滞在できるとなったら、争うようにしてやってくるでしょうけれど、ほとんどの人に対しては、にっこり笑って会釈するだけでいいわ」

晩餐《ばんさん》はにぎやかなものになったが、ヘンリエッタはお茶が運ばれてくるとすぐに自室へ引き取ってしまった。男性たちは見るからに上機嫌で、中には話に興じてひと晩じゅう起きていそうな人たちもいた。十一時になると、酒と葉巻を楽しんでいる紳士たちを残して、女性たちはそれぞれの部屋へさがることにした。

ロティはほほえみを浮かべてニコラスにおやすみを言った。すると、彼はロティの手を取り、そこに唇をつけた。彼女が頬を赤らめると、男性の親族は好ましそうに表情をほころばせた。

「ニコラスがいつか結婚することはあるのかしらって、ずいぶん心配していたのよ」ロティといっしょに階段をのぼりながら、レディ・コットレルは言った。「あの人、身を固めるつもりなんかまったくなさそうだったんですもの。でも、改心した放蕩《ほうとう》者はいい夫になると言いますものね。結婚して落ち着いたら、愛人とも別れるでしょう。噂ではかなりの美人だそうだけれど、あなただってかわいいわ。まあ、わたしたち女性は、殿方のささやかな過ちには目をつぶらなくてはね。そう思うでしょう?」

ロティは相手の顔を見ることができずに、適当なことをつぶやいて、自分の部屋へ逃げこんだ。レディ・コットレルに悪気がなかったことはわかっている。けれど、これまでロティはニコラスのロンドンでの生活について考えたことがなかった。もちろん、侯爵にはいまも愛人がいるにちがいない。彼が突然ロンドンへ発った本当の理由は、愛人に会うためだったのだろうか？

向こうにいるあいだ、愛人といっしょだったことはまちがいないわ……でも、図書室でのキスはあんなに情熱に満ちていたのに……。

涙が込み上げ、喉が固いものでふさがった。ニコラスのキスにあんなにも熱心に応えてしまったことが恥ずかしくてたまらない。侯爵が望んでいるのは便宜的な結婚なのよ。多少のことには目をつぶる物分かりのいい妻。それが侯爵の求める妻だわ。もしもわたしが自分の気持ちをあらわに見せたら、侯爵はばつの悪い思いをするでしょう。それとも、わたしに愛想を尽かしてしまうかしら。

ニコラスがいくらかでも好意を持ってくれたらと願っていたけれど、いまではそれすらも高望みであったことがわかった。彼は人との取り引きや名誉に関する問題となると寛大になれる。契約書をロティの名前に書き替えることで、ニコラスは彼女の行く末を守った。事実、契約書に妹の名前が残っていたら、のちのち面倒なことになっていたかもしれない。でも、だからといって、ロティに対する彼の気持ちが大きく変わったわけではないのだ。

クラリスよりは重んじてくれていても、その気持ちは愛ではない。もしかしたら、ニコラスは美しい愛人に恋をしているかもしれないのだ。

しばらくして、ロティは顔を上げ、涙を拭った。感情に振りまわされてはいけないわ。わたしは侯爵の妻になることに同意したのだし、契約を取り消すわけにはいかないのだもの。

そのとき、ふとロティは気づいた。その気なら、新しい契約書にサインするのを拒むこともできたのだ。けれど、書類を示されたときには、拒むことなど思いもしなかったし、そのことに気づいたとしても、拒もうとはしなかっただろう。

わたしは侯爵の妻になって、ここで暮らしたいのよ。ただほんの少し、彼がわたしのことを好きになってくれたらと……。

ああ、なんてこと。わたしったら、またばかげた堂々巡りをはじめるつもりなの？　ロティは自嘲して笑った。もう百回も言い聞かせたはずでしょう？　この美しい土地で暮らせるだけで満足しなくてはいけないって。たとえ、ときおり侯爵の仕打ちに傷つくことがあったとしてもよ。

　ニコラスに恋しかけていることだけは気取られてはならなかった。こんな感情が生まれたのは、もしかしたら、はじめて彼に会った瞬間だったかもしれない。そうでなかったとしても、馬車から落ちて抱きしめられたときには、確かに恋心は芽生えていた。

　ベッドへ向かいながら、ロティは眉をひそめた。あのときの謎の銃声について、ニコラスはその後ほとんど何も言おうとしない。森番たちがディコン・ブレークに目を光らせているのだろうか。ニコラスがロンドンから戻ったいまは、きっと彼自身が何か策を講じるつもりでいるのだろう。

「密猟者だって？」フレディ大叔父は鋭くニコラスを見た。「わたしだったら、そいつらを縛り首にするか、植民地へ追放してやる。連中はくずだ」

「ディコンの場合は確かにそのとおりでしょう。あの男が従兄弟のサムを悪い道に誘ったのだと思います。だが、サムのほうは二カ月ほどで牢《ろう》から出してやろうと考えていました。サムの妻はまじめな女ですし、あの男も働き口を世話してやれば、立ち直るかもしれません」

「だがそのディコンのほうは無理だというわけか」フレディ大叔父は言った。「そいつがおまえの言うような悪党なら、絞首刑にするか、植民地送りにするかしかあるまい。進歩派の連中の主張は、わたしに言わせればたわ言ばかりだ。貧しくても心根の正しい者には相応の機会を与えるべきだと？　貧しくても心根の正しい者は、自分の居場所をわきまえているさ」

「ええ、ぼくの父も同じ考えでした」ニコラスはうなずいた。「サム・ブレークにはやはり十二カ月の禁固刑を言い渡すべきでしょうね」

「さあ、もう密猟者のことは忘れようじゃないか。だが、そういう問題については、女性たちには何も言わないほうがいい。彼女たちの心は傷つきやすいからな」

「ええ……」ニコラスは心の中でほほえんだ。ロティは大叔父のその見解には賛成しないだろう。大叔父に面と向かって反論はしないかもしれないが、ニコラスの前では遠慮なく意見を言うはずだ。

困惑するのは、ニコラス自身がロティの遠慮のない意見を聞きたいと思いはじめていることだった。裁判の日取りが披露目の舞踏会の朝に決まってしまったのは不運としか言いようがない。サムに重い刑が言い渡されても、ロティがあまり動揺しなければいいが。だが、大叔父の言うことは正しい。甘い顔を見せるのは禁物だ。サムは法を犯したのだから。

できれば結婚式が終わるまで、ロティには裁判のことを伏せておきたい。サムの妻のもとを訪ねて、彼女と子どもたちが家に住みつづける権利を保障し、結婚式がすむまでロティには何も言わないように念を押そう。夫が牢にいるあいだ、家族になにがしかの生活の補助を与えようか。しかし、サムは刑期を勤めあげなくてはならない。

心が決まると、もう迷いはなかった。けれど、良心のうずきはそう簡単には消えそうになかった。できれば寛大な判決を言い渡したいが、弱腰の姿勢ではほかの者に示しがつかない。侯爵家の領地でなら、密猟をしても大目に見てもらえると考える者が現れだしたら、困った事態になるだろう。

「ロティ……」小さな声で呼ばれて、ロティは後ろを振り返った。屋敷に飾る花を探して、庭を歩いているときだった。見ると、人目を避けて茂みの中にしゃがみこんでいる人影がある。「ここよ。ほかの人に姿を見られたくないの」

「クラリス！」ロティの心臓がどきどきと狂ったように鳴りだした。彼女は周囲を見まわした。「ここで何をしているの？」

「心配しなくていいのよ。侯爵夫人になりたいから、あなたに身を引けとは言わないわ」クラリスは言った。「もっと近くへ来て。そうでないと立って話ができないわ。わたしたち三日前にパリから戻ってきたの。それ以来、ずっとあなたと話をする機会をうかがっていたのよ」

双子の妹の顔を見ると、ロティの心は重くなった。なぜ妹が来たかはすぐに察しがついた。「何が欲しいの、クラリス？　あなたにあげられるお金なんか、わたしにはほとんどないのよ」

「そうけちなことを言わないで、ロティ。あなたはここにあるすべてを手に入れたんでしょう。本来、わたしのものになるはずだったすべてをね」

「あなたはお父さまがどうなろうと知らない顔で、家出してしまったんじゃないの。それに、領地のすべては侯爵のものよ。わたしのものではないわ。二十ギニーくらいだったらあげられるけれど、わたしの自由になるお金はそれだけよ」

「あなたがそんなしみったれだったなんて、知らなかった」クラリスはすねたように言った。「当座はそれでいいわ。でも、侯爵と結婚したら話は別よ。あなたが何をしたか世間に吹聴《ふいちょう》されたら、体裁の悪いことになるでしょう？」

「お金を持ってくるから、ここで待っていて、クラリス。でも、結婚したあとも、わたしから大金を受け取れるとは思わないでね。手当をいただけることにはなっているけれど、侯爵はあなたの負債までは払ってくれないわよ」

「あなたがこんなにけちだと知っていたら、わたしが侯爵と結婚するんだったわ」クラリスは言った。「五十ギニーにして、ロティ。でないと、わたしから侯爵に本当のことを話すわよ」

「侯爵はもう知っているわ」ロティは答えた。「わたしを脅迫することはできないわよ、クラリス。二十ギニーあげるわ。それに、ときどきなら多少のお金はあげられる。侯爵はわたしをあなたと思いこんでいるわけではないのよ」

クラリスの顔に怒りの色がよぎった。ロティは妹に背中を向けて、お金を取りに屋敷へ戻った。多少のお金が惜しいわけではない。けれど、クラリスの要求はこれでは終わらないだろう。そのことがロティには不安だった。

7

ロティは妹にまつわる不愉快な出来事を頭の隅へ追いやった。結婚式は目前に迫っており、クラリスの脅しについて考えている暇などどこにもない。舞踏会当日にもしなければならないことはたくさんあって、ロティは侯爵の姿が朝から見えないことにもほとんど気づかなかった。

「思ってもみなかったわ」ヘンリエッタからダイヤモンドのブローチが入った小さな箱を渡されると、ロティは言った。「結婚の贈り物なら、もうすてきな絵とテーブルクロスをいただいたのに」

「これはあなたひとりへの贈り物よ」ヘンリエッタはロティの頬にキスした。「ニコラスの前にあなたが現れて、本当によかった。あの子があのまま年をとって、ひとりぼっちの惨めな年寄りになるんじゃないかと心配しはじめていたのよ」

「まあ、なんてことを」ロティは笑った。「あの人にはお友だちや親戚がたくさんいますわ。ひとりぼっちということはないでしょう」

「大勢の人に囲まれていても、孤独な人は孤独なままよ」ヘンリエッタは言った。「ニコラスはずっと孤独だったの。でも、いまはそうじゃない。あの子は変わったって、みなさんがわたしにおっしゃるわ。あの子はあなたを愛しているのよ、ロティ。心の底から」

「まあ……そうだったらいいのですけれど」ロティは泣きだしたいのをこらえた。ヘンリエッタは善意で言っているのだ。でも、ロティは本当のことを知っていた。これからも、ニコラスがわたしを愛することはないだろう。「そういえば、あの人がいまどこにいるかご存じ？」

「ノーサンプトンで裁判が開かれているはずよ。ニコラスから聞いたわけではないけれど、ほかの人がそう言っていたの。治安判事として審理を求められたのかもしれないわ。あとで尋ねれば教えてくれるでしょう」

ロティはうなずいたが、侯爵が自分の職務のことを彼女の耳に入れたがるかどうかはわからなかった。せっかく近ごろ、ふたりのあいだがうまくいっているのに、また余計な口出しをしてニコラスを怒らせたくない。サム・ブレークに対して、ニコラスが寛大な態度を示してくれるように祈るばかりだった。

昼食のあと、男性客の何人かは庭の草の上で輪投げをして遊びはじめた。湖まで散歩に出かける人たちもいたけれど、女性は大半がひと休みするために部屋へ引き取った。

「何も変わったことはなかったんでしょう?」ニコラスがやっと姿を現したので、ロティは声をかけた。

　ニコラスはうなずいたが、表情がこわばっているようにロティには思えた。今日はけんかになるようなことは何も言うまいと、彼女は心に決めた。もしかして舞踏会の終わった明日なら、それとなく裁判のことを尋ねてみてもいいかもしれない。

　結局のところ、治安判事として侯爵が何をどう判断しようと、ロティにはかかわりのないことだった。サムについては叱りおくだけで許してやってほしいと思うけれど、彼女の意見が判決を左右するはずはない。密猟者は厳しく罰せられるべきだと考えているのは、ニコラスひとりではないのだ。

　舞踏会のドレスに着替えるため、部屋へ引き取る時間になっても、ニコラスとはほんのふた言三言を交わしただけだった。夕方にはリリーが来てロティの身支度を手伝い、必要な場合にはドレスに最後の手直しをしてくれることになっている。

　けれども、現れたのはメイドのローズだった。リリーは体の具合が悪くて今日は来られないという。

「リリーは申し訳ないと言っていました。でも、結婚式の日には必ず来るそうです」

　ロティは鏡に映る自分の姿を確認した。「ドレスの手直しは必要ないから、今日は来られなくても大丈夫よ。リリーは病気ではないのね?」

「ただの頭痛だと思います」ローズは答えた。けれど、その返事はどことなくぎこちなかった。「すてきですね。そのドレス、とてもお似合いです」

「リリーが少し手を加えてくれたら、見ちがえるようになったの。ノーサンプトンに仕立て屋を出している人だって、これ以上のことはできないと思うわ」

　ロティはローズの手を借りて、ベス伯母からもらった真珠の首飾りを首にかけた。支度を終え、彼女が階下へ向かおうとしていると、誰かが部屋のドアをノックした。ローズがドアを開けて、不安げに小さな声をあげた。

「だんなさまですわ」

「お入りになって、侯爵さま」ロティはニコラスを振り返った。ローズはつづきの部屋へ逃げこんでドアを閉めた。

「今夜は真珠の首飾りをしているね。だったら、これも気に入るんじゃないかな……」ニコラスはロティに箱を渡した。開けると、中には真珠と金の腕輪が一対入っていた。

「すてきだわ！　ありがとう。ええ、ベスおばさまからいただいた首飾りにぴったりよ」ロティは長手袋の上へ腕輪をはめ、薄緑色のドレスのスカートを撫《な》でおろした。「どうかしら、侯爵さま？」

「美しいよ」

「リリー・ブレークがもとのドレスに手を加えてくれたの。あの人は本当に仕立てが上手よ」

「ああ、そのようだ」彼はロティに腕を差し出した。「下りようか？　ぼくたちは誰よりも先に行って、客を迎えないと」

「ええ」ロティはうなずいた。「あなたからいろんな贈り物をいただいて、恐縮してしまうわ。そんな必要はないのに」

「ぼくの妻には、美しい品で身を飾ってもらいたいんだ」

　ふたりで並んで客を迎えながら、ロティは侯爵がどれほどハンサムかをひどく意識した。長身で男らしい体躯《たいく》、貴族としての育ちのよさを物語る端整な横顔。彼は若い令嬢たちの目を釘《くぎ》づけにした。羨ましそうな表情や、嫉妬の色さえも令嬢たちの顔には浮かんだが、すぐに母親がそんな娘たちをつれ去った。過保護な母親たちにとって、侯爵は娘の夫に適した人物ではないのかもしれない。けれど、血筋と爵位、そして財力に関する限り、侯爵は結婚相手としてもっとも望ましい独身男性のひとりだった。

　ロティはニコラスから贈られた指輪をはめていることに誇りと幸福を感じた。彼女の指輪には誰もが賞賛の言葉を口にした。今夜、最初にダンスを踊るのは、侯爵とロティの役目だ。侯爵の手が腰のくびれに置かれたとき、ロティの体には官能の震えが走った。けれども、踊りながらふと侯爵の顔を見あげると、その唇は険しく引き結ばれていた。

「何かあったの？」

「ぼくは顔をしかめていたかい？」ニコラスは彼女を見おろしてほほえんだ。「許してくれ。心がどこかをさまよっていたらしい。こんな夜に、もってのほかだ。そういえばもう言ったかな？　ぼくが美しい婚約者のことをどれほど誇らしく思っているか」

「誇らしいですって？」ロティは繊細な眉を上げた。「変われば変わるものですこと。あなたに金目当ての女呼ばわりされてから、まだひと月もたっていないのよ」

「そのことについても、許しを求めないといけない。知ってのとおり、ぼくはきみときみの妹をとりちがえていたんだ」

　ロティの頬が熱くなった。あのころ、すでに侯爵はクラリスを軽蔑していた。クラリスが金を強請《ゆす》りとるために屋敷へ現れたと知ったら、侯爵はどう思うだろう？

　侯爵が答えを待っていることに気づいて、ロティは相手を見あげた。「だったら、いまのあなたはわたしをよく知っているの？　本当にそう思って？」

「多くを学びはじめているところだ」侯爵は言い、ロティの表情を見て低い笑い声をもらした。「きみは小生意気な猫のようだな、ロティ。舞踏会の最中でなかったら、お仕置きをしているところだよ」

ロティは思わず笑いだした。こういう言葉のやりとりは楽しくてたまらない。今日、サムの話題を持ち出さなくて本当によかったと、彼女は思った。そのことにふれていたら侯爵を怒らせ、せっかくの夜を台なしにしてしまっていただろう。

ニコラスとのダンスのあと、ロティは次のダンスを申し込む若い紳士たちに囲まれた。ほとんどが今夜紹介されたばかりの人たちで、ロティはみんなから賞賛の言葉を浴びせられた。どうしてぼくのほうが先にあなたと出会わなかったんだろうとか、あのろくでなしの侯爵と本当に結婚したいのかい、などと、ばかげたことをきく紳士もいた。明らかにみんな侯爵の友人だったので、ロティはほがらかに笑って、侯爵を選んでとても満足ですわと保証した。

夜もだいぶ更けてから、ロティは隣人のサー・バーティ・フィッシャーと踊った。

「この土地にだいぶ慣れてきたようですね、ミス・ロティ。あなたのような隣人ができて、母はとてもよろこんでいるんです。ノーサンプトンへいっしょに買い物に行ったんですって？」

「ええ、お母さまにごいっしょしていただきましたわ。ウエディングドレスのための絹を買いましたの」

「ああ、そうだった。結婚式が刻一刻と近づいているわけですね。新婚旅行はどこに行くんです？」

「ここを離れるかどうかわかりませんの」ロティは答えたが、頬がほてるのをどうしようもなかった。新婚旅行のことをきかれるのは、これがはじめてではない。ニコラスは新婚旅行については何も言わなかった。そして、自分の立場を心得ているロティは、そんな質問をしようとは夢にも思わなかった。「侯爵は忙しいのではないかしら」

バーティは何も言わなかったけれど、彼がいまの答えを奇妙だと考えていることはロティにもわかった。おそらくそのとおりなのだろう。ふたりの男女が便宜的に結婚した場合、いったいどういうことが起こるのだろうか。ふたりはしきたりどおり新婚旅行に出かけるの？　それとも、単に別々の独立した生活をはじめるだけ？

　ダンスが終わると、ロティは笑顔でバーティと別れ、もう一度身支度を調えるために二階の自分の部屋へ戻った。広間はかなり暖かく、涼しいところで少し休憩する時間が必要だった。

　ふと、惨めな考えが頭をよぎった。今夜、羨望のまなざしでロティを見ていた若い女性たちは、侯爵が結婚後も相変わらずの放蕩《ほうとう》暮らしをつづけると知ったら、扇の陰で秘《ひそ》かに笑い交わすようになるにちがいない。

　はじめから承知していたことだった。ただ、こんなにもつらいとは思わなかったけれど。

　わたしったら、またばかみたいにめそめそして。この舞踏会を催すために、たくさんの人が一生懸命働いてくれたのよ。それを台なしにすることはできないわ。さあ、広間へ戻って、みんなに笑顔を見せるの。わたしは世界でいちばん幸福な女よと言わんばかりの笑顔を。

　広間へ戻ったロティは、ダンスを申し込まれるたびに客の相手をして踊った。やがて侯爵が彼女を食事の部屋へ伴うと、誰もが今夜の主役たちと言葉を交わそうとふたりの席へやってきた。友人たちのからかいを上機嫌で受けとめる侯爵を見ているうちに、ロティはさっきまでの疑いを忘れた。

「おまえという男はなんと運のいいやつだ」フレディ大叔父はニコラスに言った。「わたしが二十歳も若ければ、ここにいる彼女を奪いとっているところだぞ」

　ロティは大叔父に楽しそうなまなざしを向けた。

「最初に大叔父さまとお会いしていたら、わたしはきっと大叔父さまを選んでいましたわ」

「賢い娘だ」フレディ大叔父はロティに片目をつむってみせた。「夫をすっかり安心させてはいかん。それが結婚を長つづきさせる秘訣《ひけつ》だよ。まあ、こんなにすばらしい伴侶がいるのに、よそ見するようなら、この男はばかだが」

「ありがとうございます」ロティは答えて、婚約者にちらりと目を向けた。そして、その顔に浮かぶ憂鬱そうな表情にひどく驚いた。侯爵はいったい何を考えているのかしら？

　愛人のことが頭を離れないのだろうかとロティは思った。結婚したあとも愛人との仲をつづけるつもりなのか尋ねてみたかったけれど、もちろん、そんなことは口にできない。妻や婚約者はそんな質問をしないものなのだから。

　食事のあと、侯爵はロティに二度めのダンスを申し込んだ。最初のダンスと同じくワルツだったので、ニコラスは手を軽くロティの腰に添えてステップを踏みはじめた。ロティはよろこびで体が溶けてしまいそうになった。音楽は耳に心地よく、部屋には花の甘い香りが満ちている。頭上には豪華なシャンデリアが輝き、その光は女性たちの喉元や指を飾る宝石をきらきらときらめかせていた。これほど華やかなパーティを開くことができるのは、ほんのひと握りのきわめて裕福な人々だけだ。今夜のご馳走の残りがあれば、ひとつの小さな集落を一週間は養えるだろう。そう考えると、ロティは急に神妙な心持ちになった。

　そうだわ。なぜそうしてはいけないの？　朝になったら残った食べ物をバスケットにつめて、このあたりの貧しい人たちのところへ配らせよう。領主のお祝い事なのだから、住民たちにもお裾分けがあるのは当然だわ。

「何か考えこんでいるようだね、ロティ？」

「ええ、別のことに気を取られていたの」彼女は言った。「今夜の舞踏会を開くためには、とてもお金がかかったんでしょうね。それに、結婚式にもまたお金がかかるわ」

「金は問題ではない」侯爵は目を細くした。「土壇場で尻込みしようというのかい、ロティ？」

「いいえ、そうじゃないの。今夜、わたしたちが使ったお金のほんの一部でもあれば、助かる人たちが大勢いるわ。そういう人たちのことを考えていたのよ」

「侯爵家の女主人になったら、どういった慈善に力をそそぐのもきみの自由だ」

「だったら、領地の住民に食べ物を配ってもかまわないかしら？」

「なぜぼくが反対すると？　ぼくの母もそうしていた。とはいえ、このところ、ぼくはほとんどここへは帰っていなかったから、そういうことは怠ってしまっていたが」

「だったら、ぜひわたしにやらせて。ごめんなさい。いま、こんな話を持ち出すべきではなかったわね」

「ああ」侯爵はうなずいた。「ふたりでいろいろなことを話し合う時間を作らなくてはいけないな。だが、結婚式がすむまで、深刻な問題は頭から追い払っておこう。わかったかい？」

「ええ。今夜は二度とない特別な夜ですものね。わたしのためにこんなにすばらしい舞踏会を開いてくださって、どうもありがとう。これほどの催しに自分がふさわしいかどうかわからないわ」

「もちろん、ふさわしいとも」ニコラスは奇妙なほほえみを浮かべて言った。「それに、今夜の準備を整えたのはきみじゃないか。礼を言わなくてはならないのはぼくのほうだ」

ふたりのダンスが終わった。ニコラスはあるじとしての務めを果たすためにその場を離れ、既婚の女性をダンスに誘った。相手の女性は誘われたことに気をよくして、度が過ぎるほどにしなを作り、侯爵の気を引くような仕草をしはじめた。

侯爵は相手の懸命の努力を楽しんでいるように見えた。ロティはできるだけそちらを気にしないように努めた。侯爵には愛人がいるという。もしかしたら、今夜の客の中にその相手がいるのかもしれない……たったいま、侯爵といっしょにテラスへ出ていった女性かもしれないのだ。

ロティはふたりのあとを追いかけたい衝動をこらえ、代わりに次のダンスに名のりを上げた紳士の手を取った。

けれども、ロティの心配は杞憂《きゆう》に終わり、侯爵はほんの数分でテラスから広間へ戻ってくると、ベス伯母やヘンリエッタと話をしはじめた。

そして、しばらくして、ニコラスはヘンリエッタをエスコートして広間から出ていった。きっと侯爵の名づけ親は早めに部屋へ引き取って休むのだろう。

ところが、侯爵自身はそれから三十分たっても広間へは戻ってこなかった。それにダンスのとき、あからさまにしなを作っていたあの夫人の姿も消えている。

ロティの笑顔は次第にぎこちなくなっていった。まさか婚約の披露目の舞踏会に、侯爵が愛人を招くわけはないわ。そうでしょう？

だめよ、だめ。さもしい想像をするものではないわ。ニコラスはきっとどこかで葉巻を吸っているか、そうでなければ、ヘンリエッタと話をしているのよ。

ニコラスは客が帰りはじめるころになってやっと広間へ戻ってきた。彼はロティの横に並んで、ひとりひとりに別れの挨拶を述べた。ほとんどの客は数日後、結婚式のためにまた戻ってくるだろう。屋敷に滞在している親族はそのまま自分たちの部屋へ引き取った。全員が姿を消すと、ニコラスは自分のためにブランデーをグラスに注《つ》いだ。

「さて、ロティ、今夜は成功と言っていいんじゃないかな?」

「ええ、そうね」彼女は答えた。「満足してくださったようで、準備したかいがあったわ。それじゃ、わたしはこれで失礼させていただいて、部屋へ戻ります。少し疲れたの。おやすみなさい」

ロティはそれ以上侯爵のほうを見ようとせずに部屋を出た。胸の奥がうずき、いまにも泣きだしてしまいそうだった。侯爵があんなにも長いあいだ広間へ戻らなかったわけは、愛人としばしの逢瀬《おうせ》を楽しんでいたからだとしか思えない。

自分の部屋へ戻ると、ロティはローズにドレスを脱ぐのを手伝ってもらってからメイドをさがらせた。

「あとはひとりでできるわ。遅くまで、どうもありがとう。おやすみなさい」

「おやすみなさいませ。舞踏会はうまくいったんですか？」

「ええ、とても楽しかった。明日は働いてくれた人たちのところへ行って、みんなにもお礼を言うわ」

いまはただ眠ってしまいたかった。ひとりになると、ロティは感情の波にもまれて苦い涙を流した。けれど、しばらくして、彼女は涙を拭いた。わたしったら本当にばかね。侯爵はまつわりついて離れない妻なんか求めていないのよ。愛人の存在を受け入れる、分別ある妻を欲しがっているんだわ。

愚かなのはわたし。何もかも承知のうえで、侯爵と結婚することにしたのでしょう。侯爵の側は取り引きの条件をきちんと守っているのだから、わたしだってそうしなくてはいけないわ。愛人を囲っている紳士はたくさんいるし、そういう人の妻は見て見ぬふりをしているものよ。わたしも同じようにしなくては――でも、それがこんなにつらいものだなんて、思いもしなかった。

　ロティはやり場のない怒りと悲しみに屈してしまいそうになったが、意志の力でその気持ちを抑えつけた。

　物事の良い面を見るのよ。

　ロスセー侯爵夫人になれば、世の中のためになることがたくさんできるわ。侯爵自身、領地に暮らす人たちへの心配りを怠りがちだったと認めたじゃないの。これからはわたしがそういうところで働けばいいわ。それに、この結婚は家族にとっていいことばかりよ。ベスおばさまはこの屋敷でずっと暮らせるし、バースの家に滞在することだってできる。

　手を引くことはできないと、ロティは思った。手を引きたくなかった。気弱になって心が揺れることもあるけれど、きっと乗り越えられる。朝になったら、世間が考えているとおりの、穏やかで落ち着いた女に戻ろう。

　ニコラスは庭に出て葉巻を吸っていた。その眉間には深いしわが寄っていた。ロティがまたよそよそしくなってしまったように思えるのはなぜなんだ？　最初のダンスのときには彼女は幸せそうで、ふたりのあいだには親密な感情が通い合っていた。あの唇に心ゆくまでキスするために、ロティをどこかへさらっていきたくなったほどだ。それなのに、客に別れの挨拶をするころになると、彼女の様子が変わっていた。ぼくがいないあいだに、いったい何があったんだ？　うろたえるような話を耳にしたのだろうか？

　ヘンリエッタを部屋へ送り届けたあと、ニコラスは思わぬ知らせに足留めされてしまった。それはこんな夜には、できれば聞きたくない知らせだった。

ニコラスの口元が固く引き結ばれた。その日の午前中、彼が治安判事として受け持ったのは、サムの一件ではなかった。別の事件で拘束されている数人の男たちの裁判を割り当てられたのだ。殺人事件で捕まった男たちで、しかも現行犯であったことから、判決を下すのはむずかしくなかった。ニコラスは男たちに縛り首を言い渡し、しかし、奴隷として七年間植民地で働くなら、追放刑を選ぶこともできるとつけ加えた。当然ながら、男たちは後者を選んだ。

担当の裁判が終わったあと、ニコラスは密猟事件の審理をバーティ・フィッシャーが担当したことを知った。バーティはサム・ブレークに三年の禁固刑を言い渡していた。これはニコラスの考えでは厳しすぎる刑だ。あとになって彼はバーティに異議を申し立てたが、隣人の治安判事は、密猟を根絶やしにするために、犯人には断固たる態度をとるべきだと言って譲らなかった。

密猟は、もちろん深刻な犯罪にはちがいない。なぜなら、無法な人間が多くかかわり、しばしばより重大な犯罪にもつながりかねないからだ。しかしニコラスは、最初にサムを逮捕せず、放してやればよかったと思いはじめていた。今夜起きたことを考えるとなおさらだ。

ヘンリエッタの部屋から広間へ戻ろうとしていた彼は、牢《ろう》から三人の男が逃げたという報告を受けた。ふたりは植民地への追放が決まっている殺人犯で、もうひとりはサムだった。

「あのばか者が！」サム逃亡の知らせを聞き、ニコラスは怒りを爆発させた。「おとなしく刑期を勤めていれば、数カ月で牢から出してやれたかもしれないものを。これであの男は逃亡犯だ。発見されたら、その場で撃たれても文句は言えない。捕まれば、おそらく縛り首だろう」

サムの脱獄の知らせはニコラスの心をかき乱し、しばらくは広間へ戻る気にもなれなかった。

問題は――ロティの様子が変わったのは、何かを小耳に挟んだからだろうか？　それとも、長い時間放っておかれて、つむじを曲げているだけなのか？

ニコラスは葉巻を投げ捨て、屋敷へ戻った。しばらく前から、物陰に隠れて自分を見つめる目があることには気づきもせずに。

ロティは普段の朝より寝坊をして、九時に目を覚ました。ローズが運んできてくれたお湯で顔を洗うと、彼女は身支度をして朝食の間へ向かった。じゅうぶん休んだおかげで心は落ち着きを取り戻している。昨夜、侯爵が愛人と会っていたという証拠は何もないのだ。たぶん、わたしは早まって結論に飛びついてしまったんだわ。なぜもっとニコラスを信用できないの。嫉妬して、なんでもないことに腹を立てるなんてどうかしているわ。

朝食の間には数人の男性たちがいたが、女性の客はひとりもいなかった。侯爵は一時間ほど前に食事を終えたとロティは教えられた。

「きみは早起きなんだね」フレディ大叔父は好ましそうにほほえんだ。

「早く起きる習慣ですの。草花にまだ朝露がついているうちに散歩するのが好きなんです」

「散歩するなら、今朝は従僕を連れていったほうがいいな」フレディ大叔父はむずかしい顔をして言った。「何人か危険な連中が付近をうろついているらしい。ニコラスの森番たちが銃を持って見張っているから、地所の内へは入ってこないと思うが、村へ行くなら気をつけることだ」

「今朝は散歩には行きません。昨晩の残りの食べ物がたくさんあるはずですから、厨房《ちゅうぼう》へ顔を出して、貧しい人たちに食べ物を配る準備をするように頼むつもりなんです」

「それはいい。我が家ではいつも、ご馳走《ちそう》の残りは地元の孤児院へ届けることにしているんだ。子どもたちがちゃんと分け前にあずかれるかどうかはわからんがね。どうせ教師たちがいちばんいいところを持っていってしまうだろうから。そういうことについては、我々にはどうにもならないよ」

「でも、事態がよくなるように、できるだけのことをするべきでしょう」ロティは言った。「わたしも実家ではときどき貧窮院へ慰問に行っていたんです。収容されている人たちの状況を改善できるように、運営委員になろうかとも思っていました。侯爵と結婚したら、もっと多くのことができるでしょうね」

「ああ、そうしたいと思うならね」大叔父はうなずいた。「だが、人助けにのめりこむ前に、もっと新婚生活を楽しまなくては。ニコラスはきみをロンドンへ連れていって、あちらで人に紹介したいと思うんじゃないかな」

本当かしら？　ロティはそういうことにはならないだろうと思ったけれど、大叔父には何も言わなかった。彼女は今日一日をどう過ごすつもりか、大叔父に尋ねた。

「きみさえ暇なら、今日の午後は馬車で外へ連れ出してやろうかと思っているんだ」

「所領の中をまわってくださるの？　わたし、湖より遠くへは一度も行ったことがないんです。ぜひ、村や農地を見てみたいわ」

「よろこんでお連れしよう」フレディ大叔父は自分の思いつきをよろこんでいる様子だった。「本来ならニコラスが最初にするべきことなんだが、あいつはちょっと変わっていてね。だが、結婚したら、きっと自分の責任に目覚めるだろう」

朝食が終わると、ロティは厨房を訪れて、料理人のミセス・ベントと住民に配る食べ物について話し合った。

「手のこんだ料理はほとんどみなさんが食べておしまいになりました、ミス・スタントン。ですが、ハムや焼いた肉はたくさん残っています。誰かに食べてもらわなかったら、全部無駄になってしまいます。わたしも少しばかり近所の小作人たちに配るつもりでしたが、こうしてご相談いただいたからには、ミートパイみたいなものも村の集会所に届けようと思います。今日はあそこで子どもたちの集まりがあるんでございますよ」

「それはいいわ、ミセス・ベント。今後はわたしが許可しますから、お屋敷で余った食べ物は貧しい人たちに分けてあげてちょうだい。それから、年に二、三回、子どもたちに何かご馳走してあげられる機会はないかしら――村の集会所でのお茶会とか、お夕食会とかはどう？」

「侯爵さまのお母さまは、年に一度、このお屋敷で子どもたちのためにパーティを開いておいででした。それをまたおはじめになるのはいかがです？」

「すばらしい考えよ」ロティは言った。「教えてくれてうれしいわ。地元の人たちの助けになることがあったら、どんなことでも知りたいの。さあ、わたしはもう行かないと。お客さまたちが満足していらっしゃるかどうか目を配らなくてはね」

ロティは厨房から立ち去った。ミセス・ベントはちょうどやってきた家政婦に大きくうなずいてみせた。

「あの方はこのお屋敷にまさにぴったりですよ、ミセス・マン。侯爵さまの婚約者は本物のレディだわ」

「ええ、そうね」家政婦は答えた。「だけど、あの方のお父さまが、ゆうべの舞踏会にいらっしゃらなかったのは少し変だわ。結婚式にはちゃんと来てくだされればいいけれど」

使用人たちが憶測を巡らせているのも知らず、ロティは屋敷の女主人としての務めを精いっぱい果たしていた。ほかの女性たちといっしょに散歩にも出かけたが、そうするときは屋敷のそばから離れないように気をつけた。

森番の姿を見かけると、ロティはフレディ大叔父の警告を思い出した。〝危険な連中〟というのはいったい誰のことだろう？　サムの仲間だろうか。でも、一度会ったサムは、とりたてて乱暴そうには見えなかった。ただ性格が弱く、不運が重なって安易な方向へ流されてしまったのだろう。

昼食の前に、ロティはリリーに宛てて、体の具合がよくなったら屋敷へ来るようにと手紙を書いた。そして、その手紙と子どもたちにやるお菓子を持たせ、ローズを使いに出した。

午後になると、ロティはフレディ大叔父の操る馬車に乗って屋敷の外へ出かけた。彼女は豊かな農地や、太った家畜が草をはむ緑の牧草地に目をみはった。どこへ行っても男たちは帽子を脱ぎ、彼女にうやうやしくお辞儀した。女性が家から出てきて、大きな声で結婚の祝いを叫ぶこともあった。子どもたちがメイポールのまわりで遊んでいるのを見かけると、ロティは思わず口元をほころばせた。

ところが、屋敷へ帰る途中で、ふたりの乗った馬車は貧しげな壊れかかった小屋が固まってたっているところを通りかかった。ロティは馬車を停めるようにフレディ大叔父に頼んだ。すると、大叔父はしぶしぶ馬の手綱を引いた。

「こんなところは見たくないだろう、ロティ。ここはホローと呼ばれる集落だ。付近のくずどもが集まって住んでいるところさ。こんな場所は早く取り壊してしまうべきなんだ」

いやなにおいが漂っているのは、集落のまん中を通る蓋もないどぶ川のせいだろう。ここの住人たちは誰ひとりロティに向かって手を振らず、ただ仏頂面で無関心そうにこちらを眺めているだけだった。ひとりの男が小屋から出てきて、馬車に乗ったふたりにひたと目を据えた。背が高く、がっしりとした体つきの男で、サムに似ていることはひと目でわかった。あの男がサムの従兄弟《いとこ》のディコンだろう。男のまなざしはぞっとするほどの憎悪に満ちていた。

「わたしだったら、ここへは二度と来ないね」フレディ大叔父は言って、馬車を引く馬に鞭《むち》をあてた。「ここに住んでいる者たちは、村人たちとはちがう。連中は外の人間が口出しするのを嫌うんだ」

「でも、あんな場所に住むのは不健康だわ」ロティは考えに沈みながら言った。「侯爵はあのどぶ川をきれいにしたいと考えているんじゃないかしら」

「以前、ニコラスがそういう計画を提案したんだが、連中は敵意をむき出しにするだけだった。この世には救いようのない連中というのがいるものなんだよ、ロティ」

ロティは適当な言葉をつぶやいた。ホローの住人の生活環境をなんとかしたい。けれど、余計なことをしたら、またニコラスを怒らせるだけだろう。これも結婚式が終わるまで待たなくてはならない。

結婚式まではあと数日を残すのみだった。契約を守りながら、自分にできる範囲で精いっぱいのことをしようとロティは思った。結婚式が終われば、侯爵はきっとすぐロンドンへ行ってしまうだろうから、取りかかるとしたらそれからだ。ホローの人たちの暮らしをほんの少しよくするために、わたしに支払われる手当のお金を使ったとしても、侯爵は反対したりしないわよね?

8

結婚式の日が近づくにつれて、屋敷にはさらに多くの客が到着し、ロティの時間の大半は滞在客をもてなしたり、式当日の準備をしたりすることに費やされた。

式の前日になると、ロティとベス伯母はメイドのローズと従僕を連れて結婚式の執り行われる教会へ行き、白やピンクの美しい花々で建物の内部を飾りつけた。

「美しいわ」飾りつけが終わると、ベス伯母は言った。「あなた、幸せなの、ロティ？　たくさんのお客さまがいらして、最近は本当に忙しそうだけれど……もう何日も、あなたとふたりでゆっくり話をしている時間もないわ」

「ええ、もちろん幸せよ」ロティは答えた。「こんなに何もかもそろっているのに、幸せでないはずがないでしょう？　屋敷は結婚を祝ってくださるお客さまでいっぱいだわ。それに、回廊の間には見たこともないほどたくさんのお祝いの品が並んでいるのよ」

「物に不自由していないのはわかるの。でもあなた、本当に幸せ？　最初のころは幸せそうに見えたのだけれど、近ごろのあなたはとても口数が少ないわ」

「ずっと忙しかったの。ごめんなさい、おばさまをないがしろにするつもりはなかったのよ。おばさまもいろんな準備で忙しそうにしてらしたし、ヘンリエッタがずいぶんおばさまを頼りにしているようだったから、ついお相手しなかったの」

「不満を言っているわけではないわ。わたしが心配しているのは、あなたが幸せかどうかよ」

「わたしは本当に幸せよ。これ以上、何を望むことがあるっていうの？」

ベス伯母はかぶりを振った。「あなたが自分で言うほど幸せなら、わたしはそれで満足よ。わたしはあなたを実の娘のように思っているの。みずから選んだ人生で不幸になってほしくはないわ――とはいえ、これはあなたが選んだことではないけれど」

「いいえ、それはちがうわ」ロティは伯母の言葉を否定した。「誤解しないで。わたしは強いられて結婚するわけではないのよ」彼女はふと、眉をひそめた。「お父さまは夜までに屋敷へ戻ってきてくれるかしら。もしお父さまが現れなかったら、明日はどうしていいかわからないわ」

「まだ戻ってこないなんて、無責任ね」伯母は顔をしかめた。「あの人が何を考えているのかわからないわ。花嫁の父親なのだから、式に参列しなくてはいけないことくらい、わかっているはずなのに」

ロティはうなずいた。父がいまだに現れない理由が少し気にかかった。

ところが、ロティたちが教会から戻ってみると、フレディ大叔父や侯爵といっしょに、噂《うわさ》のぬしがワインを飲んでくつろいでいるところだった。

「やっと着いたのね、お父さま。少し心配になってきたところだったのよ」

「知っとるだろう、わたしはこういうにぎやかな集まりは苦手なんだよ」父は言い、娘に近づいて頬にキスした。「少々用があってな。だが、娘の結婚式に父親のわたしが参列しないわけはないだろう？」

ロティはほほえみ、いつものように父親の愛嬌《あいきょう》たっぷりな言い訳におとなしく丸めこまれた。

「ねえ、いっしょに来て、いただいた結婚の贈り物を見てちょうだい」彼女は父親の腕を取った。少しのあいだ、父とふたりきりで話がしたかったので、贈り物はほかの人たちから離れる絶好の口実だった。

長い回廊の間へ入ると、サー・チャールズは娘にばつの悪そうな目を向けた。「頼むから怒らんでくれ、ロティ。こんなに長く留守にするつもりはなかったんだが、出かけた先で手間どってな」

「賭け事ね？」

「ああ、ちがうとは言わんよ。だが、今回は上出来だったんだ。賭けに勝って、まとまった金を手に入れてな。だから、侯爵に借金を金で返させてくれと申し入れたんだが、断られてしまった。わたしは新しい契約書にサインしたよ。今度のはおまえにとっても、わたしにとっても、かなり割のいい契約だ」

「ええ、そうらしいわね」

「契約書を読んでいないのか？」

「読んでないわ。契約の内容を知りたいと思わなかったから」

「侯爵の身に何かあったら、おまえはとても裕福な未亡人になるだろう。それに、結婚後の手当も相当に気前のいい金額だ」

「このあたりに住んでいる人たちのために、お金の一部を使うつもりよ」ロティは高価な贈り物が所狭しと並ぶテーブルの前で立ち止まった。「お祝いの贈り物を見て。みなさんからすてきなものをいただいたわ」

サー・チャールズは眉根を寄せた。「高価なものをこんなところに出しっぱなしにしておいて、危なくはないのか？　このサファイアの首飾りなんか、国王の身の代金にもなりそうな品じゃないか」

「ええ、とても高価なものだと思うわ」ロティは言った。「わたしもどこかへしまったほうがいいんじゃないかと思って、尋ねてみたの。でも、ここで大丈夫だからと、侯爵が。夜になると、このあたり一帯を見張りが巡回するのよ。それに、お客さまも、屋敷の使用人たちも、贈り物に手をふれたりはしないわ」

「ああ、そうだろうな。少しばかり落ち着かない気分になっただけなんだ。それだけだよ」サー・チャールズは言った。「いまのところ、わたしは金に不自由していないが、懐の寂しいときなら魔が差したかもしれん」

「お父さま！」

サー・チャールズは奇妙なほほえみを浮かべた。

「おまえや侯爵のものには指一本ふれやせんさ。ただ、魔が差すこともあるというのを知っているだけだ」

ロティは父を見あげた。「クラリスから何か知らせはあったの？　あの子、イギリスに帰ってきているのよ。この前、屋敷の庭に隠れていたの」

「金をせびるためにだろう？」サー・チャールズは顔をゆがめた。「クラリスに金をやってはならんぞ、ロティ。どうせ愛人の言いなりになって使いはたしてしまうだけだ」

「相手を知っているの、お父さま？」

「きっとド・ヴァルメの悪党だろう。ふたりはもう結婚しているかもしれない」サー・チャールズは言った。「親として結婚の許可を求められたら、絶対に許さんところだが、クラリスはわたしの手には負えないよ。わたしはもうあの娘のことは諦めた」

「わたしの結婚式がすんだら、あの子の居場所を捜して」ロティはすがるように父に言った。「クラリスは確かに無鉄砲な子だけれど、取り返しのつかないことにだけはなってほしくないの。お願いだから、あの子の無事を確かめて」

「わかったよ。おまえがそう言うならな」サー・チャールズはため息をついた。「おまえはここに落ち着くつもりかね、ロティ？」

「ええ。わたしのことは心配しないで、お父さま。気がかりなのはクラリスのほうよ」

「あの娘は自分の思ったようにするだけさ」父親は自分のポケットを探って、小さなベルベットの箱を取り出した。「これはわたしからの結婚祝いだ」

　彼は娘に箱を渡した。ロティが箱を開けると、中には美しいダイヤモンドのブローチが入っていた。彼女は小さな叫び声をあげた。

「すてき」

「おまえがわたしにしてくれたことに比べたら、ささやかなものだが」

「こんなにすばらしい贈り物はないわ」ロティはのび上がって父親の頬にキスした。「お父さまが結婚式に間に合って、本当によかった。来てくれないんじゃないかと心配だったの」

「これまで、さんざん迷惑をかけてきた父親だからな。だが、結婚式の日にまでおまえをがっかりさせるわけにはいかない」サー・チャールズはほほえみ、娘と並んで回廊の間を歩きだした。「明日はおまえの晴れの日だ、ロティ。式が終わったら、ロスセー侯爵夫人だ」

「ええ……」緊張のために、ロティのみぞおちが引きつった。最近は忙しくて、そのことを考えている余裕もなかった。けれど、明日の夜には彼女は侯爵の妻になっているのだ。彼が寝室へやってきたら、わたしはどうふるまったらいいのだろう？　心から彼の妻になりたいと思う一方で、耳の奥にこだまする小さな声を無視することがどうしてもできない。その声は言っていた。愛がなければ、結婚はただのむなしい見せかけよ、と。

　真夜中に突然、ロティは目を覚ました。どうして目が覚めたのだろうと思っていると、あちこちから叫び声や、人の走る足音が聞こえはじめた。ベッドの上がけをはねのけ、彼女は窓際へ行って外を見た。すると、大勢の男たちがランタンを手に屋敷の外へ出ており、そのうちの森番らしい男は銃を構えて暗闇に向かって発砲していた。いったい何が起きているのだろう？

ロティは大急ぎで普段着のドレスに着替えて寝室を飛び出した。踊り場から下を見ると、何人かの男性たちがすでに服を着て、階下を足早に歩いている。

ロティはその中のひとりを呼び止めた。

「下りないでください、ロティ」サー・ジェームズがきびきびした足取りで彼女のいるところまでやってきた。「騒がせて申し訳ない。こんなにあわてる必要はないんだが、屋敷に泥棒が入ろうとしたんです。幸い、ニコラスが見張りの数を三倍に増やしてあったから、何も盗《と》られずにすみましたが。実は最近、不届き者たちが……」ふいにサー・ジェームズは言いすぎたことに気づいたように口をつぐんだ。「きみたちの結婚祝いの品が狙われたらしい」

「父が気にしていたんです。あんな高価なものを人目につくところに出しておいたら、泥棒に狙われるんじゃないかって。でも、侯爵は心配ないと」

「どうやら、そうではなかったようですね」サー・ジェームズは言った。「寝室へお戻りください、ロティ。きみに手伝えることは何もありませんから」

「わかりました」

ロティは寝室へ戻ったが、すぐには休む気になれなかった。彼女は窓際の椅子に座って、表の様子に目を凝らした。すでに騒ぎは収まりつつあった。屋敷へ侵入しようとした者たちは怯《おび》えて逃げてしまったのだろう。彼女がもう一度ベッドへ戻ろうとしているとき、誰かが部屋のドアをノックした。ドアを開けると、そこにはニコラスが立っていた。騒ぎのせいで急いで着るものを身につけたらしく、シャツの胸元は大きく開き、髪はくしゃくしゃに乱れている。そんなニコラスを見るのははじめてだったので、ロティははっと息をのんだ。

「泥棒は捕まったの？」

「いや……入っていいかな、ロティ？」

「ええ……」ロティは曖昧な表情で後ろへさがった。夜中に男性を寝室に入れるなんて言語道断だけれど、ふたりは明日の朝結婚するのだから、もう社会通念を気にする必要はないだろう。ニコラスは部屋へ入って窓際に近づき、開いていた窓をしっかりと閉めた。

「ここまでよじ登ってくる者はいないと思うが、念のためだ。きみの身に何かあったら、ぼくは自分を許せない」

「不届き者は貴重品を狙ったんでしょう？」

「おそらくね」ニコラスは眉間にしわを寄せた。

「連中は屋敷の裏手から侵入しようとして、すぐに見張りの者に見つかった。あとを追いかけたんだが、逃げられてしまったらしい。しかし、ラーキンの撃った弾が中のひとりにあたった可能性もある」

「だったら、泥棒たちは戻ってこないと思うわ」

「ああ」ニコラスは険しい顔でロティを見た。「ラーキンは、賊の中にサム・ブレークがいたかもしれないと言っている。ほかの誰かから聞かされるより、ぼくの口から聞いたほうがいいだろうと思ってここへ来たんだ」

「サムは牢《ろう》にいるんじゃなかったの？」

「三年の禁固刑を言い渡されたあとで、数人の仲間といっしょに牢から逃げてしまった。やつらは危険な連中だ。今度捕まったら、ほぼ確実に絞首刑になるだろう」

「まさか、そんな？」ロティは大きく目を見開いた。「密猟で三年の刑は重すぎるわ。サムが逃げるのも無理ないわよ」

「サムは人を殺すのも平気な連中と手を組んだんだ。ひとりはさっき、森番に向かって発砲した。サムがもし本当に今夜の賊の中にいるとしたら、もうどんなことをしても絞首刑を免れることはできないだろう」

「もしって……？」ロティはニコラスと目を合わせた。「疑わしい点があるの？」

「賊はサムの従兄弟《いとこ》だったかもしれない」

「そうね。ディコン・ブレークのほうが大柄だけれど、ふたりは外見が似ているわ」

「きみはディコンを知っているのか？」

「フレディ大叔父さまと馬車でごいっしょしたときに、ディコンを見かけたのよ」

「きみたちはホローへ行ったのか？」ニコラスの顔つきが厳しくなった。「どうして大叔父はきみをあんな場所へ連れていったんだ？　ぼくは以前から、あそこを全部取り壊すつもりでいたんだ」

「あの場所の不潔な溝に蓋をして、汚い水を抜いてしまうことはできないかしら？　女性や子どもたちのために」

ニコラスは険しく眉根を寄せた。「知らないことに口出ししないでくれ、ロティ。これは男の仕事だ。ぼくにまかせておいてほしい」

「わかったわ」ロティはまぶたの裏に涙がわきあがるのを感じた。ふたりのあいだは何ひとつ変わっていないのだ。最初のころと同じように、侯爵はすべてを情け容赦なく自分のやり方で押し進めようとしている。「余計なことを言ってごめんなさい。こちらが善意を示せば、相手に歩み寄れるかもしれないと思ったの……でも、あなたはご自分のお考えどおりにしてちょうだい」

「ありがとう」ニコラスの口調には皮肉な響きがあった。「ぼくはまだこの屋敷の主人として認められているようだ。おやすみ、ロティ。明日に備えて、少しは眠ったほうがいい」

ロティは立ちつくしたまま、部屋から出ていくニコラスを見送った。彼女は泣きも怒りもしなかったけれど、心はふたつに引き裂かれる寸前だった。侯爵はもう一度、自分の気持ちをはっきりさせたわ。彼にとって、わたしは取るに足りない女なのよ。わたしはただの目的のための手段——侯爵が最初からはっきり言っていたように。

どうしてぼくはロティにあんなふうに嚙《か》みついたりしたんだ？　ニコラスは自室へ戻りながら、かっとしやすい自分を呪った。ロティの部屋まで行ったのは、彼女の身が心配だったからだ。そして、そこで彼女からホローへ行った話を聞かされた。ニコラスは恥ずべき秘密を暴かれたような気持ちになった。彼も心の中ではホローがこのあたり一帯の面汚しであることをわかっていた。父親の時代にさえ、すでに問題は表面化していたのだ。若いころ、ニコラスは古くて汚い小屋を取り壊し、新しい集落を作ろうと計画していた。ところが、エリザベスとの恋に破れたことがきっかけとなって、彼は世の中に幻滅し、ロンドンへ行ったまま領地に帰らなくなってしまった。ホローのことは頭の隅に追いやられた。

ニコラスはずっとあの土地に目を向けるのを避けてきた。なぜなら、あそこは母親が死ぬ原因となった土地だからだ。おしなべて見れば、彼はよい領主だった。領民のあいだに不満はなく、代理人は命令に従って、所領の人々の住まいをよい状態に保っていた。けれども、ニコラスは自分でもなぜなのかよくわからないままに、ホローの存在を無視しつづけた。誤りを長く放置するほど、それを正すのがむずかしくなるのと同じ理屈だろう。

あの貧民窟は取り壊す以外にどうしようもない。だが、あそこに住んでいる人々はどうなるんだ？

ニコラスは顔をしかめた。ほとんどの者は周辺で野宿をはじめることだろう。そして、しばらくして諦めがついたら、貧窮院へ入るか、ほかの土地へ流れていく。近在の人々は厄介払いができたとよろこぶはずだ。このあたりの郷士たちを悩ませるあれやこれやの犯罪は、たどっていくとほとんどがホローに住みついた小悪党たちに結びついているのだから。

ニコラスはむずかしい顔をして不愉快な問題を頭から押しのけた。あと数時間で結婚式だ……父親の侯爵が終生解決できなかった問題に、いまここで取り組んでみても仕方がない。ぼくにはぼくの悩みがある。

この気の短さのおかげで、ロティとのあいだにまた溝ができてしまった。こんな男をロティが好きになるわけはない。なぜ彼女にちゃんと説明しなかったんだ？　彼女が言うようなホローの改修は、昔、計画してみたが、不都合があって成し遂げられなかったのだと。どの小屋もあまりに不潔でじめじめしており、壊すしか方法はないのだ。

「ああ、なんてことだ」このまま眠れなかったら、朝には、不機嫌な熊のようになっていることだろう。「ロティが心変わりしたとしても仕方ない……」

なぜ彼女は結婚の意思を翻さないんだ？

考えられる理由はひとつだけだった。居心地のいい屋敷で安楽な生活を送るためなら、ロティはいくら欠点があっても彼を受け入れる覚悟なのだろう。とはいえ、彼女はのらくら遊んで暮らすつもりはまったくなさそうだった。フレディ大叔父から聞いた話だと、ロティは領民の子どもたちのために学校を設立するにあたって、大叔父の助言を求めたという。

ニコラスは苦笑して唇をゆがめた。ぼくは、はじめのころには予想もしなかったほどの買い得な取り引きをまとめたらしい。

「本当にきれいだわ」ベス伯母はロティの姿を見て、目頭にハンカチをあてた。「なんて華やかなウエディングドレスかしら」

「全部リリーのおかげよ」ロティは言い、約束どおり、ドレスの着つけを手伝いに来てくれたお針子にほほえみかけた。「ありがとう、リリー。おばさまの言うとおりよ。以前から考えていたのだけれど、あなた、ノーサンプトンにお店を出すべきだわ。もしかしたら、ロンドンでもいいかもしれない」

「ロンドンにお店を出すだなんて、滅相もない」リリーはよろこびに頬を染めて言った。「でも、昔からノーサンプトンに小さなお店を持てたらって考えていたんです。もうそんな夢はかないそうにありませんけど……」彼女は悲しそうに瞳を陰らせた。

「気を落としてはだめよ」ロティはリリーの手を取った。「サムがこれ以上の面倒に巻きこまれさえしなければ、希望はあるわ」

「お気持ちはありがたく思います、ミス・ロティ。でも、治安判事の目から見たら、サムはただの悪党です。一度、悪いやつだという烙印《らくいん》を押されてしまったら、滅多なことでは立ち直れません」

「時が来たら、サムを助けられるように努力すると約束するわ。でも、もしあなたが彼に会うことがあったら、従兄弟の悪事に荷担しないようにと言い聞かせておいてね」

「ゆうべの騒ぎはあの人じゃありません」リリーは即座に言った。「サムはお嬢さまがあたしによくしてくださってることを知っています。あの人、侯爵さまのことは悪く言っても、お嬢さまに顔向けできなくなるようなことは何ひとつしません！」

「あなたを信じるわ」ロティは小さく笑った。「いいこと、リリー。サムを厄介事から引き離しておくように、精いっぱいがんばるのよ」

ロティが振り返ると、伯母は不安そうな目で彼女を見つめていた。

「そんなに心配そうな顔をしないで、おばさま。わたしはお父さまが監獄に入れられそうなところを何度も救ったのよ。きっと何かいい方法を考えつくわ」

「侯爵には異論があるかもしれなくてよ」

「でも、侯爵は数日しか屋敷にいないかもしれないでしょう」ロティは伯母の物問いたげな視線を無視して言った。「もう下へ行ったほうがいいわね。そうしないと、式の時間に遅れてしまうわ」

　父親とともに馬車から降りるロティの上へ、太陽の光が暖かく降りそそいだ。彼女が父親の腕に手をかけて教会へ入ろうとすると、外で待っていた村人たちが笑顔で手をたたき、口々にお祝いの言葉を叫んだ。父親の腕にふれるロティの手がかすかに震えた。けれども、突然襲ってきた緊張の波を、彼女はうまくやり過ごした。

　昨夜、ロティは侯爵が去ってからベッドへ入ったが、寝つきが悪く、寝てからもいやな夢ばかり見た。結婚式の前の晩に新郎が花嫁の姿を見るのは縁起が悪いとされている。ロティは眠りに落ちる直前に、そのことを思い出した。この結婚はとても幸先《さいさき》がいいとは言えない。けれど、世間の人たちはみんな、侯爵とロティをお似合いのふたりと考えているし、親類縁者は跡継ぎの誕生を期待して、心からこの結婚をよろこんでくれているのだ。

　祭壇の前に侯爵の姿を見つけると、ロティは体をこわばらせた。なんて背が高くて、肩幅も背中も広いのだろう。ニコラスが後ろを振り返り、通路を歩く花嫁の姿に目を留めた。ロティは彼の男らしさをこれまでにないほど意識した。今夜、ニコラスは夫としての権利を行使するためにわたしのもとへやってくる。そのことを考えると、ロティは思わず唇をうっすらと開いて吐息をもらした。彼女は本当の意味でニコラスの妻となる瞬間を待ちこがれていた。心配なのは、情熱の高まりの中で、隠していた気持ちを見破られてしまうことだけだ。どれほど燃え上がろうと、侯爵の愛を請うような言葉を口にしてはならない。

ニコラスの隣に並ぶと、ロティは首をめぐらせて彼を見あげた。彼女の心臓がどきりと鳴った。侯爵はあまりにもりりしい顔立ちをしていた。唇は、ときに厳しく、腹立たしげに引き結ばれることはあっても、とても美しく官能的だ。ロティには侯爵が理解できなかった。けれど、それも無理はない。ふたりはまだお互いのことをほとんど知らないも同然なのだから。侯爵が世間に向ける仮面の下には、別の男性が隠れているのだろうか？

ロティは式に集中しようとした。ニコラスは誓いの言葉を一言一句まちがいなく述べた。けれども、ロティは〝夫に従い〟という箇所で口ごもってしまい、侯爵からいぶかしげな視線を向けられることになった。牧師がふたりを夫婦と認めると、ロティはかすかにおののいた。侯爵はロティの顔から美しいヴェールを上げ、唇に軽くキスした。

その後の出来事は霞《かすみ》がかかったようにしか覚えていない。ふたりは教会の鐘が明るい音色を響かせる中、建物の外へ出た。石段の上で立ち止まると、ロティは集まった人々の向こうに、銃を持って警戒にあたる数人の男たちの姿を認めた。こんな日にすら、侯爵は気を緩めていないのだ。村人たちの目の前で誰かが侯爵を殺そうとするとは思えなかったけれど、昨夜の出来事があるだけに、念のために手を打ったのだろう。

ばらの花びらや祝福の米がシャワーのように降りそそぐ中を、ふたりは馬車に向かって小走りに急いだ。馬車に乗りこむと、ニコラスはロティを見て、奇妙なほほえみを口元に浮かべた。

「ゆうべのぼくの癇癪《かんしゃく》のあとでも、きみは逃げ出さなかったわけだね？」

ロティは笑った。こんなふうにニコラスの機嫌がいいときは、彼女も自然にくつろぐことができた。

「本当に逃げると思ったの？　だったら、わたしは考えるより先に口を開かないように、自分を戒めなくてはいけないわね」

「なるほど。ぼくは癇癪を起こさないよう自分を戒められるかどうかわからないが」

「わたしはあなたの癇癪は怖くないわ、侯爵」

「そのようだ」彼は謎めいたまなざしでロティを見つめた。「もう結婚したのだから、ぼくのことをニコラスと呼べないものかな？　せめて、ふたりきりのときは」

　ふたりきりのとき。

　ロティは緊張に体をこわばらせた。あと数時間したら、本当に彼とふたりきりになってしまう。夫とベッドをともにするのはいやではなかった。むしろ彼女の心配は、情熱をあらわにしすぎて、夫がはやばやとロンドンの愛人のもとへ退散する事態になりはしないかということだった。

　ニコラスは、愛を求めて鬱陶しくまつわりつく妻など求めていないのだから。

「ええ、ちゃんとそう呼ぶわ、ニコラス」ロティが答えると、ニコラスは身をのりだして彼女の唇を求めた。探るように動く彼の舌に応えて、ロティは唇を開いた。いましたばかりの決心が、もろくも崩れそうになるのを感じる。こんなにも彼を求めているのに、どうやって自分を抑えたらいいの？

　わたしったら、なんてふしだらな女だったのかしら！　ロティは悲しい現実を受けとめた。もし最初にニコラスに愛人になれと言われていたら、彼女はおそらくその申し出を受け入れただろう。でも、もちろん、彼のいちばんの関心事は、ロティとベッドをともにすることではなくて、跡継ぎをもうけることなのだ。ロティは自制心を働かせて唇を離し、馬車の座席に座り直した。

「きみは本当に美しい。こんな女性を妻にできて幸運だよ。ぼくの親族はみんな、きみに夢中なんだ。知っていたかい？」

「フレディ大叔父さまはすてきな方だし、サー・ジェームズは本物の紳士ね」

「従兄弟のレイモンドまでが、ぼくは運がいいと羨んでいた」ニコラスは彼女ににやりと笑ってみせた。「今夜はみんなをもてなさなくてはならないが、朝になったらふたりでこっそり出発しよう」

「出発？」ロティは尋ねた。「あなたは二、三日したらロンドンへ戻るのだろうと思っていたわ。新婚旅行に出かける準備なんか何もしていないのよ」

「ほんのしばらく田舎へ行くだけなら、それほどの支度はいらないだろう。ハンプシャー州に小さな狩猟小屋を持っているんだ。親戚連中は、ぼくたちが新婚旅行へ行くものと思っている。みんなをがっかりさせたくはないからね。ヘンリエッタはパリがいいと言い張るんだが、ぼくたちは静かなところでお互いのことを知る必要がある。そう思わないか？」

「ええ、そう思うわ」ロティはにっこりした。「いい考えよ。ありがとう、侯――ニコラス」

「パリへは決して行かないというわけではないが。次の機会にどうかな？」

「ええ、たぶんね」ロティは答えた。「あなたはご自分の思うとおりになさって、ニコラス」

「思うとおりに？」ニコラスの顔に奇妙な表情が浮かんだ。「とりあえず、ふたりがどんな具合にやっていけるか様子を見ようじゃないか、レディ・ロスセー。ぼくは花嫁を選ぶときには深い考えもなく選んだが、妻にはそれ相応の注意を払うつもりだよ」

夜のあいだじゅう、ロティの視線はともすると夫のほうへ吸い寄せられた。屋敷では披露宴が開かれ、新婚夫婦は客人たちを豪華な食事でもてなした。広間では音楽が演奏され、人々は踊ったり、カードゲームをしたりして楽しんだ。夜の闇が濃くなると、屋敷から見える場所で花火が打ち上げられた。料理人とその手伝いの者たちは客の胃袋を満たすために大いに奮闘し、ロティは彼らのがんばりに感じ入って、厨房《ちゅうぼう》あてに感謝の言葉をことづけた。

　夜が更けると、ニコラスはロティに、疲れたなら自室へさがるようにとささやいた。近隣に住まいのある客はそろそろ帰りはじめる時刻で、屋敷に滞在している親戚は、寝る前に三々五々集まっておしゃべりをしていた。

「もう部屋へ引き取ってもかまわないだろう」ニコラスは言った。「ぼくは三十分ほどしたらきみの部屋へ行くよ。それでいいかい？」

「ええ」

　ロティの神経がざわざわと波だった。ニコラスは実に礼儀正しく、ほとんど初対面のころに戻ったかのようだ。乾杯のときには、声をあげて笑ったり、ロティをからかったりしていたのに、いまの彼はどこか物思わしげで、彼女とのあいだに距離を置こうとしているように見える。

　夫としての義務を果たすことに耐えられるかどうか、迷いはじめたのだろうか？　ロティの胸に鋭い痛みが走った。たぶん、彼は愛人のことを考えているんだわ。

　ばかね、はしたない想像をしてはだめよ。ロティはドレスを脱ぎ、ローズをさがらせた。ひとりになると、彼女は化粧台の前に座って髪をとかしはじめた。神経質にはなっていたけれど、恐れてはいなかった。わたしはニコラスの妻になりたい。今夜、とうとう彼と結ばれるんだわ。そう思うと胸がときめいた。

時がたって、ニコラスが約束の時間よりだいぶ遅れていることにロティは気づいた。勇気を奮い起こしているのかしら。酒を飲んで、自分を励ましているの？

　主寝室につながっている化粧室の扉がゆっくりと開き、ニコラスがロティの寝室へやってきた。ロティは椅子から立ち上がった。心臓の鼓動が乱れだした。けれども見ると、ニコラスは上着を脱いだだけの姿で、シャツと膝丈のズボン《ブリーチズ》はまだ身につけており、足にはブーツも履いていた。

「ニコラス？　どうかしたの？」

「いや、別に……」不安そうなロティを、彼は真剣なまなざしで見つめた。「おやすみを言いに来たんだ、ロティ。今夜、きみは妻としての義務を果たす覚悟でいたんだろう。だが、ぼくはこんなふうにふたりの結婚生活をはじめることにためらいを感じている。ふたりは知らない同士も同然だ。だから、今夜はきみに何も求めない。これからの一週間、時間はたっぷりあるんだ。そのあいだに、お互いもっとよく知り合えばいい」ニコラスは身をかがめてロティの頬に慎み深いキスをし、背中を向けて部屋から出ていった。

　ロティは立ちつくしたまま、ニコラスの背後で閉まった扉を見つめた。胸が締めつけられるように苦しく、熱い涙がまぶたの裏を焼いた。泣きだしたかったけれど、ニコラスにすすり泣きの声が聞こえるのではないかと思うとそれもできない。何が起こるのかはっきりとはわからないまま、ロティは結婚式の夜のことをさまざまに思い描いてきた。けれど、夫の去った部屋でひとり眠ることになるとは予想もしていなかった。

　どうしてなの？　もしも跡継ぎを求めているなら……まさかいっしょにベッドに入ることもできないほど、彼に嫌われているわけではないわよね？

自分を見つめるニコラスの瞳に熱い欲望の光がともるのを、ロティは幾度も目にしていた。だったら、なぜ彼はその気持ちを抑えようとするのだろう?

夫との一夜を期待していたロティの体は、激しくニコラスを求めていた。でも、すべての望みが消えたわけではないのかもしれない。彼が夫の権利を行使する前に、ふたりの関係のよりよい足がかりを求めているということは、将来に希望を持ってもいいのではないだろうか。

ニコラスのやりきれなさはロティの百倍もひどかった。ほのかに香水の香りが漂う中、妻となった女性がレースのナイトガウンに身を包んでいる姿は、彼の気持ちをどうしようもなくかき立てた。

皮肉なのは、ロティがすっかり彼を受け入れるつもりでいることだった。ベッドに入ったら、彼女はなんの反応も示さずに冷たく横たわるばかりではないだろう。なぜなら、馬車の中でロティは彼のキスに応えたからだ。その気になれば、ニコラスは彼女を自分のものにすることができる。ロティもそれを厭《いと》いはしないし、おそらくは、よろこんで身をまかせさえするだろう。けれど、どういうわけか、ニコラスにとってはそれだけではじゅうぶんと思えないのだった。

ロティが妻の務めを果たすだけでは、みずからを満足させることができない。ロティが身の内に情熱を秘めた女性だということは誓ってもいい。しかし、ニコラスは数多くの女性の腕の中に情熱を見いだしてきた。いまのところ、彼が見つけたいのは情熱ではなかった。

ばかげた話だが、ニコラスはロティに夫を愛してもらいたかった。本当の意味で自分の妻になってほしい。子どもたちの母親というだけでなく、人生をともにする連れに、伴侶になってもらいたかった。

　ぼくはいったい何を考えているんだ？　ニコラスは自分の頭に取《と》り憑《つ》いた考えを笑った。これはただの欲望だ。どうしてもう一度妻の部屋へ行って、彼女とベッドをともにしないんだ。そして、はじめに計画したとおり、ロンドンへ戻って以前のような生活を楽しめばいい。ニコラスは禁欲が身になじむ人間ではないが、それでも、婚約した以上は、妻となる女性への忠節を誓って身を慎んできた。最後の愛人に別れを告げてからもう数週間になる。

　きっとそのせいだろう。みずからに課した禁欲が、いま感じている燃えるような欲望の原因だ。ロティをこの腕に抱きたくて胸が痛いほどうずくのは、彼女を愛しているからではない。いいや、ちがう。ぼくは自分の妻に恋をするほど愚かではない。

　独り身の自由と、新たな女性を手に入れる楽しみ。これまでニコラスが追いかけてきたのはそれだけだった。相手が手に入ってしまうと、よろこびは失われる。おそらくは、彼の心にどこか欠けたところがあるのだろう。けれど、それこそ、彼がずっと結婚を避けつづけてきたおもな理由だった——もしくは、自分に言い聞かせてきた独り身の理由だった。いまのところ、ニコラスは恋に落ちたような気分になっているが、そんな気分はすぐに薄れる。

　今夜はロティをひとりで眠らせてやろう。これから滞在先の狩猟小屋でふたりきりになったら、自然な成りゆきにまかせて事が運ぶかもしれない。

　ロティと愛し合うよろこびを二、三度味わったら、きっとまた自由の身に戻りたいと思いはじめるはずだ。しかし、この満たされない思いは実に始末に悪い。

9

ロティは、隣に座って目をつぶっている夫のほうをちらりと見た。旅に出たはじめのうち、ニコラスはロティをひとりで馬車の中に残して、自分は馬に乗っていた。けれど、つい一時間ほど前に馬車に乗りこんでくると、長い脚を前へのばして目を閉じてしまったのだ。ニコラスはわたしの相手をすることに飽きてしまったのだろうかとロティは思った。

「ロンドンへいらっしゃりたいなら、わたしと旅行に行く必要はないのよ。退屈してしまったんでしょう、ニコラス」彼女がそう言うと、ニコラスはぱっとまぶたを開けた。

「どうして、ぼくが退屈していると思ったんだい？　自分で手綱を握るとき以外、こういう乗り物の旅はひどく苦手でね。だから最初は馬に乗っていただけなんだ」

「だったら、手綱を握ったら？」ロティは挑むようにニコラスを見た。「それとも、六頭立ての馬車は手に余るのかしら？」

「言うじゃないか、ロティ」彼の瞳がふいにきらりと輝いた。「聞き捨てならない言葉だ。おかげで、黙って引っこんでいるわけにはいかなくなってしまった」

「あなた、本当に六頭もの馬を操れるの？　一度、お父さまが賭けをして、六頭立ての馬車の手綱を握ったことがあったわ。残念ながら、賭けはお父さまの負け。六頭は操れなかったの」

「きみという人は、なんてはねっ返りだ」ニコラスはそう言って笑い、ステッキの握りで乗り物の天井をたたいて馬車を止めさせた。そして、彼は扉を開けると、馬車から飛びおりて御者に声をかけた。

　血気盛んな六頭もの馬の手綱を雇い主の侯爵に預けることに、御者は不安を感じている様子だった。ニコラスが領地の中を乗りまわしている二頭立ての馬車とはわけがちがうのだ。

「だんなさまがどうしてもとおっしゃるなら……」御者はしぶしぶ承知した。

「そうとも。横へ寄って、馬たちをぼくにまかせてくれ」

　ニコラスは扉の外から馬車の中をのぞきこんだ。

「しっかりつかまっているんだ、ロティ。これからぼくが馬車を走らせる」

「本当にやる気？」ニコラスが本気だとわかると、ロティは急に怖《お》じ気《け》づいた。あんなことを言って彼を煽《あお》らなければよかった。

「見ていたまえ……」ニコラスはにやりと笑った。

　ロティは座席に深く座り直した。ニコラスが御者台へ上がる音がして、短いやりとりの末、馬番は馬車の後部へまわり、御者は必要な場合に備えて御者台に残ることになった。

　ニコラスは鋭い命令の声を発して馬を歩かせはじめた。最初の数分間は、馬車は普通の速さで進んだ。しかし、次第に馬の脚の勢いが増して、馬車は大きく前へ引っ張られるように走りだした。箱が激しく揺れて体が前後に振られ、ロティは座席のつり革につかまった。彼女は窓から外をのぞいた。すると、木や生け垣や農地が恐ろしいほどの速さで後方へ飛び去っていくのが見えた。

　ニコラスが行く手に何かを見つけて大声をあげた。それでも闇雲に走りつづける馬たちを、彼は懸命に止めようとしている様子だった。ロティは座席の前へ乱暴に投げだされ、次にはもとの場所へ揺り戻された。ひどい乗り心地だったけれど、ロティは高揚した楽しさを感じた。おかげで、ニコラスを前にして張りつめた空気がどこかへ吹きとんでしまった。頭の上では、男たちが大きな声で怒鳴り合っている。やがて、馬車が停まった。窓の外を見ると、馬車は羊の群れにすっかり取り囲まれていた。

ニコラスが御者台から飛びおり、馬車の扉を勢いよく開けた。彼に不機嫌そうににらまれて、ロティは思わず笑いだした。

「ばかな羊だ。連中に道をふさがれてさえいなければ……」

「馬を速く走らせすぎたのよ。腕自慢は結構だけれど、そんなことのために人が死ぬような事故を起こしてほしくないわ、ニコラス」

「羊が現れるまでは、うまくいっていたんだ」彼は腹立たしそうに言った。「馬車から降りたほうがいい。車輪の調子がおかしいそうだ。修理のために遅れるようなことがなければいいんだが。できれば、旅の途中でまた宿を取りたくはないからね」

「昨夜の宿はお気に召さなかったの？」

「きみはよかっただろう、ロティ。誓って言うが、ぼくは前もってふた部屋取るように念を押したんだ。きみは客間に椅子を並べて寝る必要がなかったから、涼しい顔をしていられるんだ」

「わたしといっしょに寝室を使えばよかったのに。もう結婚しているのよ。わたしの評判に傷がつく恐れはないわ」

ニコラスは目を細めた。「何を企《たくら》んでいるのか知らないが、気をつけることだな、ロティ。ぼくの忍耐は底をつきかけているんだ」

ロティはほほえんだ。なぜ自分がニコラスをことさらに刺激しようとしているのか、彼女自身にもよく理由がわからなかった。たぶん、これまで素知らぬふりを決めこまれてきたことへの仕返しがしたいのだろう。

ロティはニコラスに手を取られて馬車を降りた。

ゆるやかな坂道をのぼり、小高い場所からまわりに視線を巡らせると、そこはとても見晴らしがよく、美しい場所だった。彼女はあとから来たニコラスを振り返った。

「眺めのいい場所だ」ニコラスは言い、不承不承ほほえんだ。「わかったよ。馬を止めるのに助けが必要だったことは認めよう。だが、近いうちに必ず六頭立ての馬車を扱えるようになってみせる。四頭立てなら扱えるんだ。六頭だとかなりむずかしいが、次に馬車で旅行するときは、ぼくが御者を務めると約束する。ところで、夕方までに車輪の故障が直らなかったら、近くの宿で馬車を雇って先へ進もう。狩猟小屋まではあと十マイルほどなんだ」

「わかったわ。わたしもおなかがすいているの。ここ一日、二日、あまり食べていないのよ」

「ぼくもだ……」ふいに、ニコラスは笑いだした。「ぼくたちは奇妙な夫婦だな。そう思わないか？　さっきまで、自分が何にむきになっていたのかわからないよ」

馬車の中で寝たふりをしていた理由ならよくわかっている。隣にいるロティの香りが官能をかき立て、体が燃え上がり、彼女と距離を置くことがむずかしかったからだ。

「許してくれるかい、ロティ？　ぼくたちはせめて友だち同士になれないだろうか？」

「友だち？」ニコラスの瞳に宿る感情が、ロティの胸を高鳴らせた。「本当にそう思っているの、ニコラス？」

「ちくしょう、ロティ！　ぼくは精いっぱい紳士的にふるまって、きみをせかさないようにしているんだ」ニコラスは腕をのばし、ロティを胸に引き寄せた。彼の唇は飢えたようにロティを求めた。やがて、強引だったニコラスのキスはやさしくなり、ロティをかき口説いて、反応を引き出そうとするものに変わった。ロティは自分を抑えきれずに彼のキスに応えた。「ぼくはばかだったね？」ニコラスはロティの頬を撫《な》でた。その手が敏感になった彼女の胸のふくらみをかすめると、絹のドレスの下で胸の先端が硬くなった。ロティははっと息をのんだ。甘く温かい感覚が濃いはちみつのように体に広がっていく。

「昨夜、わたしのベッドで休んでいたら、居心地の悪い思いをしなくてすんだのよ、ニコラス」

「そうだね。屋敷を発《た》ってから、きみはほとんど口をきいてくれなかっただろう。怒っているのかと思ったんだ」

「たぶん、少しね」ロティは認めた。「あなただって旅のあいだ、わたしを無視していたでしょう」

ニコラスは笑った。「つまり、きみもたまにはほかの令嬢たちと同じように感じるわけだ。虚栄心を傷つけられたのかな？」

「わたしにも虚栄心があるとしたら、悲しいことに粉々にされてしまったわ。夜ごとひとりで眠らなくてはならないほど、あなたに嫌われているとは思わなかったの」

「ぼくは余計な気を遣って時間を無駄にしていたようだ」ニコラスは笑いながらロティを見おろした。「今夜、無駄にした時間を取り戻そう」

ロティはほほえんだ。

「御者があなたの注意を引こうとしているわよ。出発できるようだわ」

「よければ、ぼくは馬に乗って先に行こう。狩猟小屋の準備ができているか確かめたいんだ」

「ええ、もちろんいいわ」彼女は答えた。「あなたは自分の思うようにして、ニコラス」

「きみはずっとそう言いつづけているね。いつか、そこまでぼくの自由にさせたことを後悔するかもしれないよ」

ロティは夫の手を借りて馬車に乗りこみ、ニコラスは馬の背にまたがった。

ニコラスの最後の言葉は、いったいどういう意味だったのかしら？　ロティはいぶかった。妻に飽きたらロンドンにいる愛人のもとへ行ってしまうから、覚悟しておけということなの？

狩猟小屋と呼ばれている建物は、侯爵の屋敷としては小さめの、自然に囲まれた美しい邸宅だった。馬車が屋敷の前に止まったとき、使用人たちは全員外に並んで新しい女主人の到着を待っていた。人数はロスセー・マナーよりかなり少なく、ロティの身のまわりの世話をするメイド以外は男の使用人ばかりだった。

見知った者のいないところでふたりきりになりたいというニコラスの要望に従って、ロティはメイドのローズを連れてきていなかった。狩猟小屋の使用人たちはみな控えめで、夕食が終わると主人たちを残して静かに姿を消した。ニコラスはいつも、恋人にした女性たちをここへ連れてきていたのだろうか。

レディはそんなはしたない想像をしないものよ。ロティはそう自分を戒めた。無意識の底に住みついてしまった嫉妬の小悪魔が憎かった。ニコラスは一度でもわたしを愛していると言ったわけではない。けれども、ロティは胸に淀《よど》むさまざまな思いを締め出すことができなかった。

しかし、その夜のニコラスはロティのかたわらを離れようとはしなかった。夕食後、彼はロティのために詩の本を朗読して一時間ほど過ごしたあと、妻に自室へさがるよう勧めた。

ロティは何も言わずに部屋へ引き取った。これまでのふた晩と同じように、ニコラスはまたおやすみを言いに部屋へ来て、そのまま出ていってしまうのだろうか？

長く待つ必要はなかった。メイドが退いてすぐに、主寝室へつながるドアからニコラスが入ってきた。彼は紺色の長い部屋着を着て、裸足《はだし》だった。ロティの鼓動が早鐘を打ちはじめた。彼女は座っていた化粧台の前の椅子から立ち上がり、不確かな表情で次に起きることを待った。

「きみがぼくを拒まないことはわかっている。これも取り引きの一部だからね。だが、きみの心の中に、何か温かい感情があると思っていいのだろうか。これはきみにとってただの義務なのかい、ロティ？」

「あなたがまつわりついて離れない妻なんか求めていないことはわかっているの」彼女はほほえみを浮かべて答えた。「でも、あなたの妻になれるのは、わたしにとってうれしいことなのよ、ニコラス」

「だったら、ぼくは運のいい男だと言わざるをえないな。きみに結婚を承諾させた強引なやり方を考えれば、思いがけないほどの幸運だ」

「一度あなたと会ってみたら、結婚もそれほどつらいものとは思えなくなったわ。それに、あなたのお屋敷をこの目で見てみたらね」ロティはからかうように瞳を輝かせた。すると、ニコラスは笑い声をあげて彼女を自分に引き寄せた。「侯爵との結婚にはいいことだって少しはあるわ。たとえ相手が評判の放蕩《ほうとう》者でも」

「きみはやられたら同じだけやり返す人だ」

「困難は正面から受けとめるのがいちばんだと、ずっと前に気づいたの。お父さまとの暮らしは穏やかなものではなかったわ。立ち向かう気構えができていなかったら、わたしたち家族はすっかり落ちぶれていたかもしれない」

「これまで人生はきみにやさしくなかったようだ。だがこれからはいいことがたくさんあるはずだよ」

「きっとそうね……」ロティはキスを誘うように、唇をうっすらと開いて顔を上げた。すると、すぐにニコラスの顔が近づいてきた。彼の唇は力強くロティを求め、舌は彼女の唇の合間で探るように、からかうように動いた。そして、彼は手をロティの体に沿って滑らせて、丸いヒップを包みこんだ。

　ニコラスの欲望の激しさは疑いようがなかった。薄い布越しに、ロティははっきりとそれを感じた。

「おいで。お互いをもっとよく知るべきときだ」ニコラスは言って、彼女の手を取った。彼はロティをベッドへ導き、彼女のナイトガウンの紐《ひも》に手をのばした。何箇所かで結んである紐をほどいて、薄い夜着をロティの頭から脱がせる。ほっそりした腰やウエスト、そして豊かな胸があらわになった。「きみは想像していたよりさらに美しい……」

「本当？」ロティはニコラスの顔を見つめてきいた。恥じらっているロティに向かって彼は手をのばし、頬の線や喉元、そして、胸のふくらみにそっとふれた。ロティは思わず身を震わせた。

「横になって、ロティ」ニコラスはかすれた声で言い、部屋着を脱いだ。彼は部屋着の下に何も着ていなかった。欲望をあらわにした彼を見て、ロティは頬を染めた。「これがはじめてなんだね？」

「ええ……」ニコラスがかたわらに横たわると、彼女は小さく息をのんだ。「あなたがはじめての人よ、ニコラス」

「きみをクラリスと思いこんでいたときでさえ、そのことはわかっていたんだ」

　ニコラスの温かい吐息が彼女の顔にかかる。彼はロティの眉や鼻、喉をキスでたどった。ニコラスの唇がロティの唇を奪い、我がもの顔に深く求めると、彼女はため息をついて彼にすり寄った。

　ニコラスは喉の奥で笑いながら、サテンのようになめらかな彼女の背中に手を滑らせた。腰に手をあてて彼女を引き寄せると、体と体がぴったりと寄り添う。ふたりは互いを見つめ合った。

ニコラスが頭を下げ、舌でロティの胸のいただきを探ると、彼女の呼吸が速くなった。ロティはうめき声をあげ、理解できない何かを求めて、性急に彼に体を押しつけた。ニコラスはロティにキスし、彼女をベッドにあおむけに寝かせた。そして、身をのりだして彼女の目をのぞきこんだ。

「あまり痛い思いをさせないように気をつけるよ、ロティ」

ニコラスの手はロティの腿のあいだをさまよい、ゆっくりとした確かな動きで彼女にふれた。やがて彼はロティの脚を開かせ、彼女の体におおいかぶさった。ロティは自分の腿のつけ根にふれる彼の熱い高ぶりを感じた。本能的にさらに体を開いて彼をいざなう。けれども、ニコラスが深く押し入ってくると、彼女は苦痛のあえぎを抑えることができなかった。ニコラスは動きを止め、ロティに息をつく暇を与えた。

「はじめてのときはこうなんだ」ニコラスは彼女の喉元で言った。「すまない」

「いいのよ」ロティはささやいた。「どうかやめないで。あなたのものになりたいの」

ニコラスはふたたび動きはじめた。最初のうち、ロティは痛みを感じたが、体の緊張がとけるにつれて痛みは遠のいていった。そしてニコラスに身をゆだねるうちに快感の波らしきものが訪れ、彼が絶頂を迎えるときにはロティは小さな声をあげて彼にしがみついた。

ニコラスはロティの喉元に顔をうずめた。「次はもっとよくなるよ」彼はつぶやいた。「きみは女らしくてかわいかった。ありがとう」

ロティはニコラスの髪を撫でた。彼女の頬を涙が伝っていく。やっとわかった。これが人を愛するということなのね。契約に臨んだとき、心までは捧《ささ》げつくさずにすむだろうと思っていたなら、それはむなしい期待だった。こうなるまでのどこかで、ロティはすべてを彼に明け渡してしまっていた。ニコラスはそのことを知っているのだろうか？　そして、ほんの少しでも気にかけてくれているの？

その答えはわからない。怖くてきくことさえできなかった。ニコラスはかたわらで眠ってしまった。ロティは肘をついて彼の安らかな寝顔を見おろした。眠っているニコラスは起きているときよりずっと若く見えた。

ロティは彼を起こさないように、固い頬にそっとふれた。ニコラスはわたしをやさしく愛してくれたわ。彼の心遣いをロティはうれしく思った。でも、わたしはこの人にとって、つかのまの快楽の相手以上の存在なの？　彼がロティを強く求めていたことはまちがいない。けれど、愛がなければ、肉体の魅力はいつまでつづくだろう？

ロティはニコラスに寄り添って目を閉じた。こんなふうに自分を苦しめるべきではないわ。彼が与えてくれるものに満足して、明日のことは頭から締め出すのよ。

それからの日々、ロティは自分に誓ったことを断固として守り通した。彼女はいつもほほえみを絶やさず、ニコラスとともにするあらゆることによろこびを見いだそうとした。ふたりは馬に乗って出かけ、散歩をし、カードで遊び、音楽を楽しんだ。ロティもピアノを弾くのは得意だったけれど、驚いたことに、ニコラスはまれに見る才能の持ち主だった。ピアノと向かい合うと、彼はまるでちがう世界に引きこまれてしまったかのように音楽に浸り、一心不乱に曲を奏でた。

「すばらしいわ」はじめて彼の演奏を耳にしたロティは、心から感銘を受けて言った。「あなたにこれほどの才能があったなんて知らなかった」

「滅多に弾かないんだ。屋敷に誰かが滞在しているときは、ことにピアノには近づかない。ぼくの手慰みを他人に聴かせるつもりはないよ」

「ほかの人たちだって、あなたの演奏を聴いたらきっとよろこぶわ」

「そうかな？」ニコラスは以前にも見たことのある、苦しげな表情を顔に浮かべた。「きみは人とはちがう、ロティ。きみはほかの女性たちより心が広くて親切だ」

ロティはなんと答えたらいいかわからなかった。自分がどれほどの才能に恵まれているか、ニコラスは本当に知らないのだろうか？

このところ、ロティはニコラスの肖像画を描いていた。スケッチをはじめたのは、ふたりで野原へ出かけた日のことだ。ニコラスが日なたに寝転がってうとうとしだしたので、ロティはそんな彼を絵に描いた。その日以来、彼女は夫のいろんな姿をスケッチし、とうとう肩から上の本格的な肖像画を描きはじめた。描きあがったら、この絵を額に入れて、自分の部屋に飾るつもりだった。

「きみは絵がうまいね」ニコラスは言った。

「特徴をとらえるのは得意なの。でも、色づかいやものの質感については勉強が足りないわ。素人としてはまあまあだから、わたしはこれで満足よ。そのうち、本物の画家にあなたの肖像画を描かせて、お屋敷に飾ったらどうかしら、ニコラス」

「どうせなら、夫婦の肖像を描かせよう」ニコラスはふと眉をひそめた。「そろそろ屋敷へ戻らなくてはいけないな。ほんの数日だけのつもりだったのに、ここへ来てもう三週間近くだ。ぼくの指図を待っているはずの仕事もある……」

ニコラスの瞳が暗く陰るのを見て、ロティの心は沈んだ。わたしといっしょにいることに飽きてしまったのかしら？友だちやロンドンの生活を恋しく思いはじめたの？　そして、ロンドンにいる愛人を。狩猟小屋へ来てからのふたりの愛の行為は、とても満足のいくものだったけれど、残念ながらこの日の朝に、ロティの月のものがはじまってしまった。

　結婚してすぐに子どもができなかったことを、ニコラスは不満に思っているのだろうか？　確かに彼は夜ごと熱心にロティを愛してくれた。ときにはひと晩に三度も四度も愛を交わしたほどだ。それなのに、ロティは彼の期待に応えることができなかった。

「妊娠できなくてごめんなさい、ニコラス」

「何を言っているんだ。どうして謝ることがあるんだ？　子どももならそのうちに授かるだろう」

「あなたをがっかりさせたかもしれないと思って」

「実を言うと、ぼくはもうしばらくきみをひとり占めしたいんだ」ニコラスは彼女にほほえみかけた。

　彼のほほえみを見ると、ロティの胸に温かいものが広がった。狩猟小屋での日々は楽しく、ロティは夫のことをよくわかりはじめたと感じていた。妻の自分にはそれ以上のことを求める権利はないだろう。

「何を考えているんだ？」

「ここで過ごした時間はとても楽しかったと考えていたのよ、ニコラス」

「ああ、楽しかった。だが、所詮ここでの暮らしは現実ではない。手遅れになる前に、現実の生活に戻らなくては」

「どういう意味なのかわからないわ」

「そうだろうね。ぼく自身にも、よくわからないんだ」彼の表情にふと陰が落ちた。「ぼくを愛しているかい、ロティ？」

「ええ、もちろんよ」ロティの心臓が大きく鳴った。心の内を悟られるのが心配で、ニコラスの顔をまともに見ることができなかった。「大好きだわ、ニコラス。あなたはわたしの夫ですもの」

「そうだね。そうだろうと思った」ニコラスは答えた。「これから馬で出かけてこようと思うんだ。夕食には戻らない。訪ねたい友人がいるのでね。使用人たちに荷物をまとめるように言っておいてくれ。明日の朝いちばんにここを発とう」

ロティは頬をはたかれたような気がした。どうしてニコラスはこんなに急によそよそしくなってしまったの？　わたしが気持ちをあからさまにしすぎたのかしら？　涙が目の裏を刺した。わがままを言って彼を困らせないようあんなに努力したのに、なんにもならなかったんだわ。やっぱり、ニコラスはわたしに飽きてしまったのよ。

「ええ、わかったわ」ロティは言った。「あなたのおっしゃるとおりよ。仕事がたくさん待っていますものね。ここでの生活は楽しかったけれど、そろそろ屋敷へ帰らなくてはいけないわ」

ニコラスは軽くうなずいて、きびきびとした足取りで部屋から出ていった。残されたロティは、涙があふれないよう懸命に自分と闘った。

ニコラスは遅くまで帰ってこなかった。未明になると、ようやく彼の部屋で動きまわる音が聞こえ、椅子が倒れるような音がして、ニコラスの悪態が聞こえてきた。それから数分、ロティがベッドの中でじっとしていると、あたりはまた静まりかえった。彼女はベッドを出て夫の寝室へ向かった。ニコラスは膝丈《ブリーチズ》のズボンとシャツを身につけ、ブーツをはいたままベッドに横たわっていた。

「ニコラス……どうかしたの？」

返事はなく、かすかないびきが聞こえた。ロティがベッドに近づくと、強い酒のにおいが鼻を突いた。ニコラスは酔っぱらっているんだわ！

ロティは愕然《がくぜん》とした。ニコラスが深酒をしたところなどこれまで見たことがない。彼女は強い罪の意識をおぼえた。ニコラスは妻が妊娠しなかったことに失望して、酒に逃げ場を求めたのだろうか。それとも、妻の愛情をあらわに見せつけられて、罠《わな》にかかったような気分になったの？

「ごめんなさい、あなた」彼女はささやいた。「許してちょうだい……」

「ちくしょう、エリザベス」ニコラスは目を閉じたままつぶやいた。「ぼくがきみに夢中だったことはわかっていたはずだ。どうして……」

ロティは胸に短剣を突き立てられた気がして、思わず後ずさった。これで、ときどき彼がやるせなさそうな目をしている理由がわかったわ。ニコラスはいまもエリザベスを愛している。パーティもヘンリエッタも、以前ニコラスは狂おしい恋をしたと言っていたのに、わたしがその事実から目をそむけていたんだわ。

ニコラスが結婚のせいで罠にかかったような気持ちになったとしても無理はない。ニコラスが結婚したかったのはエリザベスだ。でも、エリザベスは無惨にも彼の心を引き裂いた。ニコラスは跡継ぎを得るためにロティと結婚したが、いまも夢に見るほど思っている相手はエリザベスなのだ。

ロティは自分の寝室へ戻った。心が砕けてしまいそうだったけれど、泣くのは懸命に我慢した。ニコラスが愛を約束したことは一度だってない。彼のやさしさを別のものと誤解したのはロティだ。だから、非があるのはロティであって、ニコラスではない。

ロティはベッドに入って目を閉じた。まなじりから涙があふれて頬を伝う。もう涙をこらえきれなかった。狩猟小屋での暮らしがあまりに楽しくて、ロティはうかつにも安心してしまっていた。ニコラスにも夫として落ち着くつもりがあるのだと。でも、いまわかった。彼がこの結婚によって心満たされることは決してないだろう。

結婚相手など誰でもかまわないと言い放つわけだ

わ。ニコラスはいまも砕け散った愛のために苦しんでいて、ほかのどんな女を妻にしても同じだと思っているのよ。

ニコラスが望んでいるのは跡継ぎをもうけることだけだ。それなのに、ロティはその希望さえもかなえることができなかった。彼がロスセーへ帰りたいと思うのも無理はない。たぶん、彼は屋敷に着いたらすぐさまロンドンへ向かうのだろう。

屋敷の外へ馬車が到着したとき、ロティはひどくぐったりした気分だった。ニコラスはずっと馬に乗ったままで、夜、宿に泊まるときと、食事のために休憩するとき以外は、ほとんどロティと顔を合わせようとしなかった。旅のあいだ、ニコラスは礼儀正しく、ロティにこまやかな気遣いを見せたが、彼女にキスしたり、手をふれたりしようとはしなかった。もちろん、月のもののあいだは子どもを身ごもる見込みはないのだから、それも当然だろう。ニコラスにとって妻とはどんな存在か、何よりも彼の行動が示していた。

ロティはふた晩泣きながら眠りにつき、いまや痺《しび》れたように何も感じなくなっていた。みずからの心を守るには、彼がしているように、礼儀正しく相手との距離を保つのがいちばんだろう。胸の中はずたずたに傷ついていたが、ニコラスにそのことを気づかせるつもりはなかった。

ロティは安堵《あんど》のため息をつきながら馬車を降りた。屋敷に着けば、もう四六時中ニコラスといっしょにいなくてすむ。彼がロンドンへ行ってしまったほうが、つらさもやわらぐかもしれないと彼女は思った。

「いっしょに屋敷へは入らないが、許してもらいたい、ロティ」ニコラスは言った。「土地の管理人に話があるんだ」

「ええ、どうぞ」ロティは答えた。「お願いよ、ニコラス。あなたはご自分の思ったとおりにしてちょうだい。わたしは人の手を借りなくてもやることを探せるわ。実は、このあたりの子どもたちのために何かできないかと考えているの」

「フレディ大叔父から聞いたが、学校を作ろうと思っているそうだね」ニコラスは言い、何日かぶりに笑顔を見せた。「その考えには賛成だ。だが、きみ自身が教えるつもりではないだろうね？」

「とんでもない。誰か若い男の人を雇うつもりよ」

「探せばきっと教師に適した者が見つかるだろう」

ニコラスは突然笑いだした。「この二日間のぼくはひどい無礼者だったようだ。許してくれるかい？」

「何も許すようなことはないわ」

「本当に？」

「きっとあなたは、始終わたしといることに退屈してしまったんでしょう。またお友だちに会いに行きたくなったのね。ずっとわたしといっしょにいてほしいとは言わないから、どうか安心して」

「そうかい？」ニコラスは険しい顔になった。「謝る必要はなかったようだ。今夜の帰りは遅くなるよ、ロティ。ぼくを待たずに休んでしまってくれ」

わたしの言った何がニコラスを不機嫌にさせたのだろう。ロティは考えに沈んだ。まるで何をやっても夫の気に入ることはひとつもないかのようだった。

ロティはベス伯母とお茶を飲み、ひさしぶりにくつろいだひとときを過ごした。ヘンリエッタは新婚夫婦が狩猟小屋へ発ったあと、自分の屋敷へ戻ったのだそうだ。けれども、その後彼女からベス伯母のもとへ手紙が来て、近々ロンドンへ行くつもりなので、いっしょに来ないかと誘われたという。

「わたしはここにいられればじゅうぶん満足よ、ロティ。でも、あなたと侯爵がしばらくふたりきりの時間を楽しみたいなら、シェルビー伯爵夫人のお誘いを受けようかと思うの」

「ぜひ行くべきよ」ロティは言った。「わたしは侯爵とふたりきりになる必要はないの。でも、おばさまがロンドンへ遊びに行きたいのだったら、遠慮しないで行っていただきたいわ」

「なら、もう少したったら、しばらくのあいだ行ってくるわね。それまでには社交シーズンは終わっているでしょうけど、その後もロンドンを離れないご婦人たちがいくらかはいるはずだわ」

「ええ、きっとおつき合いの相手にはことかかなくてよ」

ベス伯母は少しためらってから言った。「あなたが留守をしているあいだに、クラリスが来たの」

「あの子がこの屋敷へ？」

「ヴェールのついた帽子をかぶっていたわ。だから、わたし以外はあの子の顔を見ていない。クラリスはお金の無心に来たのよ。わたしから十ポンド渡したけれど、あの子はまた来ると思うわ」

「ええ、そうでしょうね。結婚式の前に、わたしもあの子にお金が欲しいと言われて渡したのよ」

「こんなことを習慣にしてはいけないわ」

「ええ。でも、あの子はわたしの妹よ。クラリスがいなかったら、わたしはニコラスと巡り合うことができなかった」

「それはそうだけれど、でも、クラリスにつけこまれてはだめよ」

「わかったわ」

伯母が夕食の前に自室へ引き取ったあと、ロティはいてもたってもいられなくなって散歩に出かけた。

今後は、クラリスの存在に悩まされることになるかもしれない。妹は小さな額のお金をときどきもらうだけでは満足しないだろう。かといって、いったいわたしに何ができるというの？　結婚祝いにもらった宝石は自分ひとりのものではないから、売ったり人にやったりすることはできない。それに、クラリスにはたとえ千ポンド渡したとしても、これで終わりということにはならないだろう。

　ああ、なんてことかしら！

　ロティは心地よい風に吹かれながら湖のほうへ足を向けた。家へ帰ってこられてうれしいわ……。ロティはロスセー・マナーを自分の家と考えるようになっていた。この場所で一生を過ごせれば満足だった。

　ロティは立ち止まって、湖の対岸に目を凝らした。そこには避暑用の古い小宅が立っていた。ニコラスから聞いた話だと、あの小宅はもう何年も閉めきっているという。あの建物を、いま計画している学校の校舎として使えないかしら？　ここから見る限り、建物の造りはしっかりしているようだ。あそこまでは距離があるから、今日はもう行けないけれど、明日の朝になったらそばまで行って、建物の様子を見てみよう。きびすを返そうとしたとき、ロティは小宅の窓に何かが見えたような気がした。人の顔のような白いものだった。

　建物は施錠してあるとニコラスははっきりと言っていた。鍵は土地管理人に預けてあるという話だった。いまのはきっと光の反射だろう。けれど、確かに何か見えた気がする。

　ロティは考えこみながら湖に背中を向けてきた道を戻った。屋敷の庭にある東屋《あずまや》の近くへ差しかかったとき、誰かが後ろから近づいてくる気配がした。振り返ると、そこにいたのはリリーだった。リリーはひどく思い悩んでいるような顔つきをしていた。

「リリー、わたしに何か用があるの？」

　リリーはためらってから言った。「はい、奥さま。厚かましいお頼みとは存じますが、あたしをお助けくださいませんか。お金が必要なんです」リリーは怯《おび》えたように周囲を見た。「サムのために……あの人、逃げなくてはいけないんです。身柄に五十ギニーの賞金がかけられました。見つかったら通報されてしまいます。五十ギニーは大方の者にとっては大金ですから」

「そうでしょうね」ロティは言った。「サムはいま、どこかに隠れているの？」

「はい……」リリーは言って、湖の方向をちらりと振り返った。これでロティにはさっき見たものがなんだったのかがわかった。サム・ブレークはあの古い水辺の家に身をひそめているにちがいない。「サムを海岸の近くまで逃がしてくれるって言う人がいるんです。港で船を見つけたら、フランスへ渡ります。あっちでなら、安心して暮らせますから」

「あなたはどうするの？」

「うちの人が向こうで仕事を見つけるまではここに残ります。落ち着いたら、あたしたちを呼び寄せてくれることになってるんです。お金をいただけたら、その分をお返しするまで、奥さまのためにお代なしで縫い物をいたしますから」

「そんなことはしなくていいわ」ロティはすばやく考えを巡らせた。脱獄した犯罪者の手に渡るとわかっていながら、リリーにお金をやったら、ロティは法を犯すことになるだろう。でも、サムはあまりに運が悪かった。密猟が身柄に懸賞金をかけられるほどの重罪だろうか？「いっしょに屋敷へいらっしゃい、リリー。いくら必要なの？」

「二十ギニーお願いしたら、虫がよすぎるでしょうか……？」リリーは自信なさそうにきいた。

「いいえ」ロティは答えた。「お金を返す心配はしなくていいわ。すてきなウエディングドレスを仕立ててくれたお礼がしたかったの。あなたにはこれからもわたしのドレスを縫ってほしいわ。それに、あなたさえよければ、ノーサンプトンに小さなお店を出す手伝いができたらとも考えていたのよ」

「奥さまは本当におやさしい方ですね。事情さえちがったら、お言葉に甘えていたでしょう。でも、折り返し、サムから手紙が来ることになっているんです。そうしたら、子どもたちを連れてフランスへ行かなくてはなりません」

「だったら、あなたの幸運を祈るしか、わたしにできることはなさそうだわ」

リリーはまた肩越しに後ろを振り返った。「奥さまにこんなお願いをしたらいけないのはわかっています。でも、サムは死にもの狂いなんです。今度捕まったら、必ず縛り首になるだろうって」

「ええ、そのことは知っているわ。ひどい話ね。あなたの夫をそこまで厳しく罰するなんて、公平ではないわ」

「奥さまはいい方です。あたしたちみたいな者のことを気にかけてくださる方はそういません。侯爵さまは……」リリーは口をつぐんでかぶりを振った。

「いいえ、こんなことを口にしちゃいけない。サムが言ってました。森番のラーキンを信用するなんて、侯爵さまはどうかしてるって……」

「どういうことなの、リリー？」

「ご領地の獲物を獲《と》って、宿屋に売っているのはラーキンなんです。うちの人は、食べ物がなくて心底困ったときに手を出しただけです」

「ラーキンが侯爵を欺いていると？　確かなの、リリー？　サムはそれを証明できる？」

「うちの人の言葉だけで、証拠はありません。牢《ろう》から逃げた盗《ぬす》っ人《と》の言うことなんて、誰がまともに聞いてくれるでしょう？」

「そうね」ロティはリリーとその夫を気の毒に思ったが、お金を渡す以外、彼女にできることは何もなかった。「わたしの部屋へ来てちょうだい。そうしたら、二十ギニー渡すわ……」

10

夕食のあと、ロティが応接間でひとり本を読んでいると、あわただしい足音が聞こえ、扉が勢いよく開いてニコラスが部屋に入ってきた。ニコラスは明らかに怒っている様子だ。ロティは椅子から立ち上がった。

「何かあったの？」

「これについてきみは何か知っているか？」彼はそう言って小さな袋を投げだした。袋は音をたててロティの足もとに落ちた。「この金はきみからもらったものだとサムは主張している。本当なのか？」

ロティはごくりと喉を上下させた。「サムは捕まったのね？　どうして彼を放してあげられないの、ニコラス？　うさぎを二、三羽盗んだくらいで、縛り首にすることはないでしょう」

「ぼくの土地だけの話じゃない。バーティも被害に遭っているんだ。ひとりで獲《と》っているとは思えないほど、鹿や鳥がたくさんいなくなっている。悪党どもが徒党を組んで、このあたりで密猟をくり返しているんだ」

「サムはその人たちの仲間ではないわ」

「サムの妻がそう言ったんだろう？」ニコラスはロティをにらんだ。「きみは彼女の言うことを信じた。そして、二十ギニー渡したんだ」

「ええ、そうよ」ロティは挑むように顔を上げ、怒りに燃えるニコラスのまなざしを受けとめた。「リリーはほかのことも言っていたけれど、耳を傾ける気はないんでしょうね？　密猟を誰が後ろで指揮しているか、彼女はサムから聞いたんですって」

「サムが何を言おうと信じるものか。あんな男の妻の言うことを真に受けるなんてきみはばかだ」

「お金はわたしがお礼の気持ちとしてリリーにあげたものよ。でも、リリーが夫に渡すつもりだったことは知っていたわ。サムはフランスへ行こうとしていたの。向こうで仕事を見つけたら、リリーと子どもたちを呼ぶはずだったのよ」

「あの男は一日としてまともな職に就いたことのない男だった。それでもか」

「だった……？」ロティは、ぶるっと身震いした。「どういうこと……サムはどうなったの？　まさか……？」

「ラーキンがあの男を撃ち殺した。サムは見つかって所持品を調べられ、牢《ろう》へ送り返されるところだった。だが、やつはその途中、自分を捕らえた森番のひとりを殴って逃げたんだ」ニコラスは絞り出すように言った。「こんなことになって、ぼくも残念だ。きみがサムの妻に好意を持っていたことは知っているし、サムに同情していたのもわかっている。だが、あの男は捕まったら縛り首になるしかなかった。湖の近くにいるのを目撃されて、森番たちが捜索していたんだ。ひとりを殴ってその場から駆け出したあと、サムは何度か警告を受けた。しかし、それでも止まらないので撃たれたんだ。即死だった」

「そんな！　どうしてそんなことが許されるの？」ロティは恐怖に満ちた目で彼を見つめた。「あなたにはいくらかでも哀れみの心があると思っていたわ。そんなふうに森番に人を殺させて、どうして平気でいられるの？」

「ぼくはその場にいなかったんだ。いたら止めていただろう。しかし、ラーキンのしたことは法にはふれていない。サムの身柄には懸賞金がかけられていた。ということは、発見されたらその場で撃たれても仕方がないんだ。ラーキンは負傷させるだけのつもりだったそうだが……サムは死んでしまった」

「リリーと子どもたちがどんなに悲しむかしら」ロティの目に涙があふれた。「このあたりで不法に動物を獲っているのはラーキンなのよ。サムはそのことを知っていたわ。ラーキンは口を封じるためにサムを殺したのよ」

「ばかなことを言うんじゃない」ニコラスは口元を引き締めた。「森番として働いている男が密猟をしていると言うのか？　そんな話をぼくが信じるわけはないだろう」

「ええ、あなたは信じないでしょう」ロティは誇り高く顔を上げた。「サムの言葉に耳を傾ければよかったと、後悔する日が来なければいいわね」そして、彼女は床に落ちている金の袋に目を向けた。「そのお金はリリーのものよ。これから必要になると思うわ」

落ちた袋には手もふれず、ロティはニコラスのかたわらを通って二階の自室へ向かった。

うさぎを盗んだくらいのことで、森番に人を殺させて、ニコラスはどうして平然としていられるの？　これを正義の裁きと言い張るなら、あの人はわたしが愛した男性ではないわ。

「待つんだ、ロティ」寝室のドアの前でニコラスはロティに追いついて、いっしょに部屋の中へ入った。「ここで話を終わりにはさせない。サムはごろつきどもの仲間になったばかな男だ。ラーキンがあの男を撃ったことは法に違反していない」

「法律がなんだって言うのよ」ロティは怒って彼と向き合った。「あなたには思いやりというものがないの？　あなたは名誉を重んじる人だと思っていたけれど、それはわたしのまちがいだったようね」

「そうかい？」ニコラスは冷ややかな顔で言った。「道義心について、きみから説教される覚えはない。きみは平然とぼくをだまそうとした。妹のふりをして、ぼくを欺こうとしたんだ。きみはクラリスに劣らぬ悪女だ。いや、もっとひどい。少なくともきみの妹は取り引きを拒絶したんだからな」

「あなたが無理やりわたしに取り引きをさせたんでしょう」ロティの頬がまっ赤に染まった。「わたしはクラリスでないことを打ち明けて、契約はなかったことにしてほしいと頼んだはずよ」

「きみには契約を破棄する機会がいくらでもあった。新しい契約書にサインしなければよかったんだ。サインを拒まれたら、ぼくはきみを手放しただろう。そのことはきみにもわかっていたはずだ」

「あなたのことを好きになったと思っていたのよ。愛し合っていっしょになるわけではないけれど、少なくとも、あなたはわたしを公平な目で見てくれると思った。いまになってみると、あなたのことを好きなのかどうかわからなくなってしまったわ」

「つまり、ぼくたちはとうとう真実に行き着いたわけだ」ニコラスの表情はひどく危険で、目は怒りに燃えていた。「きみは侯爵夫人になりたくて、ぼくと結婚したんだろう。姉のきみは妹とはまったくちがう人かと思っていたが、実は大してちがわなかったようだな」

「いやな人！」ロティは声をあげ、平手で彼の頬を打った。「愛人のところへ戻ったらどうなの。それとも、大事なエリザベスのところへかしら？　あなたが愛しているのは彼女なんでしょう？」

「誰がエリザベスのことをきみに言ったんだ？」ニコラスは蒼白《そうはく》になった。彼は手をのばし、ロティの手首をきつくつかんだ。「答えるんだ、ロティ！　誰がきみの耳にそんな話を吹きこんだ？」

ロティは気丈に彼を見つめた。「わかっているのよ。あなたがわたしを愛することは決してない。放して、ニコラス。別居しましょう。お望みならあなたから離婚を申し立ててくれてもいいわ。夫婦のふりはもうたくさんよ。あなたはわたしを軽蔑している――あなたになんか出会わなければよかったわ」

「きみの気持ちがどうであろうと、きみはぼくの妻だ。離婚を申し立てるつもりはない。きみは取り引きに応じた。契約には従ってもらう」

「結婚を強いることはできても、わたしがあなたを愛することは決してないわ」

ニコラスは黙って彼女を見つめていたが、やがてきびすを返して部屋を出ると、力まかせにドアを閉めた。

ロティはその場に膝をつき、両手の中に顔をうずめた。

目を覚ましたニコラスは、頭の痛みにうめき声をあげた。周囲を見まわすと、そこは図書室だった。昨夜はロティと激しい言い争いをしたあとで、ここへ来て酒をあおったのだ。ニコラスは彼女にひどいことを言った。けれど、もっとも鋭く胸に突き刺さる言葉を口にしたのはロティだった。

あなたになんか出会わなければよかった。

なぜわざわざ彼女のあとを追いかけてまで、言い争いをつづけたんだ？

ロティが何をしたかを知って、ニコラスは怒りで頭がまっ白になった。ラーキンは袋に入った金を差し出し、表向きは密猟者の言うことなどひと言だって信じないという態《てい》を取りつくろいながら、サムの申し様を彼に報告したのだった。ニコラスはラーキンの厚かましさにも腹が立った。ロティのしたことはまちがっている。もしもサムがほかの者にもこの話をもらしていたら、ロティは逃亡者を助けた疑いを持たれて、厄介な立場に立たされるだろう。

ニコラスはサムが逃げようとして撃たれたことを苦々しく思った。ラーキンを問いただしたが、ほかの森番たちの証言はラーキンの話を裏づけていた。

サムは逃げようとして追っ手のひとりを殴り、警告を受けたにもかかわらず、立ち止まろうとしなかったのだ。ラーキンは法にふれることはしていない。サムの身柄には、その生死を問わず、五十ギニーの懸賞金がかけられていた。ラーキンはきっと、サムの死によって得た金を仲間と山分けするのだろう。

図書室を出るニコラスの口の中には苦い味が広がっていた。昨夜の酒のせいもある。しかし、誰かが彼を欺こうとしているという不愉快な感覚を拭うことができなかった。

ラーキンについて、ロティの言ったことは正しいのだろうか？　ニコラスは階段をのぼって妻の部屋へ行った。すると、ロティはソファの上で丸くなってぐっすり眠りこんでいた。どうしてベッドで休まなかったんだ？　突然やってきたぼくに、妻としての務めを果たすよう強いられるかもしれないと怯《おび》えていたのか？

すべてはこの気の短さのせいだ！　ロティはぼくに脅されているように感じたのだろう。妻としての務めを果たして跡継ぎを産めと、あれだけはっきり宣告されたのだから無理はない。しかも、なお悪いことに、このまま隣の部屋で寝ていたら、ロティとベッドをともにする誘惑に勝てるかどうか、ニコラスには自信がなかった。ロティと毎日顔を合わせながら、彼女と愛を交わせないとしたら、ぼくは頭がおかしくなってしまうだろう。ロティのしなやかな体を思い出すと、胸がちくりと痛くなるほどだった。

いまやロティはぼくを憎んでいる。

ここを離れなくてはならない。誰からも歓迎されない男は去るべきだ。

ロティは寂しがったりしないだろう。いや、むしろよろこぶかもしれない。

「すまなかった」ニコラスはささやいた。「許しを請いたいが、きみから軽蔑の目を向けられることに耐えられそうにない」

ぼくはしたくもない結婚を強いて、ロティの人生をめちゃくちゃにしてしまった。

ニコラスはつづきの化粧室へ入り、冷たい水で顔を洗った。夜が明け次第、ここを発《た》つんだ。早ければ早いほどいい。ロティにはロンドンから手紙を書いて、領地内のことは好きにしてかまわないと伝えよう。発つ前に代理人に命じて、ロティが存分に采配をふるえるよう取り計らわなくては。それは自分がしたことに対する、ニコラスのささやかな償いだった。そのうちに、ロティが許してくれるのを願うしかない。サム・ブレークのことはもうどうにもならないが、森番のラーキンについては探りを入れてみるべきだろう。

ニコラスは口元を厳しく引き締めた。ロンドン中央警察から捜査官を派遣してもらい、ラーキンの動向を探らせよう。同時に、ロティの身辺にも目を光らせるよう依頼しなくては。ラーキンが本当に密猟者たちの黒幕なら、彼女の身に危険が及ぶかもしれない。

ニコラスはためらった。屋敷に留《とど》まって、ロティとの和解に努めるべきだろうか？

いいや。ニコラスはかぶりを振った。そんなことをしても意味はないだろう。ロティはぼくを憎んでいるにちがいない。彼女の瞳にさげすみの色が浮かぶのを見たら、ぼくは胸を引き裂かれてしまう。これ以上傷口を深くしないうちに、姿を消すのがいちばんだ。

ロティは体中がこわばったような感覚に目を覚ました。上体を起こして周囲を見まわし、どうしてソファなんかで寝たのだろうと不思議に思った。昨夜の記憶が堰《せき》を切ったようによみがえってくると、ロティは顔をしかめた。ここに座って泣いているうちに、眠ってしまったんだわ。

ニコラスとひどいけんかをしてしまった。思い返すと、どちらも残酷なことを口にしたものだ。ロティは昨夜の言い合いを深く悔やんでいた。ニコラスにはどうしようもないことで彼を責めたてるなんて、愚かだったわ。

ラーキンのような男が人を撃ち殺し、なんの罪にも問われない社会の仕組みをロティは憎んだ。いまごろリリーはどんな気持ちでいるだろう？

朝いちばんにしなければならないのは、リリーを訪ねることだわ。領主である夫に雇われた森番がサムを撃ち殺したのだから、リリーはロティにも腹を立てているかもしれない。けれど、そのうちに気持ちをやわらげて、援助を受け入れてくれないだろうか。

馬でリリーの家を訪ね、帰りにもう一度ホローの様子を見てこよう。ニコラスにホローの整備をする意志があるかどうか、少なくとも、小屋を壊すときには、住人に代わりの住居を提供するつもりがあるかどうかをきかなくてはならない。

出かける前にニコラスに相談しようかと思ったけれど、彼はまだ腹を立てているかもしれないので、控えることにした。ロティは古い乗馬服に着替えて鏡をのぞき、自分の装いに満足した。ホローのような場所を訪ねるのに、住民の反発を招きかねない高価なドレスを着ていくのは愚の骨頂だろう。

ニコラスからはじゅうぶん過ぎるほどの手当をもらっている。ロティ自身はその半分も使いそうにないから、残ったお金は別の用途にあててもかまわないはずだ。

ロティは屋敷を出て厩舎《きゅうしゃ》へ向かった。そして、馬の中から女性が乗るのに適していそうな一頭を選び出した。

「この馬に鞍《くら》をつけてもらえるかしら？」ロティは

興味ありげにこちらを見ている若い馬番に声をかけた。「そして、あなたが乗る馬にも鞍をつけてちょうだい。リリーの家を訪ねたいの。帰りにホローへも寄るつもりよ」

若い馬番は驚いて口を開けた。けれど、反論めいたことは何も言わず、返事代わりに帽子にちょっと手をふれただけで、ロティの選んだ雌馬に鞍をつけはじめた。馬番が別の一頭にも鞍をつけ終わるのを待ってから、ロティは自分の雌馬を乗馬台の横へ連れていって、手助けなしで馬に乗った。

彼女は若い馬番に目を向けた。「あなた、お名前は？」

「ウィリスと申します。その雌馬はレッドルースという名です」馬番は答えた。「そいつはこの二日、外を歩いていませんから、大よろこびで走りたがると思います」

「ありがとう、ウィリス。確かにこの馬は元気いっぱいのようだわ。でも、今朝はお行儀よくしていてくれないと困るの。大切な用事があるのよ」ロティは馬番にほほえみかけた。「リリーの家まで案内してもらえるかしら？」

「はい、奥さま」ウィリスは言って、にっこり笑った。「リリーはいい人ですよ。サム・ブレークみたいなやつにはもったいない。おれの親父《おやじ》もそう言ってます」

馬番は自分で用意した馬にまたがった。ふたりは馬を歩かせて屋敷の庭園を抜け、その後は速歩で駆けさせた。

リリーは赤い目をしており、ロティを見てもほとんど何も言わなかった。彼女の憤りに満ちたまなざしは、ロティの胸に突き刺さった。

「奥さまを責めてるんじゃありません」リリーは言った。「奥さまはあたしにやさしくしてくださった。

サムのことも、なんとか助けようとしてくださってました。でも、ほかの連中はサムがどうなろうと眉ひとつ動かしやしないんです」

「それはちがうわ、リリー。一部の人たちは密猟者に対して厳しい見方をするでしょう。でも、ほとんどの人は、サムの身に起きたことをまちがっていると考えるはずよ。あなたが怒る気持ちも、嘆く気持ちもよくわかるわ。だけど、落ち着いたら、わたしのところへ来てちょうだい。ノーサンプトンに仕立て屋を出す手伝いをさせて」

「ありがとうございます、奥さま。でも、これまでにしていただいた以上のことをお願いするわけにはまいりません。いただいたお金は、縫い物をしてお返しします」

「サムから取りあげたお金は、あなたに返すように夫に頼んだの。あのお金はあなたのものよ、リリー。お願いだから、子どもたちのためにお金を受け取って」

「考えておきます」

ロティは悲しい気持ちでリリーの家をあとにした。謝罪が受け入れられるとは思っていなかった。リリーの悲しみはまだあまりにも生々しく、先のことを考えられるようになるまでには、もう少し時間がかかるだろう。

リリーにはどうしても会う必要があった。そして、もう一箇所、行かなければならない場所が残っている。そこに住む人々は、リリーよりさらに敵意に満ちているとしても。

「本当にこんなところに立ち寄るおつもりですか、奥さま？」あばら屋がまとまってある場所に近づくと、ウィリスは尋ねた。「ホローのやつらは気の荒い連中ですよ」

「ここに住む人たちは、そうならざるをえなかったのよ」ロティは言った。「あのどぶ川はひどいにおいだわ。体にも悪いでしょう。こんなところで暮らしていたら、不満を感じて当然よ」

「くれぐれも気をつけてください。もちろんおれがいる限り、連中を奥さまに近づかせたりしません。おれに手を出したら、親父や叔父貴たちが黙ってないってことを連中は知っていますから」

「ありがとう。心強いわ」ロティはウィリスにほほえみかけた。

ふたりは集落の端で馬を下りた。家々の本当の状態を、ロティはその目で確かめておきたかった。彼女は汚い地面に乗馬服の裾がつかないように、長いスカートを持ち上げて腕にかけた。あたりのにおいはすさまじかったが、ロティはたじろぎもしなかった。けれど、ウィリスは鼻と口を手で覆ってしまった。

道を進むにつれ、人々が小屋の中から外へ出てきはじめた。ロティはときどき足を止めて、小屋の様子を仔細《しさい》に眺めた。いくつかの建物は手を加えるだけでいいようだが、いくつかは建て替えるしかなさそうだ。確かに簡単な仕事ではないけれど、工夫次第でなんとかなるだろうとロティは思った。いちばんに手をつけなければならないのはこのどぶ川だ。

ロティは周囲のありさまに気を取られていたので、ウィリスに軽くふれられるまで、人の群れがふくらんでいることに気づかなかった。振り返ると、ホローの住人は通りの端に集まっていた。ひとりの男が集団の先頭にいて、ロティたちが馬のところへ戻るのを邪魔するように、通りに立ちふさがっている。

人々のあいだに漂う空気は明らかに敵意をはらんでいた。サム・ブレークの身に起きたことを考えたら無理もない。

「もうじゅうぶん見たわ。行きましょう」ロティはウィリスに言った。若い馬番の落ち着かない表情を見て、彼女はほほえんだ。「大丈夫よ、ウィリス。

みんな腹を立てているけれど、わたしたちには何もしないわ」

通りの端まで来て、住人たちと向き合ったロティは、集団の先頭にいるのがサムの従兄弟《いとこ》のディコンだということに気がついた。

「みなさん、おはよう」ロティはよく通る声で快活に言った。「わたしがここで何をしているか、不思議に思っていることでしょうね」

「余計なところに首をつっこみやがって」ディコンはうなるように言った。

「誰かがなんとかしないと、このあたりの家はあと二、三年で住むことすらできなくなるわ」ロティは言った。「わたしは修理できる家は修理したいと思っているの。いくつかの家は壊すしかないでしょうけれど、そのあとに新しい家を建てるわ。まずどぶ川をさらってきれいにして、上を覆うことからはじめましょう」

「あんたのおせっかいはいらねえ」

「おまえは黙ってろ、ディコン」別の男が口を開いた。「おれの女房と赤ん坊は、毎年冬になると病みついてばかりいるんだ。最初に生まれた子は、湿気のせいで肺をやられて死んじまった。奥さまが本気で言ってなさるなら、おれはどぶ川の始末に手を貸すぜ」

「家の修繕はすぐにはじめるつもりです」ロティはきっぱりと言った。「できれば、地元の人の力を借りたいわ。この中に大工仕事の技術を身につけている人がいたら、わたしに教えてちょうだい」

「おれは大工です」別のひとりが言った。「それから、シドのやつは屋根屋です。おれたち金さえあったら、とっくに自分で家の修理をやってましたさ」

「働く気のある人は誰でも、明日の朝ここに集まって。わたしは夫の代理人を連れて、八時ちょうどにここへ来ます。その人が修理の工程表を作ってくれるわ。そして、働いた人には毎日、手間賃を払います」

「あんたが言った、壊す家ってのはどうなる？」ディコンが尋ねた。「そこに住んでる連中はどこへ行きゃいいんだ？」

「まず、この場所から少し離れたところに家を建てましょう。一軒できたら、壊すしかない家を一軒取り壊すの。でも、この作業には時間がかかるかもしれないわ。みなさん、辛抱強く働いてくださいね」

「いっぺん、奥さまの言うとおりにやってみようや、ディコン」別の男が言った。「おれたちのことを考えてくれる人なんか、ここ何年もいなかったじゃないか」

「明日、ここへ来ますから」ロティは言った。「仕事に取りかかる準備をしておいてね。あなたたちが自分で手間賃を稼いでくれたらうれしいけれど、もちろん、すべてはあなたたち次第よ。ほかにしようがなければ、別のところから職人を連れてきます」

人の群れはふたつにわかれた。

ウィリスはロティに手を貸して馬に乗せ、ふたりはホローをあとにした。

「本当にあそこへ新しい家を建てるとおっしゃるなら、おれの兄貴は大工仕事が得意です。ほかにも何人か、余分の収入があればよろこぶやつを知っていますよ」

「お兄さんに、明日ホローへ来るように言ってちょうだい、ウィリス」ロティは言った。

屋敷へ入るとき、ロティはどうしても神経質にならざるをえなかった。ニコラスに、また差し出がましいまねをしたと叱られるかもしれない。事実、これは余計なことだった。けれど、ホローには誰かが何かをしなくてはならない。いざとなったら、ロティは自分に支払われる手当の中から必要な費用を出すつもりだった。

「ニコラスはロンドンへ行ったの？」家政婦のミセス・マンから侯爵が昼食に姿を見せない理由を聞かされたとき、ロティはどうやって驚きを隠したらいいかわからなかった。「ああ、そうだったわ。あの人、何か用事があると言っていた。いつ発つつもりなのか、はっきり聞いていなかったのよ」

ロティは鋭い刃物で胸をえぐられたような気がした。つまり、すべては終わってしまったんだわ。ニコラスは結婚後すぐにわたしに飽きて、ゆうべのけんかでロンドンへ戻ることを決めたのよ。そして、たぶん愛人のもとへ帰ったんだわ。

ロティはエリザベスの名前を耳にしたときの、ニコラスの表情を思い出した。彼は愕然《がくぜん》とした様子で、少しして怒りだしたように見えた。まるで愛する人の名前をロティごときに口にされてたまるものか、と言わんばかりに。

ロティは悲しみに押しつぶされそうになった。わたしはこの先、何を支えに生きていったらいいのだろう？ 自分には生きる目的など何も残されていないように思われた。けれども、やがて自尊心が救いの手を差しのべ、彼女は毅然《きぜん》と顔を上げた。

ロティはまず、ニコラスの代理人と話をすることにした。多少の不安はあった。ホローを再建する案について、代理人が難色を示したらどうしたらいいだろうか？ けれども、代理人のマスターズはロティの話に黙って耳を傾け、やがて大きくうなずいた。

「わたしも侯爵に何軒かの家は救えるのではないかと申し上げたのです。しかし、侯爵はどうしても全部取り壊すお考えで——おそらく、昔起きたことが原因でしょう」

「どういうことですの、ミスター・マスターズ？」

「先代のロスセー侯爵夫人はあなたのような方で、

人を助けることに熱心でした。ところが、あるとき、ホローへ住民の慰問に行かれ、そこで熱病をうつされて二日のうちに亡くなってしまったのです。いまの侯爵がまだ小さなお子さんのときでした」

「悲しいことね」ロティは言った。「でも、そういうことが二度と起きないようにするためには、あの汚い川をきれいにして、上を覆ってしまうのがいちばんだわ」

「ええ、確かに」マスターズはうなずいた。「それには汚水溜《だ》めが必要でしょう。家々の汚水を……失礼しました、奥さま。こんなことを奥さまに申し上げてはいけなかった」

ロティは笑った。「ほかの誰に言うの？　すぐに取りかかってもらいたいから、作業のすべてを知りたいの」

「でしたら、わたしが作業の工程表を作成しましょう。よろしいですか？」

「ええ、もちろん。わたしに出せる限りのお金で、できるだけのことをしていただきたいわ」

「当然ながら、費用はご領地の収入の中から支払われます。奥さまがご自由に地所の運営を差配できるよう取り計らえと、侯爵からご命令をうけたまわっております」

「ニコラスがわたしのために？」

ロティは驚いた。予想もしていないことだった。

「はい、奥さま」

とてもうれしかった。

「わかりました。明日の朝から作業に取りかかりましょう。できるだけ地元の人に仕事をしてもらいたいの。ホローの住人の何人かは技術を持っているようだから、そういう人たちに働く機会を与えなくてはいけないわ。でも、作業の進め方については経験豊かなあなたの指示に従います」

「安心しておまかせください」

「ああ、でも、最初のうちはわたしも作業に立ち会うわ」ロティは言った。「起きていることにきちんと目を光らせたいの。ホローの人たちに手間賃をごまかされてはだめよ、ミスター・マスターズ。手助けはしたいけれど、あそこの人たちにもまじめに一日分の仕事をしてもらわなくてはね」

代理人はほほえんだ。「かしこまりました、奥さま。僭越《せんえつ》ながら、あなたが嫁いでいらして、侯爵家のご領地は一段と栄えそうな気がいたします」

「そうなるとうれしいわ」

毎日、忙しく働いて、ホローに住む恵まれない人たちの暮らしに心を集中させていれば、ニコラスが去ったことを忘れられるかもしれないとロティは思った。

11

「ロティ、なんて格好をしているの」三週間ほどたったある日、ベス伯母は姪《めい》の姿を見て顔をしかめた。「あなたが貧しい人たちのためにしていることは感心よ。だけど、何も自分で作業に手を出す必要はないでしょう？」

「若いお母さんの引っ越しのお手伝いをしていたのよ」ロティは笑った。「子どもが三人いる人なんだけれど、いちばん小さい赤ちゃんにおしめの中身をかけられてしまったわ。古いドレスを着ていってよかった」

「早く着替えていらっしゃい。シェルビー伯爵夫人があなたを見たら、ひきつけを起こすわ。におうわよ、ロティ」

「ええ、いま着替えてくるわ」ロティは答えてから、ふと眉根を寄せた。「伯爵夫人はいま、ロンドンにいらっしゃるんじゃなかったの？」

「あなたに話があるとおっしゃって、訪ねてみえたのよ。でも、お願いだから、早く着替えてきて」

　ロティは急いで自室へ戻った。自分がひどい格好をしていることはわかっていたけれど、なにしろニコラスが去ってからの数週間は働きづめだったのだ。胸の痛みがやわらいだわけではない。けれども、昼間は夫のことを考えている暇などほとんどなかった。その分、夜になると、ロティは耐えがたいほどの寂しさに襲われた。でも、耐えなくてはならない。ニコラスはわたしなんか求めていないのだから。

　きれいなドレスに着替え、髪をうなじでまとめて、ロティは階下の応接間へ向かった。そこにはヘンリエッタがひとりで彼女を待っていた。ヘンリエッタはロティの全身をとがめるような目つきで眺めた。

「まったく、どっちもどっちだわ」彼女は声をあげた。「わたしの名づけ子が破滅への道を一直線にひた走っているって、あなたに言いに来たのよ。そうしたら、あなたまでこんなありさまだなんて。ずいぶん痩せたわね、ロティ。あなたたち夫婦はいったいどうしてしまったの？」

　ロティは赤くなった。「身だしなみがおろそかになってしまって、恥ずかしいわ。でも、近ごろはホローで働いていて――」

「あなたがくたくたになるほど働かなくても、屋敷には使用人がたくさんいるでしょう？　あなたって人は、わたしの名づけ子に負けず劣らずの頑固者だったようね。ニコラスについて、わたしの言ったことが聞こえなかったの？」

　ロティは眉をひそめた。「聞こえました。でも、わかりません。ニコラスは病気なんですか？」

「まだよ。でも、あんな生活をつづけていれば、きっとそのうち病気になるわ。あの子ったらお酒と賭け事に明け暮れて、服や外見のことなんかほったらかしなの。つい先日屋敷を訪ねたら、ひどい様子をしていたわ」

ロティの胸がうずいた。「そうなんですか。でも、わたしにできることは何もなさそうですわ」

「あなたはニコラスの妻でしょう。あの子がどうなってもかまわないの？　あんなにすさんだ様子のあの子ははじめて見るわ。どうしてああなってしまったのかわからない……まるで何かに取《と》り憑《つ》かれているみたいよ。あの子の母親が亡くなったあとの、先代の侯爵を見ているようだわ」ヘンリエッタは目を細めた。「あなた、ニコラスとけんかをしたの？」

「いいえ……少なくとも、いまのお話のような荒れ方をするほど、あの人を動転させたりはしていませんわ。あの人、わたしと結婚したのを後悔しているんだと思います。ほかに心から思っている女性がいるんでしょう」

「それは確か？」ヘンリエッタは腑《ふ》に落ちないらしい顔をした。「ニコラスは以前から気むずかしかったけれど、最近はとても幸せそうにしていたのよ。あなたほどあの子にぴったりの女性はいないと、とてもよろこんでいたの」伯爵夫人は真剣なまなざしでロティを見つめた。「あなたはニコラスのことをお好き？」

「心の底から愛しています。でも、あの人には言わないで。ニコラスは妻にうるさくまつわりつかれたくないんです」

「ばかをおっしゃい！　ニコラスに必要なのは愛し、愛されることですよ。夫の幸せを心にかけているなら、手遅れになる前になんとかしてちょうだい」

「手紙を書いて、こちらへ戻るように説得するんですか？　それであの人が帰ってくるかしら――」

ヘンリエッタはなおも何か言いかけたが、ベス伯母が部屋へ入ってきたので口をつぐんでしまった。紅茶とお菓子を伯母たちに渡しながら、ロティは考えこんだ。本当にニコラスはそんなふうに荒れているのかしら？　わたしとのけんかが原因なの？　ロティはこれまで、ふたりのけんかをニコラスが気に病んでいるとは思っていなかった。それとも、結婚のせいで追いつめられた気分になって、自暴自棄になっているだけなのだろうか？

ニコラスが自由の身になりたいと思っているなら、彼の意志に従うわ。でも、まず正直に、彼自身の口から思っていることをすべて打ち明けてほしい。

ニコラスに帰るよう手紙を書いても、効き目があるとは思えない。彼は手紙を無視するか、ほんの数日、言い訳程度に戻ってくるだけだろう。ロティはどうするべきかわからなかった。けれども、夕食のために着替えをしているときに、ふとある考えが浮かんだ。これまではあまりドレスを買う必要を感じなかったけれど、近くに住む人たちから何度か食事の招待を受けると、最近は何か新しく着るものが欲しいと思うようになった。それに、伯母といっしょに保養地のバースへ行くとしたら、なおさら流行のドレスが必要だろう。

ニコラスの不興を買っても仕方がない。彼がロンドンにいるあいだ、ロティはロスセーに残るというのが、結婚したときの約束だった。もしも妻がドレスを買うという口実を使っていきなりロンドンに現れたら、ニコラスは激怒するだろう。

いいわ。大げんかになったら、かえって物事がはっきりするでしょう。ロティはニコラスの怒りを真正面から受けとめるつもりだった。離婚を望むなら、口に出してそう言ってもらうわ。口に出すことがいやなら、わたしが目の前をうろついても我慢するのね。

「ドレスを買いにロンドンへ行く？」その夜の夕食の席で、ヘンリエッタはロティを見つめてしばし黙りこんだ。けれど、やがて顔をほころばせた。「すばらしい考えだと思うわ。みんなでニコラスの屋敷に滞在しましょう」

「都会で着る服を選ぶときには、あなたの助けが必要になると思うんです。社交界の花になれるとは思いませんけれど、場ちがいなドレスを着て爪弾《つまはじ》きにされたくはないですから」

「あなたが社交界の花になれない理由はありませんよ。それに、わたしの友人たちはよろこんであなたを迎えてくれるわ。みんな、どうしてあなたがニコラスといっしょにロンドンへ来ないのかと不思議がっていたの。わたしには理由なんかわからないから、何も言いませんでしたけれどね」

「単純な理由ですわ。伯母の具合がよくなかったので、夫には同行しなかったんです。でも、やっと伯母の具合がよくなりましたの。そうでしょう、おばさま？」

「あなた、何を企《たくら》んでいるの、ロティ？」ベス伯母は言った。「よければ、わたしはここに残りたいわ。折を見て、あなたのお父さまのところへ行ってこようかと思っているのよ。手紙が来たのだけれど、クラリスのことを心配しているらしいの」

「ええ、わかったわ」

「それほど長いこと留守にはしないわ。でもロンドンへ行くなら、先生役はシェルビー伯爵夫人のほうが適任よ」

「わたしもそんなに長いあいだ、ロンドンに留《とど》まることはないと思うわ」ロティは言った。「状況による、といったところかしら……」


その夜、ベッドへ入ったロティは考えに沈んだ。

ロンドンへ行くなんて、ばかげているかしら。でも、ここにいて、決して起こらないことを待ちわびていたって仕方がない。ニコラスは、自分からは帰ってこないだろう。妻に腹を立てているのかもしれないけれど、音沙汰もなくほうっておかれるより、こちらから出向くほうがまだましだわ。別れることになるなら、いまのうちに別れたほうがいい。とはいえ、この先わたしがほかの人を愛することは決してないでしょうけれど。

ニコラスが破滅するのを、手をこまねいて見ているわけにはいかなかった。

ニコラスは鏡を見て、そこに映った自分の姿にののしりの言葉を吐いた。まるで前の晩に側溝の中を這《は》いずりまわったかのようだ。ゆうべはさまざまなクラブへ行き、賭け事をして、屋敷へ帰るとブランデーを飲んで酔いつぶれてしまった。

それでも、困ったことにロティが恋しくてならない。ロティの香りが常にどこからか漂ってくるような気がする。ニコラスは彼女の存在によって埋められていた心の空洞を意識せざるをえなかった。頭の中から彼女を追い出すことができない。酒も賭け事も胸の痛みをやわらげはしなかった。

もちろん、ロティはぼくを憎んでいるだろう。ぼくは最初から彼女への侮辱ばかり口にしていた。そして、最後のけんかで彼女に投げつけてしまったのは、許されるはずのない暴言だ。どうしてロスセー・マナーへ帰れるだろうか？　ロティの瞳に嫌悪の色が浮かぶのを見たら、ぼくはその場で息絶えてしまうかもしれない。

とはいえ、ぼくは彼女を愛しているわけではない。愛なんてただの作り話だ。だが、ロティといっしょにいると楽しいし、彼女の思いやりも心地よい。そして、ぼくはわがままにも、自分からは決して同じ気持ちを返せないとわかっていながら、彼女の愛が欲しいのだ。

　結局、ぼくはロティの好意すらも失ってしまった。あの夜以前の時間まで時計を巻き戻す方法はない。だが、そろそろこの愚行は終わりにしなくては。さもないと、本当に側溝の中で死体になって発見されることになるだろう。

　ロティに謝罪の手紙を書こうか。謝罪が受け入れられたら、少なくともときどきは彼女のもとを訪れることができる。

　少し気分がよくなって、ニコラスは以前から通っているフェンシングの師範のもとへ行くことにした。稽古をすれば頭がすっきりして、この気だるさも吹き飛ぶはずだ。


「奥さまがおみえだとは、だんなさまはひと言もおっしゃっておいでになりませんでした」その朝、ロティとシェルビー伯爵夫人がロンドンの邸宅に到着すると、家政婦は驚いた顔で言った。「おふたりのお部屋の支度には三十分もかかりません。そのあいだ、応接間で何かお飲み物をいかがですか?」

「きっとわたしからの手紙が届かなかったのね」手紙など出してはいなかったけれど、ロティは明るく言った。ニコラスに前もってロンドンへ行くことを知らせたら、きっと来るなと言われただろう。「よろこんでお茶をいただくわ、ミセス・バレット」

　伯爵夫人とともに優美な応接間へ案内されると、ロティは周囲を見まわした。どことなくフランス風の感じのする部屋で、置かれた木製の家具には精巧な焼き物のタイルがはめこまれている。とても美しい内装だが、ロスセーの我が家ほど居心地よさそうではなかった。

　ロティは表情を曇らせた。わたしったら、いつのまにかロスセー・マナーのことを自分の家と考えるようになってしまっているのね。もうすぐそうではなくなるかもしれないのに。ロティは挑むように顔を上げた。ヘンリエッタはニコラスのすさみ方を嘆いているが、わたしは自分の目で見て彼の様子を判断しよう。

妻が突然ロンドンへ出てきたことを知ったら、ニコラスはなんと言うだろう？　怒って、明日の朝いちばんに帰れと命じるだろうか？

「この屋敷をどう思って？」ヘンリエッタは尋ねた。「ニコラスがロンドンで暮らしはじめたときに、かなり改装したのよ。わたし自身はとても今風な仕上がりだと思うけれど、家庭らしい感じの住まいではないわね」

「お客さまをお呼びするにはぴったりでしょうね。でも、ひとりで過ごすときには、もう少しくつろげる部屋がいいですわ」

ヘンリエッタは笑った。「あなた、これまでロンドンへ来たことがないようね。都会にいたら、ひとりで過ごすことなんか滅多にないわ。ここの人たちはいつも誰かを招いたり、誰かに招かれたりして暮らしているのよ。でも、もしかしたら、あなた自身の寝室はもっと居心地がいいんじゃないかしら」

「わたしの寝室？　この屋敷にわたしの部屋があるんですか？」

「ええ、もちろん。ニコラスが将来妻になる人のために、夫婦のつづき部屋を用意したはずよ。そこでなら、ひとりでゆっくりできると思うわ。でも、あなたが来ていると人が知ったら、たちまちゆっくりしている暇なんかなくなるわよ」

ロティは曖昧な表情で伯爵夫人を見た。ヘンリエッタは名づけ子の妻が社交界に温かく迎え入れられると信じて疑わないようだ。本当にそうなのかどうか、いまのところロティには自信がなかった。

「ロティ……」夫婦のつづき部屋の扉が突然開いて、ニコラスがロティの部屋へ入ってきた。「執事からきみがここにいると聞いたんだ。だが、信じられなかった」

「ニコラス」夫の姿を目にすると、ロティの胸は高鳴った。「ごめんなさい、出した手紙が届かなかったようなの。しばらく滞在するけれど、気になさらないで。近所の人たちと頻繁におつき合いするようになって、結婚前にあなたに買ってもらったドレスだけでは間に合わなくなってしまったのよ。ベスおばさまをバースへ連れていくとしたら、そのためにも着るものが必要だわ。ヘンリエッタが信頼できる仕立て屋を紹介してくれるそうなの」

　少しのあいだ、ニコラスはどこか不確かな表情で口をつぐんでいた。「もちろん、ぼくはかまわない。もっと着るものが必要だと、以前、きみに言っただろう？」

「ええ、そうだったわ」ロティは心の内を悟られないよう何気ない表情を保ちながら、夫の外見の中に、伯爵夫人が言ったようなすさんだ気配を探した。ニコラスは疲れているらしく、目の下にはくまができていた。けれど、いまは酒も飲んでおらず、聞かされたほど荒れた生活を送っている様子はなかった。

「ほんの数日もあればドレスの注文はすむと思うの。そのあとはもうお邪魔しないから安心して」

「どうか好きなだけ長く滞在してくれ、ロティ」夫のこめかみが、小さく脈打っていることにロティは気づいた。「きみ、体調はいいのかい？　以前より痩せたように見えるが」

「体調はすこぶるいいわ」ロティはよそよそしくほほえんだ。「けんかをしに来たわけではないのよ、ニコラス。ミスター・マスターズから聞いたわ。わたしが領地の管理を自由に裁量できるように手配してくださったんですってね。実は、さっそくそれに甘えて、ホローの改修に取りかかったの。最初の新しい家屋がもうすぐ完成するわ。あのひどいどぶ川は、きれいにさらって蓋をしたのよ」

「マスターズから手紙で報告を受けているよ」ニコラスは目を細くした。「本来なら、何年も前にはじめなければならなかった仕事だ。だが、個人的な理由で、ぼくはあの場所全部を取り壊したいと思っていた」

「住んでいる人たちをあそこから追い出すのは気の毒よ。修理すべきところは修理して、何軒かを建て替えれば、住み心地のいい集落になるわ。汚い川をきれいにしたから、住人も健康になるでしょう」

「ああ」ニコラスはためらってから言った。「きみは……ぼくを許してくれたのかい、ロティ？」

ロティは額にしわを寄せた。「サム・ブレークが死んでしまったことは残念だったわ。でも、あなたはその場にいなかったんですもの。リリーにはわたしから、ノーサンプトンにお店を出す手伝いをさせてほしいと申し出たの。失ったものを償うことはできないけれど、そのうちにリリーが先のことに目を向けてくれたらうれしいわ」

「そういう意味ではなく……」ニコラスはかぶりを振った。「だったら、きみはぼくを憎んでいないのか？　この前、そう言っていたが」

「言い争ったときに口にしたことについては謝るわ。わたしは腹を立てていたの。でも……あなたを憎むことはできない」ロティは言った。「ここへ来たせいで、ふたりの合意に背いたことはわかっているの。だけど、ほんのしばらくだから、あまり気にしないでもらえるかしら？」

「そのことはいいんだ」ニコラスは言った。「金はじゅうぶん持っているかい？　足りないようなら、請求書はぼくにまわしてくれ」

「ありがとう、ニコラス」

「今夜は友人たちとカード遊びをすることになっていて、約束を断れないんだ。だが、明日の晩、いっしょにどこかへ出かけないか？」

「ヘンリエッタが、明日の晩は三人そろって夜会に招待されていると言っていたわ。それでよければ、いっしょに出かけましょう。夜会は気が進まないとおっしゃるなら、別の機会にふたりで出かければいいわ。四六時中、妻の相手をするべきだとは思わないでね。わたしはひとりで大丈夫よ」

「わかった。きみの予定のお邪魔はしない」

「わたしもあなたの予定のお邪魔はしないわ。妻と夫が別々のお宅に招かれていくのは、それほど変わったことではないのでしょう？」

ほら、わたしはこんなに物分かりのいい妻なのよ。ロティは胸の内でつぶやいた。

「珍しいことではないね。そのうち、ふたりで客を招いて夕食会を催さなくてはならないが――」

「そうしましょう」ロティは答えた。「あなたのお考えのとおりになさって、ニコラス」

「つまり、ぼくたちはそこへ戻るわけか……」ニコラスは考え深げにうなずいた。「いいだろう。以前のとおりにつづけるわけだね」

「もう一度友だちに戻れないかしら」ロティはきいた。「あなたがわたしのことを許してくれるなら」

「許さなければならないことなど何もないさ」彼は躊躇《ちゅうちょ》なく答えた。「ぼくは思ったんだ……だが、勘ちがいだったのかもしれない……予想したよりきみの心を読むのはむずかしいようだ、ロティ」

「時間がたてば、もっとよくわたしのことがわかるでしょう」彼女は言った。「お約束があるなら、遠慮せずに出かけてかまわないのよ、ニコラス」

ニコラスはおぼつかなさそうに彼女を見つめていたが、やがてひとつ会釈して、自分の部屋へ戻っていった。

ロティは扉を見つめて考えに沈んだ。ニコラスがどこかもどかしげに見えたのは気のせいかしら？　もしかして、ほんの少しでもわたしのことを恋しく思ってくれていたの？

　ニコラスの心は混乱していた。ロティといっしょにいたい。けれど、自尊心が邪魔をして、心のままを口に出すことができない。ロティは言い争いをした夜のことを許してくれたようだ。少なくとも、棚上げにはしてくれた。ロティの考えでは、謝罪が必要なのはサムの身に起きた出来事だけであるらしい。

　ニコラスはいまも森番のラーキンを見張らせていた。これまでのところ、何も変わったことは起きておらず、ラーキンはまじめに仕事に励んでいる。だが、もしかして、ラーキンは見張られていることを知っているのだろうか？

　いまいましい！　ロティが突然ここへ現れたというのに、森番のことなど考えていられるか。彼女の態度は以前とまったく変わらない。まるでけんかなどしなかったかのようだ。夫に関心がないのか。それとも、ニコラスがもとの暮らしに戻りやすいように、素知らぬふりをしてくれているのか。

　こうなると、問題なのはロティへの激しい欲望だけだった。これからしばらく、彼女はこの隣の部屋で眠ることになるのだ。

　新婚旅行当時のふたりに戻ってもいいと、ロティは考えているのだろうか？

　そう思うと、ニコラスの脈拍は速くなった。いますぐ隣の部屋へ戻って、ロティと愛を交わしたくてたまらない。

　ぼくという男はどこまで愚かなんだ！　ロティは愛の行為を受け入れるかもしれない。だが、彼女がぼくを愛することは決してない。絶対に愛さないと、彼女は自分の口で言ったじゃないか。そのことがなぜこんなに重く心にのしかかるんだ？　ロティを愛しているのかもしれないという考えを、ニコラスは頭から打ち消した。ぼくは彼女が欲しい。彼女のことが好きだ。だが、愛だって？　父が母に抱いていたような愛を心に育んでしまったら、先に待っているのは苦悩だけだ。

ニコラスは、母親がまだ家庭の中心にいた黄金の日々のことを思い出した。そこにはいつも笑顔の父親がいて、愛のこもったまなざしを息子の自分に向けていた。幸福な時代はなんとあっけなく終わってしまったことか！

母親の死と、父親の変化はニコラスの心を引き裂いた。幼かった彼は、父親のあまりにも深い悲しみが理解できなかった。そして、その悲しみは父親の死を早めた。ずっとあとになって、不幸にもエリザベスに夢中になったことで、やっとニコラスは父親の喪失感の深さを理解しはじめた。いや、むしろ、最近になるまで本当には理解していなかったのかもしれない。

便宜的な結婚によって回避しようと思っていた当の罠《わな》に、まんまと捕らえられてしまったはずはない。誰かを愛してしまったら、その愛が終わりを迎えるときの苦悩はあまりにも大きい。とはいえ、ニコラスはロティが自分の人生に現れたことを後悔する気にはなれなかった。

ロティを好きになるなんて、愚の骨頂だ。夕方、出かけるために着替えをしながら、ニコラスは思った。ロティがぼくを好きになってくれる望みがあるなら、話は別かもしれない。だが、彼女の態度はひどくよそよそしくて、ありふれた好意以上のものを夫に感じている様子はまるでなかった。

どうしてぼくは当初の条件を受け入れて、これまでどおりの暮らしに甘んじることができないんだ？

ニコラスはうめいた。ぼくは自分で作った罠にからめ取られてしまったのかもしれない。だが、それを認めるわけにはいかない……。

　彼は頭を左右に振り、側仕えの従者が差し出す外《がい》套《とう》を手に取った。今夜、口にしていいのはワインをグラスに一杯だけだ。それ以上は飲まないように気をつけなくては。さもないと、酔いにまかせて隣の寝室へつい足が向いてしまうかもしれない。


　ロティはニコラスが帰ってきた物音を耳にして、時間が早いことに驚いた。まだ夜の十一時をまわったばかりだ。話に聞くほど社交に忙しい男性にとっては、前代未聞の早帰りではないだろうか。

　ロティはニコラスがこちらの部屋へ来るかもしれないと思って、しばらくベッドに横になっていた。けれど、夫婦の寝室のあいだの扉は固く閉ざされたままだった。あの扉を開けて、夫のもとへ行く勇気がわたしにあれば。でも、彼に拒絶されるのが怖かった。わたしとベッドをともにしたいなら、ニコラスのほうからこちらの部屋へ来るはずではないの？

　こんなに近くにいるのにと思うと、ロティのやりきれなさは募った。小さなうめきが口からもれた。ニコラスの腕に抱かれ、彼の唇を肌に感じたくてたまらない。けれど、求める気持ちをひた隠しにして、ニコラスがこちらへ来るのを待つしかなかった。そのうちに必ず、あの人はこちらへ来るはずだわ。だって、彼は跡継ぎを必要としているんですもの。

　ロティは事実と向き合った。わたしは夫を愛している。愛すまいと心に誓ったのに、愛してしまった。ニコラスはわたしに無関心だけれど、ときには夫として妻とベッドをともにしなくてはならない。彼はいまも愛人と会っているの？　そうにちがいないわ。今夜だって、愛人のもとから帰ってきたのかもしれない。

　そう思うとつらくてたまらず、ロティはすぐに頭からその考えを締め出した。けれども、完全に締め出すことはできなかった。

その人はわたしにない何を持っているの？　ニコラスにその人よりわたしを求めさせるには、いったいどうしたらいいのかしら？

彼を嫉妬させる方法さえあれば！　とはいえ、どんなに知恵を絞っても、そんな方法は思いつかなかった。わたしにも魅力がなくはないことはわかっているけれど、男の人の情熱をかき立てるにはそれだけでは足りない。でも、ほかの人がわたしに興味を持っているのがわかったら、もしかしたらニコラスも……。ロティは頭の中で堂々巡りをくり返した。どうしたら夫に、ほかの男性が妻の魅力を認めていると思わせることができるのだろう？

とうとう眠りの中へ引きこまれながら、ロティはため息をもらした。そんなことは起こりそうにないわ……。

12

「ロスセー侯爵夫人」若い男性がロティにほほえみかけた。「今夜、まだパートナーの決まっていないダンスが一曲くらいは残っていませんか？」

「そうですわね……」ロティはパートナーの予定を記したダンスカードを調べて小首をかしげた。「夕食前のダンスが一曲だけ残っていますわ。ここにご自分のお名前を書いていただけます？」

「では、そのあとで食事をごいっしょしても？」ミスター・ベリンガムは期待をこめてきいた。

「もう何人かの方からお誘いを受けていますの。みなさんとごいっしょでよろしければ、よろこんで」

「なぜニコラスがあなたを田舎に隠していたか、理由がわかりましたよ。あなたがもし妻だったら、ぼくだってほかの男には会わせたくないでしょうからね」

ロティは笑った。「まあ、そんな理由ではありませんわ。伯母の体調がすぐれなかったので、よくなるまでつき添っていたんです。夫は何も企《たくら》んだりはしていません」

「だとしたら、彼はとんだお人好《ひとよ》しだ」ミスター・ベリンガムは言った。「のちほど、ダンスの時間に戻ってきます」

ロティはうなずいた。今夜はロティにとってロンドンではじめての舞踏会だった。広間には人があふれ、室内はかなり暖かかったけれど、ロティはまだテラスへ出たいとは思わなかった。

一度くらいはニコラスがこちらへやってきて、妻にダンスを申し込むのではないかと期待していたのだ。だが、これまでのところ、彼はロティのそばへは近づこうともしなかった。夕食前のダンスの相手を最後まで決めなかったのもニコラスのためだったのに、向こうがまったく興味を示さないので、結局、パートナーの権利はミスター・ベリンガムに譲ることになってしまった。

行く先々でのロティの人気ぶりにも、ニコラスはまったく感銘を受けた様子がなかった。これまでに彼は妻とヘンリエッタを二度、カード遊びの集まりへ連れていったが、二度とも彼女たちをほったらかしにして、自分だけカード遊び専用の部屋に閉じこもってしまった。そのあいだに、ロティは新たに出会った人たちと友だちになった。

少しくらい夫に焼きもちを焼かせてやろうという企みもここまでだ。会う人すべてがロティを賞賛し、紳士たちが彼女の周りに群がり集まっても、ニコラスはそのことに気づいてさえいない様子だった。

ロティは、次のダンスのパートナーを振り返った。

すると、相手はうやうやしくお辞儀した。「ぼくの番ですね？」

「ええ、そうですわ」ロティの心臓が小さく跳ねた。ミスター・ジェラルド・ハンターは、ロスセー・マナーの隣人であるレディ・フィッシャーの甥《おい》だ。以前、息子のパーティから紹介されたことがあるので、ロティは仕方なくダンスカードに彼の名前を書き入れたのだった。ミスター・ハンターといっしょにいると、ロティはいささか神経質な気分にさせられた。彼の意味ありげなまなざしと、ダンスのときの強引なリードは、まるで彼女をさらに親密な関係へ誘いこもうとしているかのようだった。

今度の曲はワルツだった。相手の手がウエストにかかった途端、この男性をワルツのパートナーに選んだのはまちがいだったとロティは気づいた。彼のふれ方は度を超してなれなれしく、執拗《しつよう》な視線は彼女の目をとらえて放さなかった。

ワルツが終わると、ロティは心からほっとした。

彼女は小走りに階段を上がって、二階にある女性の休憩室へ逃げこんだ。冷たい水で頬を冷やし、ほつれた髪を整えてから、ロティは休憩室を出た。すると、階段をのぼったところにニコラスの姿があった。ロティが部屋から出てくるのを待っていたにちがいない。

「ハンターがきみを困らせたのか？」

「ええ、少しだけ」ロティは言った。「あの方、ときどき女性への気遣いが度を超すようだわ。でも、わたしに大げさなお世辞を言ってくださるのは、あの人ひとりではないのよ」

ニコラスは暗いまなざしでロティの全身をゆっくりと撫《な》でた。「確かに、今夜のきみはとても美しい。そのドレスはよく似合っているよ。胸元の開きが少し大きいようだが」彼の目が胸のほくろの上にとまった。「そのほくろを見せるのは珍しいね？」

「襟の開きを小さくして、ほくろを隠してくださいって、お店のマダムにお願いしたのよ。でも、マダムによると、今年の流行は襟の線の低いドレスなのだそうなの。ヘンリエッタもマダムの助言には従うべきだと言うし。襟元にレースを足せば、少しはおとなしく見えるかしら？」

「せっかくの美しさをなぜ隠すんだい？　今夜ここにいる女性たちは、みんなそれくらいのドレスを着ているじゃないか。紳士なら、許されるなれなれしさの限度はおのずとわかるはずだ。ぼくからハンターにひと言注意しようか、ロティ？」

「あなたがわたしと踊ってくだされば、言いたいことはじゅうぶん伝わると思うわ。夫がわたしに声もかけないから、ほかの人たちが誤解するんじゃないかしら？」

「なるほど。ダンスのパートナーに、あきはあるかい？」

「お食事前の最後のダンスをミスター・ベリンガムと約束してしまったの」

「ハリーなら、ぼくが割って入っても気にしないだろう。きみはぼくのものだと、はっきり示さなくてはいけないようだ」

「本気なの、ニコラス？」ロティは笑みを隠して言った。「あなたにとっては退屈なことになってしまったわね」

「きみと踊るのを退屈だとは思わないが」ニコラスの表情は険しく、瞳には怒りが見え隠れしていた。

どうやらニコラスは、ほかの男性が自分の妻と人前でなれなれしくするのが気に食わないようだわ。ロティは心の中でひとりごちた。

ミスター・ベリンガムとロティが曲に合わせて広間を何度かまわったところで、ニコラスはふたりのダンスに割りこんだ。

「ずうずうしいやつだな」ミスター・ベリンガムは不平を言ったが、潔くロティの夫にダンスを譲った。「ちゃんと順番を確保しておくことだ。しかし、相手がきみでは引きさがらざるをえまい」

ロティは夫の腕の中に入った。ニコラスが滑るように踊りはじめると、ロティはまたたく間に心地よい高揚感に浸された。このままずっと踊りつづけていたい。そんなロティの願いもむなしく、曲はあまりにもあっけなく終わってしまった。

「さあ、食事にしようか」ニコラスは言った。「義務を怠ったことを許してくれ、ロティ。まさかハンターが、きみに浮気心があると考えるとは。予想もつかなかった」

「あの人は勘ちがいをしただけよ」ロティは言った。「わたしには浮気心なんかないわ。わたしはあなたの妻ですもの。あなたの知らないところで、ほかの人と後ろ暗い関係を持つつもりはないわ」

「それを聞いてほっとしたよ」ニコラスは妻に腕を差し出した。「何か食べたいものはあるかい？」

「そうね、お菓子でいいわ。おなかがすいていないの」

「体のために食べなくてはいけない。あまり痩せすぎてほしくないんだ。結婚したときのままで、きみの姿は完璧だよ」

「本当？」ロティは挑むように瞳を輝かせた。「うれしいことを言ってくださるわね。でも、完璧をさらに超えるにはどうしたらいいのかしら？」

「そんな必要はない」ニコラスは眉間にしわを寄せた。「わかっているだろう。きみはここにいる中でもっとも美しい女性のひとりだ」

「やさしいのね。でも、あなたがわたしにお世辞を言う必要はないわ」

「世辞を言ったつもりはない。きみならよくわかっていると思うが、ぼくは思ったままを言う人間だ」

「残念なことに、わたしにはあなたがよくわからないの」

食事が供される部屋で、ロティはあいたテーブルを探して座った。ニコラスはシャンパンと食べ物を取りに席を離れた。彼がテーブルへ戻ってみると、ロティは彼女のために競って食べ物を取ってこようとする若い紳士たちに取り囲まれていた。

ニコラスはその仲間に加わった。ロティがみんなのからかいに目を細めたり、唇についた菓子のかけらを舐《な》めとったりすると、その仕草はいやでも彼の目に留まった。ニコラスは身をのりだして、彼女の唇についた菓子のかけらを自分で舐めとりたい衝動に駆られた。

食事の部屋にいる男たちの半分が、あからさまなほど熱い視線をロティに送っているのも無理はない。テーブルの周りに群がっていない男たちも、賞賛の目で彼女を見つめ、ニコラスには羨望のまなざしを向けている。妻がこれほど注目されていることに、ニコラスはいらだちとよろこびの入り混じった複雑な気分を感じた。

ロティがロンドンへやってきた最初の夜から、ニコラスの欲望は募るばかりだった。寝室の扉を開けさえすれば、この部屋の男たちがひとり残らず求めているものが手に入る。ニコラスはもう、自分自身をどう抑えていいかわからなかった。

いったいいつのまに、ロティはこんなにも男心をそそる女性になったのだろう？　最初からそうだったのに、ぼくが気づかなかっただけなのか？　やせ我慢するだけ、ぼくは愚かなのだろうか。

「ニコラス、あなたにお会いできるなんてうれしいわ」

誰かが肩にふれたので、ニコラスは振り返った。すると、そこにはエリザベスの美しい顔があった。彼は体をかがめ、エリザベスの手に軽く唇をつけた。

「レディ・マディソン、ごきげんいかがです?」

「まあ、そこそこよ」エリザベスは言って、ため息をついた。「わたしの結婚は想像したのとまるでちがっていたの。あなたのお申し込みを断ったのはまちがいだったかもしれないわ。あなた、若いころにはなかった貫禄《かんろく》が加わって、すてきになったわね」

「年をとっただけでしょう。あなたはますます美しくなられたようだ」

「来月、ハートウェル卿《きょう》の田舎のお屋敷に招かれているの。夫は来ないわ。あなたもいらっしゃったら、とても楽しいと思うのよ」

ニコラスはためらった。相手の言わんとするところは明らかだ。結婚生活に飽きて、別の男に誘いをかける女性はエリザベスがはじめてではない。

「申し訳ないが、レディ・マディソン」ニコラスは言った。「ぼくは妻といっしょに領地へ帰ることになっていますので」


視線を巡らせたロティは、ニコラスが女性の手にキスしている場面に目を留めた。相手は漆黒の髪をした驚くほどの美女だった。ロティはミスター・ベリンガムを振り返って、ニコラスといっしょにいる美人の名前を尋ねた。

「ああ……あれはレディ・エリザベス・マディソンですよ」ベリンガムは少しだけ居心地の悪そうな顔をした。「美人でしょう? 彼女が結婚する前は、男はみんな夢中になったものだが、あこがれの的を射とめたように見えたのは……」彼は困った様子で口をつぐんだ。「まあ、昔の話です」

彼女があのエリザベスだと、ロティには即座にわかった。

「とても美しい方ね」ロティはあいづちを打った。「この部屋は少し暖かすぎるわ。テラスに出て、新鮮な空気を吸いたいのですけれど、案内していただけます？」

「もちろんですとも」ベリンガムは腕を差し出した。

「レディ・マディソンなんかの相手にかまけて、あなたをひとりにするとはニコラスもうかつなやつだ。彼女ときたら、魚屋のおかみのように口が悪いのですよ」

「まあ、そんな」ロティはほがらかに笑った。

ロティの笑い声を聞いて、ニコラスはそちらを振り返った。けれども、彼女はベリンガムの冗談に心から興じていたので、夫の不機嫌そうな表情に気づかなかった。


　夜遅く、ロティたちは屋敷へ戻った。伯爵夫人は頭痛を訴えて一足先に帰ってしまっていた。

「あの子に関しては、これまでも腹の立つことが多かったけれど、今夜ばかりは堪忍袋の緒が切れたわ。ニコラスはあなたの夫なのよ。妻に対する礼儀というものがあるでしょうに」

　ロティはほほえんでかぶりを振った。ヘンリエッタはふたりの取り引きのことを知らないのだ。無関心な夫にどれほど腹が立っても、ロティは何ひとつ不満を言えない。

　けれど、今夜はほんの短いあいだだけでも、ニコラスが夫としてふるまってくれて助かった。ミスター・ハンターの行動はあまりにも執拗で、はた目には、ロティのほうが大胆な誘いをかけているように見えかねなかったからだ。彼女はロスセー侯爵の妻なのだから、わずかにも行いを非難されることがあってはならない。少なくともニコラスの息子を産むまでは。でも、夫が妻のベッドに寄りつかないのに、どうやって息子を産めというのだろう？

　問題はそこだった。

　どうしたら他人行儀な夫の気持ちをほぐすことができるのだろうか？　わたしはレディ・マディソン

ほど美しくはない。でも、神の前で結ばれたニコラスの妻なのだし、結婚直後にふたりであんなに幸せな時間を過ごしたのだから、彼にも少しはわたしを思う気持ちがあるはずだ。

おやすみを言うとき、夫が何か言ってくれるのではないかと思って、ロティは少しためらった。けれども、ニコラスは黙ってうなずいただけだった。ロティは彼に背中を向けて部屋へ戻った。やりきれなさは募るばかりだった。彼女はドレスを脱いでからメイドをさがらせ、鏡の前に腰かけて髪にブラシをかけた。ベッドへ入ろうと思ったとき、まだ真珠の首飾りをはずしていなかったことに気がついた。うなじに手をまわして首飾りをはずそうとしたけれど、留め金がナイトガウンのレースに引っかかってしまって、簡単にははずれそうにない。夜更けなのでメイドを呼ぶのもためらわれて、ロティはつづきの部屋の扉に近づいた。ノックすると、ニコラスの声が入るようにと言った。彼はシャツ一枚の姿で立っていた。ロティを見ると、ニコラスは驚いた顔をした。

「どうかしたのかい、ロティ？」

「首飾りがはずせないのよ。留め金がレースに引っかかってしまったの。こんな時間にメイドを呼びつけたくなくて」

「ぼくに見せてくれ」彼は申し出た。

ロティは長い髪を片手でかき上げて、ニコラスに留め金が見えるように後ろを向いた。

彼の手をうなじに感じ、ロティは息をのんだ。ニコラスの指の感触は、彼女の背筋に甘いおののきを走らせた。ロティは口をきくことができなくなった。ニコラスは留め金にかかっていたレースをはずし、首飾りを取り去りながら彼女の喉を愛撫《あいぶ》した。ロティはゆっくりと振り返り、ニコラスを見あげた。彼の瞳には熱い何かが宿っていた。「ニコラス……」彼女はささやいた。

「ロティ……」ニコラスはかすれた声でつぶやくと、彼女を腕の中に捕らえて唇を押しつけた。ロティはとろけるように彼の体に寄りそった。彼女の唇は、ニコラスの舌を誘うように開いた。下腹部には熱い欲望が燃え広がる。「いいのかい……？　あの夜以来、尋ねることもできなかったが……きみはぼくを憎むと言った」

「ああ、ニコラス」ロティはささやいた。「本気ではなかったのよ。あれはばかげたけんかだったわ」

「それだけなのか？　ぼくは……きみに心底嫌われたのだと思っていた」

「いいえ、嫌ってなんかいない。腹は立ったわ。だけど、わたしは……あなたをすばらしい人だと思うし、あなたのことが好きなの。心から」ロティは急に大胆になり、手をのばして指先で彼の頰にふれた。「あなたがいなくて寂しかった。今夜はわたしのベッドへおいでになる？」

「ああ、ロティ。行くよ」ニコラスは言い、にっこり笑った。彼はロティの体を両腕ですくい上げると、彼女の寝室へ向かった。そして、ロティをシーツの上へそっと寝かせて、自分のシャツを脱いだ。「ずっとこうしたいと思っていたんだ。このきれいなナイトガウンは邪魔だね？」

彼はロティのナイトガウンを引き上げて頭から脱がせ、自分のシャツの上へ投げだした。ニコラスは生まれたままのロティの姿を目で楽しみ、頭を下げて彼女の唇にキスした。そして、ロティの隣に横たわった。

ロティは満ち足りた吐息をもらしながら、ニコラスの愛撫に身をまかせた。けれど、やがてこらえきれなくなって、みずからも彼の肩に手を滑らせ、喉元にキスしはじめた。爪で軽くニコラスの肌をなぞり、高まる感情を隠そうともせずに身をそらせてうめき声をあげる。ニコラスは妻にうるさくまつわりつかれたいとは思っていない。そう自分に言い聞かせ、懸命に気持ちを抑えてきたけれど、もう情熱に歯止めがかからなかった。彼がそばにいることを知りながら、ひとりで過ごした夜が長すぎた。たとえ愛しているのを悟られても、こうして抱き合うよろこびを隠すことはできない。ニコラスを求める気持ちが、ロティの心からほかのすべてを追い出してしまった。ロティはニコラスのものとなり、彼の肉体の一部になりたいと思った。

　できるなら、彼に美しいエリザベスのことを忘れさせたい。

　ニコラスはロティの奔放な欲望に応え、彼女の体に容赦なくみずからの情熱を打ちつけた。ふたりの叫びは、ついにロティが絶頂を迎えて激しく身震いしはじめるまでつづいた。そして、ニコラスも解き放ち、彼女の上へ倒れこんだ。

　ふたりは互いに抱き合ったまま、長いあいだじっと横たわっていた。

「ニコラス」ロティはやっとささやいた。「もうわたしをひとりにしないでね？」

「お眠り、ロティ」彼は言って、ロティの眉にキスした。「ぼくは考えなくてはならない。明日になったら、話し合う時間があるだろう」

　ロティは目を覚ましてのびをした。最初のうち、なぜこんなにも気分がいいのか、彼女は理由を思い出せなかった。唇に舌をはわせると、いまもニコラスのキスの味がして、ロティはすべてを思い出した。昨夜、ふたりは激しく愛し合い、そのまま眠りについたのだ。夜中にふと目を覚ますと、ニコラスはまだ隣にいた。彼はふたたびロティを求め、今度はゆっくりと、泣きたくなるほどのやさしさで彼女を愛した。ロティはそのとき、愛しているわという言葉をつぶやいてしまった。あの言葉が彼の耳に届いていなければいいけれど。

ニコラスはきっと怖気《おぞけ》を震うだろう。わたしをひとりにしないでと妻に懇願された挙げ句、愛しているとまで言われてしまったのだから。彼が逃げ出したとしても不思議はない。

ロティはベッドを出てゆったりしたレースの化粧着をはおり、隣の夫の部屋へ行った。ニコラスはそこにはいなかった。きっと朝よくそうするように、乗馬に出かけたのだろう。考える時間が必要だと、彼は言った。自分の気持ちは愛ではないと、妻にどうやって告げたらいいか悩んでいるのだろうか？

ニコラスはロティを求めていた。昨夜の彼の情熱に疑いの余地はなかった。けれど、もしかしたらニコラスは、妻がほかの男性にちやほやされていたから、気持ちをかき立てられただけなのではないだろうか。それとも、エリザベスと言葉を交わし、彼女には手が届かないことを思い知らされたせいで自暴自棄になったのかもしれない。そこへロティがしどけない姿で現れた。彼はその機会を利用しただけだったのかもしれない。ニコラスに愛を期待してはいけないのよ……たとえベッドで彼がわたしの耳にやさしい言葉をささやいてくれたとしても。

ロティは顔を洗って黄色い絹のドレスに着替えた。今朝は寝坊をしてしまったので、階下へ下りたらもう昼食の時間だろう。化粧台の上に見慣れない宝石箱が置かれているのが目に留まった。箱を開けてみると、中には美しいダイヤモンドの首飾りが入っていた。使われている宝石の大きさに、ロティは息をのんだ。首飾りには小さなカードが添えられていた。

〈侯爵家に伝わる家宝のひとつだ。きみのために、デザインを変えさせた。きみには最高の宝石がふさわしい。ニコラス〉

ロティは書かれている言葉を見つめた。そして、首飾りを喉元にあててみた。これまでにニコラスがくれたほかの贈り物より、格段に価値の高い品であることはひと目でわかる。どうしてニコラスはこんなところに首飾りを置いたのだろう？　本来これは、金庫室にあるはずのものにちがいない。ロティは少し落ち着かない気持ちになった。

宝石箱の蓋を閉じたロティは、ふと自分の真珠の首飾りがまだニコラスの部屋にあることを思い出した。彼女は隣の部屋へ行き、テーブルの上にのった真珠の首飾りを見つけた。首飾りを手にして自分の部屋へ戻ると、いつのまにかそこに女性の姿があったので、ロティは立ち止まった。相手はこちらに背中を向けていたが、ロティには即座にそれが誰かわかった。

「クラリス……ここで何をしているの？」

厚いヴェールのついた帽子をかぶったまま、クラリスはロティを振り返った。ヴェールを上げると、奇妙に後ろめたそうな妹の顔が現れた。「どこへ行ってしまったのかと思ったわ。隣は侯爵の部屋？」

「ええ」クラリスに嫉妬のこもった目で美しいドレスを一瞥《いちべつ》されて、ロティはたじろいだ。妹の着ているドレスは少しくたびれているように見えた。「どうして来たの、クラリス？」

「理由がないと来てはいけないのかしら？　ずいぶんと失礼な口のきき方ね、ロティ。何もかも全部、わたしのおかげだっていうのに」クラリスは部屋の中に視線を巡らせた。

「ええ、わかっているわ。最初に強引に背中を押してもらって、感謝しているのよ、クラリス。幸せになれるとは思っていなかったけれど、いまは幸せだわ」

「ベスおばさまから聞いたわ。侯爵はあなたのことを甘やかし放題なんですって？」姉がテーブルの上に置いた真珠の首飾りを、クラリスは指でもてあそんだ。「さぞかしお小遣いもたくさんもらっているんでしょうね。わたしに二千ポンドばかり貸してくれないかしら？」

「そんな大金はないわ。それに、前にも言ったように、持っていたとしてもあなたにはあげられない。何かで困っているの、クラリス？」

「フィリップなのよ。彼、何千ポンドも借金があるの。いくらかでも返さなかったら、捕まって監獄に入れられてしまうわ」

「ここにあるものはすべてニコラスのものよ。わたしのものではないわ。手元にはいま、二百ポンドほどしかないの」

「そのお金をちょうだい。当面の助けにはなるわ」クラリスはせがんだ。「しみったれたことを言わないで、ロティ。わたしがいなければ、あなたは何ひとつ手に入らなかったのよ」

　ロティは後ろめたさを感じた。父親がどんな過ちを犯しても許してしまうのと同じで、彼女はこの妹をどうしても憎めないのだった。妹が苦しんでいるのを見ると、ロティは胸のつぶれる思いがした。結局のところ、ニコラスの妻になれて自分はどれだけ幸運だったか知れない。その幸せのすべてはクラリスのおかげなのだ。ロティは衣装箱の引き出しを開けて、木製の手箱を取り出した。そして、そこから金貨の入った小さな袋を出した。

「これをあげるわ、クラリス。もっとなくて申し訳ないけれど、お金は別のことに使ってしまったの」

「残りのお金はまたの機会に受け取りに来るわ」クラリスは言い、姉に飛びついて頬にキスした。「さよなら、ロティ。わたしに借りがあることを忘れないで」

　クラリスはヴェールを顔の前へ下ろし、ドアに近づいた。そして、ドアを開けてすき間から外の様子をうかがうと、するりと廊下へ抜け出した。ロティは気分が悪くなった。クラリスはどうやって誰にも見られずにここまで入ってきたのだろう？

　妙な胸騒ぎがして、ロティは、今朝ニコラスが化粧台の上へ置いていった宝石箱に目を向けた。みぞおちの奥が引きつった。何が待ち構えているかを予感しながら、宝石箱に手をのばした。蓋を開けると、ダイヤモンドの首飾りが消えていた。クラリスだわ。あの子は侯爵家の家宝を盗んだ。そして、そのうえで、わたしにお金まで要求したというの？

　ロティは部屋を出て階段へ走った。下のホールを見ると、クラリスの姿は消えていた。遅かれ早かれロティに気づかれることがわかっていたので、部屋を出た瞬間に逃げたのだろう。

　クラリスはどうやって部屋へ入りこんだのだろうか？　クラリスはヴェールで顔を隠していた。ロティと妹は背丈も体つきもそっくり同じだから、使用人がクラリスの姿を見かけたとしても、自分たちの女主人とまちがえるかもしれない。もしかしたら、この屋敷へもロティのふりをして入ってきたのだろうか。だとしたら、クラリスがこの屋敷にいた事実を誰ひとり知らないことになる。

　わたしはどうしたらいいの？　ロティはからの宝石箱を茫然《ぼうぜん》と見つめた。クラリスを捜して、首飾りを返すよう求めることはできないだろうか？　でも、クラリスは盗んだことを否定するだろう。使用人たちが誰もクラリスの姿を見ていないとしたら、ロティの妹が屋敷にいた事実を証明できない。それに、妹が盗みを働いただなんて、どうやってニコラスに打ち明けたらいいの？

　ロティはニコラスが以前言っていたことを思い出した。パリの賭博場で出会ったとき、クラリスは彼の友人のポケットを漁《あさ》っていたという。ニコラスは妹の行為を心から蔑んでいる様子だった。ロティの心に疑念がよぎった。ほかにも何か盗まれたものがあるんじゃないかしら？　彼女は寝室の中を見まわしたが、見たところ、ほかは普段と変わりがなかった。

「ああ、クラリス」ロティはつぶやいた。「どうしてダイヤモンドなの？」真珠の首飾りやほかの宝石だったら、これほど悩みはしなかった。

　家宝を贈ったニコラスは、ロティの感謝の言葉を期待しているだろう。当然、妻が首飾りを身につけるのを心待ちにしているはずだ。彼になんと言ったらいいのだろうか？

　ロティの目に涙がこみあげた。昨夜のことがあって、ふたりの距離が縮まったと思った矢先だった。クラリスがダイヤモンドを盗んだと知ったら、ニコラスは激怒するだろう。妹に宝石をやったのはロティではないかと疑うかもしれない。

　ロティはどうしたらいいかわからなかった。何も手につかず、彼女は外へ出かけることにした。

　座ってニコラスの帰りを待つなんて、とてもできそうになかった。

　公園でミスター・ハンターとでくわしたロティは、メイドをいっしょに連れてきてよかったと、秘《ひそ》かに胸を撫でおろした。本当はひとりで外を歩きたかったのだが、ロスセー侯爵夫人が供も連れずに出かけるわけにはいかないと思い直したのだ。

「レディ・ロスセー」相手は帽子を取って、優雅に一礼した。

「ミスター・ハンター」ロティはよそよそしく頭を下げた。このまま歩き過ぎたかったけれど、そう簡単にはいかなかった。ハンターはわざとロティの行く手に立ちふさがって、この偶然の出会いを最大限に利用するつもりでいることをはっきりと態度で示した。

「散歩なら、ごいっしょさせてください。最近、少し涼しくなりましたね」

天気の話なら無難だろうとロティは思った。「夏が終わってしまいましたわ。もうすぐ、田舎のほうへ戻られるんでしょう？」

「いや、まだしばらくは、ぜひともロンドンに留《とど》まっていたいと思います」

「わたしは近々、ロスセーへ帰る予定ですの。あら、あそこにレディ・マーチがいらっしゃるわ。あの方にお話することがあったんです。失礼させていただきますわ、ミスター・ハンター」

ロティは少し離れたところに控えているメイドを呼び、最近知り合ったばかりの若い友人のほうへ歩き出した。今度はハンターもロティを止めようとはしなかった。けれど、相手の視線が後ろからしつこく追いかけてくるのを彼女は肌で感じた。

ところが、この短いやりとりを馬上から見つめる目があったことに、ロティは気がつかなかった。

馬を厩舎《きゅうしゃ》に返し、歩いて屋敷へ向かいながら、ニコラスは眉をひそめた。なぜこんな時間に、ロティとハンターが公園を歩いているんだ？　ニコラスは妻がまだ眠っているうちに部屋を出てきたので、彼女は午後まで外出しないだろうと思っていたのだ。

化粧台の上に置いてきたダイヤモンドの首飾りは、これからいくつか妻に渡すつもりでいる贈り物の、最初のひとつだった。ふたりでしばらくのあいだ、パリへ行こうかとも考えた。ふたりの将来に関する計画があまりにもたくさん思い浮かぶので、頭を整理するために早朝の乗馬に出かけたほどだ。

なぜロティは午前中のこんな時間に屋敷を抜け出して、公園でハンターと会っているんだ？　ほんのちらりと見かけただけだったが、ふたりは熱心に何事か話しこんでいる様子だった。いったい、ふたりはああやってどれくらいのあいだいっしょにいたんだ。

ニコラスは下卑た疑念を頭から追い払おうとした。ロティは偶然ハンターとでくわしただけかもしれない。早まって結論に飛びつくのはよくないことだ。さっき目にした光景に取り立てて意味があるわけではないだろう。エリザベスは人の心をもてあそぶのがうまかったが、だからといって、ほかの女性もみんな同じというわけではない。ロティは心の温かい、やさしい女性だ。ニコラスは昨夜、自分に対する妻の真摯な思いを確信した。

愛という言葉を使うのには、まだためらいがあった。ニコラスは愛など信じていないから、ロティの気持ちには好意という名前をつけ、自分も同じ気持ちであることを心の中で認めた。

そうだ。ぼくはロティが好きなんだ。いつのまにか、彼女のことが心にかかって仕方なくなってしまった。いまは彼女を失うことなど考えられない。

13

ニコラスは昼食の時間に屋敷へ戻った。彼は食事の間で先にテーブルについていたロティとヘンリエッタにほほえみかけた。

「お待たせしてすみませんでした」ニコラスは言った。「ふたりとも午後は何をするつもりですか？」

「わたしはロティを連れてお友だちに会いに行くことにしているの」ヘンリエッタは答えてから、スープを給仕する使用人にうなずいた。「ありがとう、ヘンダーソン。少しでいいわ」彼女はニコラスに目を向けた。「何か理由があって尋ねたの？」

「ロティを買い物に誘おうかと思ったのですが」

「うれしいわ」ロティは頬をほんのりと紅潮させて

言った。「でも、買い物は別の日にしていただくことはできないかしら。夜会にあまり顔を出さない女性たちにも会うべきだとヘンリエッタは言うの。それから、わたしへの美しい贈り物をありがとう、ニコラス」

「明日の夜、アーガイル公爵夫人の舞踏会に出席するときに、あのダイヤモンドをつけるといい。夏に催されるもっとも盛大な舞踏会のひとつで、これが終わると夫人はロンドンを離れてしまうんだ。来週以降は、滅多に街を離れることのない人たちしか夜会を開かない。しかも、そういうところへ招かれるのはたいてい政治家や学者ばかりで、退屈なんだ」

「わたしはやっぱり、音楽の演奏のある夜会がいいわ。これからもいくらかはそういう集まりがあるんでしょう？」

「なら、まだ領地へ帰るつもりはないんだね？」

「もう一、二週間はここに留《とど》まりたいわ。あなたのご迷惑にさえならなければ」

「迷惑なものか。秋になったら、狩猟好きの友人たちをロスセーへ招こうかと思っていたんだが、それはまだ数週間は先の話だ」

「だったら、わたしはお客さまをお招きする一週間前に帰って、あちらの準備を整えるわ」ロティはヘンリエッタに顔を向けた。「あなたはロンドンへお残りになるの？」

「あなたが帰ったら、わたしもここを離れるわ」伯爵夫人はロティにほほえみかけた。「今回はあなたをお友だちに紹介したくてロンドンへ来たのよ、ロティ。あなたの社交界へのデビューは成功だったと言えるんじゃないかしら。そう思わないこと、ニコラス？」

「ええ。ロティはすっかり社交界の人気をさらってしまいました。とりわけ、男性たちの人気をね」ニコラスは妻に目を向けた。「今朝の散歩は楽しかったかい、ロティ？」

「ええ。公園でわたしを見たの？」

「ちらっとだけだ。知ってのとおり、ぼくは朝の乗馬が好きだからね。しかし、きみを見かけたので驚いたよ。今朝は遅くまで寝ていたいのかと思っていたが？」

「ええ、でも、目が覚めたら、少し歩きたくなったの」

「なるほど……」ニコラスは首を傾《かし》げた。「ぼくは今夜、出かけるところがあるんだ。カード遊びのパーティで、帰りは遅くなるかもしれない。ぼくを待って起きていなくていいよ、ロティ」

「わたしとヘンリエッタは夜会へ行く予定なの」ロティは言った。「お帰りが遅いようなら、また明日の朝にね、ニコラス」

ロティは自分の皿を見おろした。おいしい平目なのに、口に入れるとまるでおがくずのような味しかしない。何ひとつ変わっていなかった。昨夜の出来事のあと、ロティは夫が突然やさしい恋人になったように感じていた。けれど、ニコラスはまた自分の殻の内側へ閉じこもってしまったらしい。理由は見当もつかない。

ダイヤモンドの首飾りのせいでこんなにも後ろめたい思いをしていなかったら、ロティはヘンリエッタとの外出を断って、何が問題なのと夫に迫るところだった。夫婦のあいだで真剣な話し合いを持たなくてはならないことは明らかだ。ニコラスの気分の変化はあまりに唐突で、ロティにも受けとめきれるものではなかった。ふたりで話し合って、折り合う努力をしなくてはならないだろう。

ニコラスはロティを見つめていた。その瞳は暗く、物思わしげで、彼が腹立ちを抑えているのがロティにはわかった。いったいわたしが彼を怒らせるような何をしたというの？　まさかとは思うけれど、彼はダイヤモンドのことをもう知っているのかしら？

ニコラスがこんな様子でさえなければ、ロティは首飾りのことを打ち明けていたかもしれなかった。けれど、いまは何を言ってもまともな話し合いにはなりそうにない。何かがニコラスの心をかき乱しているのは確かだった。

予告どおり、その夜、ニコラスの帰りは遅かった。明け方近い時間になって、ようやく隣の部屋から物音が聞こえてくると、ロティはベッドに横になったまま、ニコラスがこちらの部屋へ来はしないかと聞き耳を立てていた。けれど、結局彼は来なかった。

こんなことにはもう我慢できないわ！　ロティはベッドから出て隣の部屋へ向かった。ニコラスは服を着たままベッドに横たわっていた。ブーツを脱いでもいない。

ロティは顔をしかめて彼の上へ屈《かが》みこんだが、それほど酒のにおいはしなかった。彼女はニコラスの長いブーツを引っぱって脱がせ、靴下も取り去った。彼の足は白く、肌はなめらかだった。誘惑に勝てずに、ロティは屈んで夫の足の甲にキスした。そして彼の体に上がけをかけると、ベッドの縁に腰かけた。手をのばし、彼の髪を撫《な》でる。

「愛《いと》しい人」ロティはささやいた。「わたしに愛を分けて、ニコラス。わたしはこんなにもあなたを愛しているのよ」

ロティは立ち上がってドアへ向かった。ニコラスはベッドで身じろぎしただけで、心地よい夢から目を覚ましはしなかった。

翌日ロティは、最近知り合って仲よくなった女性たちを訪問して過ごした。どの女性も貧しい人たちの暮らしを改善することに熱心で、ロティは福祉についての討論の集まりに参加しないかと誘われた。ロティは、もうすぐ田舎の領地へ帰るのでと誘いを断り、代わりに保養地のバースを訪れた際には、よろこんで参加することを約束した。

ヘンリエッタと屋敷へ戻ったロティは、夜に予定されている舞踏会のために着替えをしようと自室へ引き取った。彼女がペチコート姿で立っているとき、寝室の境のドアが勢いよく開いた。

「あとで呼ぶまでさがっているように」雇い主に突き刺すように命じられたメイドは、怯《おび》えた目を女主人に向けてから、あわてて部屋を出ていった。ニコラスは、怒りに燃えるまなざしをロティに据えた。

「ダイヤモンドの首飾りをしていないんだね。ぼくがつけてあげようか？」

ロティはごくりと喉を鳴らして口ごもった。「わたし……留め金がうまく留まらないようだったの。直してもらうために、首飾りはお店へ送ったわ」

「本当に？」ニコラスは唇を固く結んだ。「だったら、向こうから連絡があったのは好都合だった」ニコラスはポケットから何かを取り出した。見ると、彼の指には、輝くダイヤモンドの首飾りが垂れていた。

「まあ……」ロティはあえいだ。胸が重苦しくふさがった。なんとかしてクラリスから取り戻すことはできないかと、一縷《いちる》の望みをかけていたのだ。「どこで……その、どうやって見つけたの？」

「宝石商が覚えていたんだ。ロンドンの有名店へ持ちこむとは、あまり賢いやり方ではなかったな、ロティ。きみにとっては運の悪いことに、あの店は首飾りを作り直すためにぼくが使った店だったんだ。店主は首飾りときみにすぐに気づいた。手当の金を使いきってしまったのか？　金が必要なら、ぼくに言えばよかったんだ。この首飾りは宝石商がきみに支払った金額よりずっと高価なものだ。おそらく向こうは、買い取ってもぼくに返すことになるとわかっていたから、わずかな金額しか払わなかったんだろう」

「わたしは宝石商へなんか……」ロティは言いかけたが、他人ならクラリスと彼女を見まちがえるだろうと気づいて、言葉をのんだ。「ニコラス……ちがうのよ……」

「何がちがうんだ？」ニコラスは刃物のように鋭い声で彼女をさえぎった。「ぼくの意見では、盗みとはいつも見かけどおりのものだ。この首飾りは侯爵家の家宝だときみに伝えたはずだろう。きみにはこれを売り払う権利はない」

　ロティは彼の叱責のまなざしから顔をそむけた。

「大切なものを、どうしてそのあたりへ置きっぱなしにしておいたの、ニコラス。わたしは高価な贈り物をあなたにねだった覚えはないわ。その首飾りを見たら、誰だって魔が差すでしょう」

「この首飾りを売った覚えはないとでも言うつもりか？　店主がきみの応対をしたと言ったんだぞ」

「そう。だったら、その人の言うことが正しいんでしょう」ロティは言った。「あなたは最初からわたしを泥棒呼ばわりしていたわ。そんな女と結婚したのはあなたの落ち度よ。家族が家族ですもの、わたしだって同類なのはわかっていたでしょう？　首飾りを買い戻すのにお金がかかったのは申し訳なかったわ。これからは、高価な宝石をそのあたりに出したままにしておかないことね」

「ロティ？」ニコラスは曖昧な表情でロティを見つめた。向き直ったロティの瞳は怒りに燃えていた。

「どういうことだ？　腹を立てているのか。だが、きみでないなら……きみの妹か？　クラリスが金の無心に来たと？」ロティは何も言わなかった。「そうか……彼女がここへ来たんだな。クラリスが首飾りを盗《と》ったのか？　それとも、きみが彼女にこれをやってしまったのか。最初からそういう計画だったのではないだろうな……ぼくからむしり取れるだけむしり取って、ろくでなしの家族に渡そうと？」

ロティは頬をはたかれたようにたじろいだ。どうしてそんなにひどいことを考えられるの？

ロティは答えるのを拒絶した。「部屋から出ていってくださる、ニコラス？　それから、ダイヤモンドは自分でお持ちになって。頭が痛いの。今夜の公爵夫人の舞踏会は失礼させていただくわ」

ニコラスは彼女をにらんだ。「どうして質問に答えないんだ？　ぼくの非難がまちがっているなら、そう言えばいい」

「ひどく気分が悪いの。お願いだから、休ませてもらえないかしら」

「いいだろう」ニコラスは堅苦しく会釈した。「ぼくの耳にしたことがまちがっていたなら謝罪する」

「謝罪は受け入れるわ。おやすみなさい、侯爵」

ニコラスは黙ったまま彼女を見つめ、やがて身をひるがえして部屋から去った。ロティはその場に立ちつくしてドアを見つめた。涙も出ないほど、心はずたずたに傷ついていた。夫が少しはやさしくなったと感じはじめたばかりだった。わたしはニコラスに胸の内の愛をありったけ捧《ささ》げたのに、それでもなお、彼はわたしを泥棒と決めつけたのだ。確かに首飾りを盗られた直後に本当のことを言うべきだった。でも、わたしが彼からものを盗むわけはないことくらい、わかってくれていていいはずなのに。

ロティはあたりを見まわした。これからどうしたらいいの？　ここにはもう一分もいられない。かといって、ロスセー・マナーへ帰ることもできない。ロティの誇りは心と同じくらい傷ついていた。しばらくひとりになりたかった。唯一身を寄せることができる場所は、生まれ育った家だけだ。ニコラスからもらったものは何ひとつ欲しくない。この先どうなるかわからないけれど、とにかくいまはニコラスからできるだけ離れたかった。

今夜、ニコラスが出かけているあいだに発《た》とう。彼からもらった宝石は何もいらない。でも、お金はクラリスにあげてしまって手元にはまったくないから、馬車と馬は彼から借りなくては。将来を思うと寒々しいばかりだった。けれど、いまは心が麻痺《まひ》してしまい、これから先の人生をどうするべきか、何も考えられなかった。

その夜遅く、ニコラスは妻の部屋のドアをノックした。返事はなかった。眉をひそめて、彼はドアを開けた。寝室に人影はなく、つづいて入った居間にも誰もいなかった。背筋に冷たいものが走った。ロティは頭痛がすると言っていた。なのに、彼女はどこへ行ったんだ？

呼び鈴を鳴らすと、数分後にメイドが現れた。いつもロティの身のまわりの世話をしているメイドではなかった。

「妻はどこへ行ったんだ？」

「奥さまは夕方、馬車でお発ちになりました。奥さま付きのメイドのローズもいっしょです。小さなトランクと旅行鞄《かばん》を持っておいででした」

「何か悪い知らせでも受け取ったのか？　行き先はどこなんだ？」

「存じません、だんなさま」

ニコラスは口の中でののしりの言葉をつぶやいた。

「ありがとう。ときに、昨日、妻のところへ客があったかどうかを知らないか？」

「わかりません。ミセス・バレットにきいてまいりましょうか？」

「いや、自分で尋ねる」

ニコラスはメイドが去るまで待ってから、クローゼットに近づいて扉を開けた。ロティの衣服はほとんどそのままで、宝石箱はベッドの上に残されていた。彼は宝石箱を手にとって蓋を開けた。ニコラスや親戚から贈られた宝石類はすべてそこにあり、なくなっているのは彼女の伯母からもらった真珠のネックレスと、父親からのブローチだけだった。

「なんてことだ！」彼は苦しげに叫んだ。「ロティ、どうしてぼくに本当のことを言わなかった？」

　氷のような冷たさが、じわじわとニコラスの全身に広がった。ロティがダイヤモンドの首飾りを売るわけはないことくらい、わかっていて当然だったのに、なぜ癇癪《かんしやく》を起こして彼女を泥棒呼ばわりしたんだ？　募りに募った感情が、あのとき爆発してしまったとしか言いようがない。奥さまが首飾りを質にお出しになりましたと耳打ちする、宝石商のわけしり顔が腹立たしく、ロティとハンターが公園で会っていた事実がいまいましかった。

　ぼくは何をしてしまったのだろう？　ロティはまちがいなくぼくのもとを去ったのだ。だが、いったいどこへ行ったんだ？

　ロスセー・マナーへ戻ったのか？　別れも告げずに？

　だが、ニコラスだって、彼女に何も言わずに領地をあとにしたではないか。盗みの疑いをかけられた妻の行方など、夫が気にするわけはないとでも考えたのだろうか？

　留め金が壊れたので首飾りを修理に出している。ロティはそう嘘《うそ》をついた。だが、あれはニコラスにふいをつかれて、とっさに妹を守ろうとしたのだ。

　宝石商はロティ本人と面識がない。店へ来たクラリスを見たら、彼女をロスセー侯爵夫人と思うだろう。姉妹は互いにそっくりで、よく知らない者ならふたりを取りちがえても不思議はなかった。

　ダイヤモンドの首飾りが化粧台の上にのっていた朝、屋敷に訪問者があったかどうか、使用人たちは誰も確かなことを言えなかった。だが、遠目に見たら、使用人たちもクラリスをロティと思うだろう。

　はじめから気づかなかったぼくは、なんて愚かなんだ。すべてはこのいまいましい癇癪のせいだ。ロティの善良さを信じきれない、自分の疑い深さが恨めしい。彼女を愛しているのに。

　そうだ。ぼくはもう何カ月も真実から目をそむけてきた。ぼくの愛する女性はロティだ。そして、ロティにも心からぼくを愛してもらいたい。生涯にわたって。

　ぼくはふたりのあいだにあったものを壊してしまったのだろうか？　ロティはもう一度、ぼくを許してくれるのか？　ニコラスは自分が何度も彼女を傷つけたことを知っていた。ぼくは彼女の愛にふさわしくない男だ。だが、それでもぼくは彼女を諦めることができない。

　ニコラスは側仕えの従者を呼んだ。ロスセー・マナーへ戻ろう。ロティがそこにいなかったら、見つかるまで捜すんだ。

「いいえ、ロティはここへは来ていないわ」ニコラスの問いに、ベス伯母は答えた。「あの子はあなたといっしょにロンドンにいたんじゃなかったの？」

「そうです。しかし、ぼくと言い争いをして、何も言わずに屋敷を出ていってしまったんです」

「あの子に何をしたの、侯爵さま？　何も言わずにいなくなるなんて、ロティらしくないわ」

「すべてぼくの責任です。ぼくはひどいことを……決して口にすべきでないことを言ってしまった。ぼくに嫌気が差して、別れる覚悟を決めたとしても無理はないんです」

「あの子があなたと別れる覚悟を決めたというのは確かなの？」

「彼女が持って出たのはドレス二、三枚だけです。

それに、あなたと父上からの贈り物がなくなっていた。ぼくがあげたものは、全部部屋に残っていました」

　ベス伯母は責めるようにニコラスを見た。「あなたはあの子をひどく傷つけたにちがいないわ。あの子は正直で思いやりのある娘よ。双子の妹とは似ても似つかない……」ベス伯母は途中で口をつぐんで、かぶりを振った。「ロティはどこにいるのかしら」

「父上の家へ行ったのではありませんか？」

「だとしたら、いまごろ困っているはずよ。あの子の父親は家と土地を売りに出したの。もう体裁を取りつくろう必要もないからと言ってね。身軽になって、どこか外国で暮らすんですって」

「ロティの妹は？」

「わたしがこちらへ戻る前に、クラリスは父親の家に現れたわ。お金がいると言っていたから、二、三ポンドしか持ち合わせがなかったけれど、そのお金をあげたわ。あの子には以前にもお金を渡したのよ。ロティもあげたと言っていた。姉のいまの境遇を、クラリスは自分のおかげだと思っているようね」

「そうですか？」ニコラスは険しい表情になった。「ロティを強請《ゆす》ってでも、金を手に入れるつもりだということでしょうね？」

「どうしようもない妹だけれど、ロティはクラリスを愛しているのよ。手元にお金があったら、みんなあげてしまうでしょう。でも、あなたのものを妹にあげたりはしないわ」

「ぼくはまさしく、そのことでロティを責めたんです！　ぼくはどうしたらいいんでしょう？　彼女はぼくを許してくれると思いますか？」

「ほとんどの女性は許さないでしょうけれど、ロティはやさしい子よ。でも、まずあの子を見つけなくてはいけないわ」

「ええ。これからすぐに、サー・チャールズの家へ行ってみます。ほかに彼女が行ける場所はないでしょう？」

　これからどこへ行ったらいいのかしら？　ロティは娘時代を過ごした家の窓に、板が打ちつけられているのを見て愕然《がくぜん》とした。張り紙にはすでに売却ずみと書かれているから、この家はもう父親のものではないということだ。

　宿屋を見つけて、今夜はそこへ泊まるしかない。

「ごめんなさい、ローズ」ロティはメイドに謝った。「父が家を売ってしまったなんて知らなかったの。今夜はどこへ泊まったらいいかわからないわ。二、三シリングしか、お金を持っていないのよ。宿屋のご主人は、宿代として宝石を受け取ってくれるかしら？」

「そんなことをなさっちゃいけません、奥さま」ローズは言った。「この手提げ袋の中に三ギニー入っていますから、わたしが宿代を払います」

「朝になったらロスセー・マナーへ帰りましょう」ロティはため息をもらした。「屋敷に自分のものが少しあるから、それを売るわ。そうしたら、あなたにお金を返すわね、ローズ。ロスセー・マナーはあなたの家なのだから、あなたはあそこに留まらないと。わたしはもうメイドを雇える身分ではないの。あなたが宿代を貸してくれてうれしいわ」

「奥さまもきっとわたしに同じことをしてくださったにちがいありませんもの」ローズはほほえんだ。「近くの宿屋へ連れていってくれるように御者に頼みましょう。早くしないと暗くなってしまいます」

「そうね」ロティは言った。「妹のクラリスにお金をあげたりしなければよかった。でも、恵まれている自分が後ろめたかったのよ」

　そして、いまクラリスのおかげでロティはすべてを失ってしまった。ニコラスがいなければ、この世は何もないからっぽの場所だ。お金や宝石にそれほどの執着はないけれど、ニコラスとの暮らしだけは守りたかった。

ローズはうなずいた。「女のきょうだいは、いつだって家族の悩みの種です。わたしの妹たちも小さいころは悪さばかりしていました。しかもわたしがいちばん年上なので、叱られるのは決まってわたしなんです」

「かわいそうなローズ。クラリスとわたしは双子なの。子どものころは、見分けがつかないほど似ていたわ」

「なら、わたしが見かけたのは妹さんにちがいありません。何日か前に奥さまの部屋から出ていらっしゃったんです。ヴェールのついた帽子をかぶっていて、遠目には奥さまのように見えました。でも、声をおかけしたら、何も言わずに階段を駆けおりて、いなくなってしまったんです」

「ええ、きっとそうだわ」

ロティは後悔していた。あの朝、ニコラスの部屋へ行くときに、どうしてダイヤモンドの首飾りを人目にふれないところへ片づけておかなかったのだろう？

馬車へ戻ったロティは、御者に近くの宿を探すように命じた。ロンドンをあとにしたときは悲しいばかりで何も考えられなかったけれど、いまはいくらか落ち着いて先のことを思案できるようになっていた。

これから、どうやって生きていこう？　侯爵の妻としてのロティには、ホローをきれいにしたり、子どもたちのために学校を作ったりと、毎日に目的があった。たとえニコラスの訪れが年に二、三回程度だとしても、それでかまわなかった。でも、本当にそうなの？

心から正直になれば、ロティはそれだけでは満足できなかった。自分が愛しているのと同じだけ、ニコラスにも愛してもらいたい。欲望ならば、彼にもある。ニコラスの愛の行為は情熱的で、ときに切羽詰まってさえいた。それでも、彼はロティを愛してはいないのだ。

　さらに、ベス伯母のことも考えなくてはならなかった。伯母のささやかな収入だけでは、生活するのは無理だろう。ふたり分の暮らしを支えるためには、ロティが仕事を見つけなくてはならない。ニコラスがくれたものを受け取ることは、自尊心が許さなかった。でも、もしかしたらおばさまのために、手当の一部だけは受け取るべきだろうか？

　いいえ、だめよ！　彼がくれたものは何も欲しくないわ。ニコラスはわたしが盗みを働いたと思っているのよ。なんとかしてひとりでやっていかなくては。でも、一度ロスセー・マナーへ戻って、自分のものを整理しなくてはいけないわ。仕事と小さな住まいが見つかるまで、おばさまが屋敷に残っていられるといいのだけれど。とはいえ、自分にどんな仕事が向いているのか、まるでわからない。慈善学校の教師にだったらなれるかしら？

　不安ばかりが頭の中を駆け巡った。とにかく、自分で生活費を得る方法を考えなくてはならなかった。

　ニコラスはからっぽの家を見つめた。売却ずみの張り紙を見れば、何もかも手遅れだったことがわかる。ロティが来たとすれば、ここに滞在できないことは一目で理解しただろう。このあと、彼女はどこへ行ったんだ？

　ロティの手元に金はいくらあるのだろう？　ロンドンで仕立て屋をまわったあとだから、それほど残ってはいないはずだ。しかも、クラリスが来たとすれば、ロティはありったけの金を妹に渡してしまったにちがいない。

クラリスはどうやってロティの鼻先からダイヤモンドの首飾りを盗んだんだ？　だが、首飾りを盗まれたのは、直接ロティに手渡さなかったぼくの責任だ。あの日に戻ることができたらと、ニコラスは思った。自分が口にしたひどい言葉を取り消すことができるなら、ぼくはなんだってするだろう。

　ロティはバースへ行ったのかもしれない。だが、彼女はバースへは一度も行ったことがないから、屋敷の場所も知らないはずだ。それに、ドレスすら持っていかなかったのだから、ぼくが贈った家に住むわけはない。

　宿屋に泊まっているのか？　それとも、ロスセー・マナーへ戻ろうとしている最中か？　彼女の持ち物の多くが屋敷にある。ひとりで暮らすつもりなら、そういった品物が必要になるだろう。

　こちらへ来る前に、ベス伯母にはくれぐれも屋敷を出ようなどとは思わないでくれと念を押しておいた。

「あなたがこの屋敷にいてくださることが、ぼくにとってはありがたいんです。それとも、誇りが傷ついて、ここにはいられませんか？」

「天に向かって唾を吐くようなまねはしませんよ、侯爵さま」ベス伯母は言った。「この年になると、誇りのことばかり考えてはいられないの。わたしはロティが分別を取り戻してくれることを願っているわ。あの子はあなたを心から愛しているようだから、別れて惨めな思いをするのはあの子でしょう。それに、あの子がいなくなったら、ここの人たちはとても悲しむわ。知ってのとおり、ロティはみんなに愛されていますからね」

「ええ。ロティはこういう屋敷の女主人になるために生まれてきた女性です。彼女がぼくのことを許せないなら、離れて暮らすことを約束しましょう。しかし、ロティはぼくの妻だ。離婚するつもりはないし、彼女が離婚を申し立てることも許さない」

「またばかなことを」ベス伯母はため息をついた。「あなたは何も学んでいないの？　ロティはなだめすかされると弱いけれど、威張り散らす相手には反発するだけよ」

「ぼくはそんな……」ニコラスは情けなさそうな表情になった。「またぼくの怒りっぽさが顔をのぞかせたようだ」

「怒りを抑える努力をしなくてはね」

「おっしゃるとおりです」

もう一度ロスセー・マナーへ戻って、ロティを待つべきだろうか？　それとも、街道沿いの宿をしらみつぶしにあたって、彼女を捜すべきか？

ロティが屋敷へ戻ったら、ベス伯母は力を尽くして姪《めい》を引き止めてくれるはずだ。だが、手持ちの金が乏しいのに、どこかの宿に留まっているとしたら、ロティは厄介なことに巻きこまれるかもしれない。

14

「ロティ、まあ、あなたって人は！」ベス伯母は駆けよって姪《めい》を抱きしめた。「どうにかなってしまいそうなほど心配したのよ。侯爵がいったんここへ戻ってきたわ。あなたは彼のもとを去るつもりだろうと言ってたの」

「そうよ。というか、そのつもりだったわ」ロティは言った。「お父さまが家を売ってしまったの。でも、おばさまはもうそのことをご存じね？」

「ええ。だから、わたしはロスセー・マナーへ戻ってきたの」ベス伯母は心配そうにロティの顔をのぞきこんだ。「ほかにどうすればよかったかしら？」

「それでよかったのよ。おばさまには、当面ここに残っていただきたいの。これからどこかに、ふたりで暮らせる住まいを見つけるわ」

「バースにあるあなたの家で暮らすわけにはいかないの？」

「バースの家は侯爵の持ち物だわ。あの人のものは何も欲しくない。あの人、わたしがダイヤモンドの首飾りを盗んだと責めたのよ」

「ふたりのあいだに何があったかは知らないわ。でも、侯爵はあなたに言ってしまったことを心から後悔しているのよ。あの人を許してあげられない？」

「おばさまは知らないのよ」ロティは言って、泣きそうになるのをこらえた。「首飾りのことだけじゃないの。ああ、おばさま、わたしはあの人を愛しているわ。以前は、この便宜結婚を受け入れることができるだろうと思っていた。でも、あまりにもつらいのよ」

「そうでしょうね」伯母はうなずいた。「あなた、はじめから侯爵に恋していたんでしょう？」

「ええ。侯爵の求める、物分かりのいい妻のふりくらいはできると思ったわ。あの人はわたしの愛なんか欲しがっていないの。あの人が求めているのは、名目上の妻と跡継ぎだけ」

「本当にそれだけだと思っているの、ロティ？」

「どういう意味？」

「侯爵はお父さまの家まであなたを捜しに行ったのよ。ここへ戻ったときは、それは取り乱した様子だったわ。せめて謝罪くらいはさせてあげられないかしら？　侯爵はわたしたちによくしてくれた――このわたしにさえもね。妻の伯母であるわたしにまで手当が入るように配慮して、この屋敷を自分の家と思うように言ってくれているのよ。今日に至る事情を考えたら、そこまでしてくれる男性はそういいないわ、ロティ」

「ええ、ニコラスはとても心の広い人よ。だからこそ、いっそう悲しいの。どうしてわたしがあの人からものを盗むだなんて思うのかしら？」

「侯爵は心から後悔しているわ」ベス伯母は鋭い目つきで姪を見た。「あなたが突然いなくなったら、ここの人たちがどうなるか考えたの？　ホローの家の修繕はもう進まないかもしれないし、子どもたちの学校だってできないのよ」

「ああ、思い出させないで」ロティは悲しげに言った。「やっぱり侯爵と会って、これからのことを話し合うのがいちばんだわ。あちらが離婚を望むかもしれないのですものね」

「そうよ。それに、これからどこへ行くか、何をするかを落ち着いて考えなくてはいけないわ」

「ええ」ロティは自分の左手を見おろした。結婚指輪をはずすのはつらいけれど、それがいちばんいいのかもしれない。「二、三日、待ってみるわ。そのあいだに持ち物を売る算段をつけなくては。お母さまのものだった銀器がいくつかあるし……」

「お母さまの遺品を売る気じゃないんでしょう？」伯母は衝撃を受けた様子できいた。

「売らざるをえないかもしれないわ。お母さまの銀器か、お父さまからもらったブローチかよ」

「売るならブローチがいいでしょう。それに少しだったらわたしにもお金があるわ。いくらいるの？」

「ローズから三ギニー借りたのよ。彼女が宿代を払ってくれたの。それに、少しお礼もしたいわ」

「わたしからあなたに五ギニーあげるわ。返したければ、お金に余裕のできたときにいつでも返して」

「ええ……」ロティは眉根を寄せた。「以前リリー・ブレークに約束したのよ。仕立て屋を出すなら、後押しするって。侯爵にお金を出してもらえないか頼んでみるべきかしら」

「あなた、知らなかったの？」ベス伯母は驚いた顔をした。「あなたがロンドンにいるあいだに、リリーがここへ来たのよ。ノーサンプトンに店を出す決心をして、お金を受け取ったと言っていたわ。あなたがお金を届ける手配をしたんじゃなかったの？」

ロティは、首を横に振った。「わたしじゃないわ……ニコラスが届けたのかしら？」

「彼女の夫の身に起きたことを考えて、何か償いをしなければと思ったんでしょう。でも、あの出来事は侯爵の責任ではないわ。サム・ブレークは脱走したのだし、侯爵がサムを撃つように命令していたわけでもない。森番だって、法にはずれたことはしていないのよ」

「法律がいけないんだわ。わたしが男だったら、そんな法律は変えてしまうのに」

「そうね。でも、あなたの夫がいつかやってくれるかもしれなくてよ、ロティ。あなたがよい方向へ導いたら、侯爵はいろんなすばらしいことを成し遂げるでしょう。あなたがここに留《とど》まればね」

「いったい何が言いたいの、おばさま」

「あなたに、考え直してくれるよう頼んでいるだけよ」伯母は言った。「あなたが逃げ出した理由はわかるわ。でも、男の人って、ときどき大変な思いちがいをするものよ。わたしの夫もよくとんでもない思いこみをしたわ。でも、わたしは夫を許した。愛していたからよ。あなたのお母さまもお父さまを死ぬまで愛していたわ。サー・チャールズときたら、たいていの男よりずっとひどい人だったのに、それでもお母さまは許したのよ」

「ええ……」ロティは喉をつまらせた。「わかってる。お母さまはいつも言っていたわ。相手がどんな人でも、〝疑わしきは罰せず〟よって。だけど、ニコラスはわたしを泥棒と決めつけたの。わたしをそんなにも蔑んでいる人と、いっしょに暮らすことはできないわ」

「自分で考えて、決めなくてはね」伯母は言った。

「でも、せめて侯爵に謝る機会をおあげなさい」

ロティは湖へ散歩に行くことにした。ロスセー・マナーへ戻って三日たつけれど、まだニコラスは帰ってこない。きっとロンドンへ行ってしまったのだろう。ロティはこれからどうしていいかわからなかった。ベス伯母はもうしばらく待ち、ニコラスと話し合うべきだと言って譲らない。屋敷の使用人たちはロティが戻って大よろこびだった。

ここはもうロティの家なのだ。心の傷はうずくけれど、ここでなら安心して暮らすことができる。ホローを訪ね、この数週間でどれほど家々の修繕が進んだかを見ても、ここで作業がつづかなくなるのは罪だと思えた。ロティの帰りを聞きつけ、牧師が屋敷を訪ねてきた。本気で学校を設立するつもりなら、自分のもとで働く副牧師を教師として雇ってもらいたいという。

「バーナードは善良な若者です。雇っていただけたら、必ずお役に立つでしょう。あの若者が副牧師として受け取る俸給は雀《すずめ》の涙ほどで、しかも気の毒なことに、彼は病気の母親の面倒を見ているのです。機会を与えていただければ、彼はきっとご恩をお返しいたします」

「そういうことでしたら、ぜひミスター・バーナードにお会いしてみたいわ」ロティは答えた。

牧師の話からすると、若者はまさしくロティが探していた教師にぴったりの人材らしかった。授業の受け持ち時間を少なくすれば、副牧師としての仕事に差しつかえることもないだろう。

ロンドンへ行く前の生活に戻れさえしたら、こんなにうれしいことはないのに。ニコラスを嫉妬させようなんて、思わなければよかった。ニコラスと過ごした最後の夜は、ロティに自分の愛の深さを自覚させた。もう物分かりのいい妻のままではいられない。ニコラスに愛され、必要とされたい。それ以外のあり方にはもう耐えられない。ニコラスが戻る前にここからいなくなるべきだろうか。どこかで生活をはじめて、ベス伯母を呼び寄せ……。

近づいてくる人影に気づいて、ロティの物思いは途切れた。やってきたのはバーティ・フィッシャーだった。

「レディ・ロスセー」バーティは帽子を取って挨拶した。「やっぱりここだった。あなたが公爵夫人の舞踏会を欠席したせいで、ロンドンは噂《うわさ》でもちきりですよ。あなたがニコラスのもとを去ったのではないかと、みんなが憶測を巡らせている。そこでぼくが田舎へ帰って、実際のところはどうなのか、調べてみることにしたわけです」

「ご心配くださって感謝しますわ。でも、舞踏会を欠席したのは、少し頭が痛かったからなんです」

「ぼくはあなたのよき友だということを覚えておいてください、ロティ。何か困ったことがあるなら、よろこんで手助けします」

「親切な方ね」相手の真率な表情を見て、ロティはほほえんだ。「あわててロンドンを離れたのは、わたしがどうかしていたんです。手助けしていただくようなことは何もありませんの」

「ニコラスはあなたにきちんと接していますか？彼から結婚すると聞かされたときは、単に跡継ぎが必要なだけだろうと思った。でも、その後、考えが変わりました」

「なぜです？」

ロティは差し出された腕を取った。ふたりは屋敷に向かってきた道を戻りはじめた。

「ニコラスがあなたを見る目つきや何かでね。それに、公爵夫人の舞踏会に現れた彼は、深く思い悩んでいる様子だった」

「たぶん、失った愛のことを考えていたのではないかしら？」

「それはレディ・エリザベス・マディソンのことですか？」バーティはかぶりを振った。「実はぼく、たまたま本当のことを知っていましてね。エリザベスは最近ニコラスにふられたそうですよ。確かな筋からの話です。なにしろ、エリザベス本人に聞いたんですから。情事の誘いをニコラスに断られたそうで、エリザベスは猛烈に腹を立てていて、癇癪《かんしゃく》を起こしたはずみにぼくの前で口を滑らせたんです」

「ああ、バーティ、あなたってすてきな人だわ」ロティは思わずのびあがって彼の頬にキスした。するとバーティはにやりとし、彼女の頬にキスを返した。もう一度歩きだしてから、ロティはこちらへやってくるニコラスの姿に気がついた。いまのキスも見られていたにちがいない。

「ロティ」ニコラスの表情は冷たく、怒りに満ちていた。「きみをさんざん捜しまわって帰ってみれば、いまのはどういうことなんだ？　ぼくと別れて、バーティのもとへ走るつもりなのか？」

「よしてくれ」バーティは言った。「早とちりするものじゃない。ぼくはきみの奥方の崇拝者だが、きみたちのあいだに割って入ろうなどとは夢にも思っていないよ」

「ぼくは妻にきいているんだ」ニコラスは険しい目でロティをにらんだ。「しばらく、妻とふたりだけにしてくれないか。問いただしたいことがある」

「また彼女の心を傷つけようというなら、ごめんだね」バーティは肩をいからせた。「ぼくはけんかは得意ではないが、きみがレディ・ロスセーの人生を惨めなものにしようとそこまで意固地になっているなら、黙って見ているわけにはいかない」

「ぼくに決闘を申し込むと言うのか？　本気ではないんだろう、バーティ？　ぼくが相手では、きみには万にひとつも勝ち目はないぞ」

「やってみるさ」バーティは頑固に言いはなった。

「レディの名誉のためならぼくは……」

「ばかなことを言わないで。ふたりともよ！」ロティは堪忍袋の緒を切らした。「友だち同士がわたしのせいで争うなんてごめんだわ。さっきのキスは、気落ちしていたところを慰めてもらった親愛のキスよ。信じられないというなら、わたしはもうこんなところにいるべきではないわ」

ロティは走ってその場を離れ、屋敷へ戻った。

どうしてあんなことでけんかになるの？　自分の部屋へ向かうロティは怒りに燃えていた。わたしのこととなると、ニコラスはなぜいつも最悪の結論に飛びつくのかしら。よりによって、バーティ・フィッシャーとわたしの仲を疑うなんて！

ロティは恥ずかしさに身悶《みもだ》えする思いだった。これからもロスセー・マナーで暮らすべきだとベス伯母は言うけれど、こんなことをどうしてつづけられるだろう。それに、クラリスがイギリスへ戻ったのであれば、レディ・ロスセーに双子の妹がいると世間が気づくのは時間の問題だ。そして、クラリスの行状が人に知れ渡ったら、ロティも身の破滅だろう。ニコラスの誇り高い家名に傷がつくことは免れない。

ニコラスと話をしたら、すぐに屋敷を出なければ。外国へ行ったほうがいいだろうか。ニコラスもきっと、わたしに結婚を申し込んだ日のことを後悔しているにちがいない。

ロティはベッドの縁に座って、両手で顔を覆った。もう涙をこらえることはできなかった。ここへ戻ってくるなんてばかだったわ。どこかに住まいを見つければよかったのよ。部屋のドアが開いても、ロティは頑《かたく》なに顔を上げなかった。

「すまなかった、ロティ。あんなことで嫉妬するなんて、どうかしていた」

「謝らなくてもいいのよ、ニコラス」ロティは手で涙を拭った。「わたしを軽蔑するあなたの気持ちはよくわかるわ。わたしの妹は泥棒ですものね。クラリスはきちんとした家の令嬢とはとても言えない。あなたはわたしも妹の同類だと考えているのよ。クラリスの身代わりを引き受けようだなんて、思ってはいけなかったわ」

「それは自分のための後悔なのか、それとも、ぼくのためなのかい？」

ロティはしばらくまぶたを閉じていたが、やがて目を開けてニコラスを見た。「ふたりのためよ。あなたが求めるような妻にはなれないとわかったの。それに、あなただって、わたしたち姉妹になんか会わなければよかったと考えているんでしょう」

「きみの妹は確かに困り者だ」ニコラスは認めた。「彼女がフランスに留まって、ぼくたちに迷惑をかけずにいてくれたらと思ったのだけれどね。だが、クラリスの勝手を抑えることは可能だと思う」

「どういうこと？」ベッドの隣に腰を下ろすニコラスを、ロティは目を見開いて見つめた。「クラリスは誰にどう思われようと平気よ。首飾りを盗んだ犯人だって、わたしにはすぐに察しがついたわ。あの子もわたしにわかることを承知で盗《と》ったのよ」

「きみの手で当局に突き出されることはないと踏んだんだろう。心配しなくていいよ、ロティ。きみの妹を治安判事に引き渡すつもりはない。そんなことをしたら、ぼくたちも世間に騒がれるだろう――実を言うと、クラリスがぼくと同じように最初の契約を破棄してくれたおかげで、とても助かったんだ。クラリス自身が契約書にサインしたわけではないが、場合によっては、彼女は契約違反でぼくを訴えることもできたはずだ」

「クラリスがそれを知っていたら、本当に訴えたかもしれないわ」ロティは言い、涙にうるんだ瞳でほほえんだ。「あなたの言うとおりだったわ。あの子は泥棒よ。首飾りを買い戻させてしまって、ごめんなさい、ニコラス」

「あんなもののことはどうだっていいんだ。銀行へ預けたままにしておけばよかったんだが、きみが身につけてみたいのではないかと思ってね」

「盗まれなかったら、そうしていたわ」

「どうして盗まれたことに気づいたとき、すぐにぼくに言わなかったんだい？」

「あなたに打ちあけたかったけれど、クラリスのしたことが恥ずかしかった。それに、盗みを働くような子でも、わたしの妹なのよ……」

「妹が逮捕されるかもしれないと思ったのか？」ニコラスは考え深げにうなずいた。「ぼくはサムを逮捕させた男だからね。だが、ぼくはサムに短い禁固刑を言い渡して、しばらくしたら釈放してやろうと考えていたんだ。信じてほしい、ロティ。サムを縛り首にしたり、長々と牢《ろう》に閉じこめておいたりするつもりはぼくにはなかった」

「そうだったの。でも、あなたはとても怒っていたし……」

「ぼくはひどく気が短いんだ。最初のうちは、女性に説教されたことに腹が立った。サム・ブレークの死は心から残念だと思っている」

ロティはうなずいて、彼の顔を見あげた。「あなた、リリー・ブレークにお金を届けたの？」

「きみからの二十ギニーと、さらに百ギニーを添えて彼女に渡した。それで仕立て屋を出すのに足りるだろうか？」

「それだけあれば、すてきなお店を持てるわ。彼女、きっとすぐに有名になるわよ」

「失ったものの埋め合わせになるかな？」

「わたしの口からリリーの気持ちを語ることはできない。でも、わたしが愛する夫を失ったら、どんな大金でも埋め合わせにはならないでしょうね」

「そうだね」ニコラスは後悔のにじむ顔でため息をついた。「ぼくはほかに何をしたらいいだろう？」

「何もしなくていいの」ロティはほほえんだ。「あなたはできるだけのことをしたわ、ニコラス。だけど、ホローの改修と、子どもたちの学校を作る仕事はつづけてね？」

「きみがここに留まって、そういう仕事をしてくれないか？　きみはぼくよりずっと人々に必要なものを理解している」

「最初に決めたとおりの結婚をつづけるということなの？」ロティは彼の顔を見ることができなかった。胸は激しく高鳴り、息をすることさえむずかしい。

「いいや、最初に決めたとおりじゃない。いまのふたりにふさわしい結婚だ。きみがぼくを許してくれるなら」ニコラスは手をのばしてロティの顔を上に向けさせた。「ぼくはきみのことを大切に思っている。最初のころには予想もしなかったほどに。きみにぼくの妻でいてもらいたいんだ。跡継ぎが必要だからじゃない。きみといっしょにいたいからだ」

「本気なの、ニコラス？　愛を交わした翌日に、夫がもうロンドンの愛人のもとへ行ってしまうような生活、わたしには耐えられそうにないわ」

「ぼくには愛人はいないよ、ロティ。きみの父上と結婚の契約に合意したあと、すぐ以前の相手とは別れたんだ。いったん、きみのやさしさを味わったら、もうほかの女性では満足できなくなった。ぼくの人生に必要なのはきみだ。ぼくにやり直す機会を与えてくれないだろうか？」

ニコラスはまだロティを愛しているとは言わなかった。けれど、彼にとっては、これが精いっぱいの告白なのだということがロティにはわかった。エリザベスにひどく傷つけられたニコラスは、みずからの内側に壁を作って、愛を心から締め出してしまった。

「あなたが本当にわたしを求めているなら、ここに残るわ」しばらく考えたあとで、ロティは言った。「でも、あなたに言っておかないと。わたしはあなたを愛しているの。わたしの愛なんかいらないというなら、いまのうちにそう言ってちょうだい」

「きみに愛してもらう権利など、ぼくにはないと思っていた」ニコラスは言った。彼は身をのりだして彼女の唇に唇を重ねた。それはやさしさに満ちた長いくちづけだった。「きみはぼくの妻だ。ほかの誰よりきみのことを大切に思っている。この気持ちが人の言うような愛なのかどうかはわからない。だが、きみに嘘《うそ》は言わない。ぼくの心には鍵のかかった部分があって、自分でどれほど開けようと思っても開かないんだ。ぼくはきみが欲しい。きみを必要としている。大切に思っている。それでいいかい？」

「ええ、いいと思うわ」ロティはニコラスの頬にふれた。「もしかして時がたてば、心の底から愛せるようになるかもしれない」

「愛しているのかもしれないが、それを表に出せないんだ」

「たぶんそうね」ロティはやさしく言った。「今夜、わたしの部屋へ来て、ニコラス。でも、いまは下の部屋へ行きましょう。ベスおばさまが心配しているかもしれないわ」

ニコラスはほほえんだ。「顔を洗うといい。涙の跡がついているよ」彼は涙の跡にキスした。「ぼくは一足先に下へ行って、伯母上にいい知らせを届けよう」

一階へ下りる前に、ロティは着替えることにした。衝立《ついたて》の後ろへまわって着ていたドレスを脱ぎ、黄色い絹のドレスを身につけていると、誰かが部屋へ入ってくる気配がした。

「ローズなの？　ちょっと髪にブラシをあててもらえないかしら……」衝立の後ろから出てきたロティは、化粧台の前に人が立っているのを見て、思わず立ち止まった。「クラリス！　ここで何をしているの？」

「あなたに会いに来たのよ、もちろん」双子の妹は言った。「わたしに会えてうれしくないの、ロティ？」

「うれしく思わなくてはいけないのかしら？　この前、あんなことがあったあとで」ロティは化粧台の上にのっていた宝石箱の蓋を開け、中を見て妹に手を差し出した。「おばさまからいただいた真珠の首飾りがないわ。あなたが持っていることはわかっているのよ、クラリス。返してくれないなら、警官にあなたを逮捕してもらうわ」

クラリスはしぶしぶ、手袋の中から真珠の首飾りを出した。「だったら、お金をちょうだい。二百ポンドばかりのはした金じゃないわ。少なくとも一万ポンドは必要よ。フィリップが困ったことになっているの。お金を払わなかったら、あの人、殺されてしまうかもしれないわ」

「あなたの恋人は、まだ賭博に手を出しているの？　彼は手に入るお金の範囲の中で遊ぶことを覚えるべきだわ。そんな大金はどこにもないから、あなたにはあげられない。たとえ持っていたとしても、賭博の借金を返すお金なんか、渡せるはずがないでしょう」

「無下にあしらったら後悔するわよ、ロティ。お金を手に入れるためなら、わたしはなんでもするわ。本当のことを他人に知られたら、あなたの大事な侯爵の面目は丸つぶれでしょうね」

「何を言っているの？」

「お父さまと侯爵が交わした取り引きのことよ。わたしの口から世間に言いふらしてあげるわ。侯爵ともあろう者が、借金のかたに花嫁を手に入れたとはね。おまけに侯爵は一杯食わされて、契約書に名前すら書かれていない相手を妻にしたのよ。あなたたちふたりのことを世間がどう思うか、想像してご覧なさいな」

「まさか、本気ではないんでしょう?」ロティは吐き気を感じた。やっとニコラスと心を通わせたばかりなのに、クラリスが戻ってきて何もかもめちゃくちゃにしようというの? 「あなたは侯爵家の家宝を売り払ってしまった。ニコラスはあなたを逮捕させることもできたのよ」

「そう? でも、それはどうかしら。わたし、宝石商にはロスセー侯爵夫人だと名のったの。相手はわたしの言葉を信じたわ。しかも結局のところ、それは事実ですもの。そうでしょう?」

「いいや、事実ではない」戸口から声が聞こえた。姉妹がそちらを振り返ると、廊下にニコラスが立っていた。彼は激怒している様子で部屋へ入ってきた。ロティは胸がつぶれそうになった。「きみの父上と交わした最初の契約は、結婚式が行われる前に破棄された。ぼくはシャーロット・スタントンと結婚したんだ。クラリス・スタントンとではない」

クラリスは怒りに醜く顔をゆがめた。「あなた、自分のことを頭がいいと思っているんでしょう。でも、こっちには最初の契約書があるのよ。それだけで世間が大騒ぎするにはじゅうぶんだわ。わたしに断られたので、仕方なくロティと結婚したことが知れ渡ったら、あなたたち夫婦はいい笑いものよ」

「きみという女性を知っている人なら、そうは思わないだろうな、ミス・スタントン」ニコラスはクラリスをにらんだ。「だが、ぼくに貸しがあるというきみの言い分は正しい。ロティが身代わりとして現れなかったら、ぼくはきみに契約違反の賠償金を払うつもりだった」

クラリスの瞳が貪欲に輝いた。「二万ポンドちょうだい。さもないと、最初の契約書といっしょに、おもしろおかしい話を『タイムズ』紙に売りこむわよ」

「ぼくだけのことなら、新聞に売りこむなりなんなりするがいいだろう。だが、ロティが傷つくのを黙って見ているわけにはいかない」ニコラスは考えこんだ。「きみに一万ポンドやろう。引き替えに最初の契約書と、もう金銭は求めないと一筆書いたものを渡してもらう」

「そんなものを渡したら、強請《ゆす》りでわたしが監獄へ送られるかもしれないわ」

「きみを監獄へなど送ったら、ロティを守ることにはならないだろう？　ミス・スタントン、きみは一万ポンドを持ってパリへ行くんだ。そして、今後はそこに留まる。向こうに留まる限り、年に二千ポンドの金が支払われるよう手配しよう。ぼくがこんな申し出をするのは一度きりだ。約束したまえ。それができないなら、どうとでもするがいい」

「いやなやつ」クラリスはつぶやいた。「お金が必要なのよ。一筆書くわ。そして、もうイギリスの土は踏まない。年に二千ポンドのお金がまちがいなく送られてくる限りはね」

「賢い金の使い方をすることだ」ニコラスの表情は厳しかった。「応接間へ行くといい、ロティ。伯母上がきみを待っている。ぼくはこのレディの相手を引き受けよう」

「ええ、ニコラス」ロティは双子の妹にちらりと目を向けた。衝撃で体が痺《しび》れていた。こんなことになって、ニコラスは許してくれるだろうか？「さよなら、クラリス。もう二度と会わないことを願うわ。せめてあなたが人への敬意を学ぶまではね」

15

ロティはベス伯母といっしょにお茶を飲んだ。彼女は不安を感じながらニコラスが二階から下りてくるのを待っていたが、夫はいっこうに姿を現さなかった。家政婦に尋ねると、侯爵は何か緊急の知らせを受けて出かけてしまったのだという。落ち着いて屋敷の中にいることができず、ロティは温かいマントをはおって庭へ出た。

外は肌寒かった。屋敷へ戻ろうと、ロティがきびすを返しかけたそのとき、すぐ近くから銃声が聞こえた。そして、男がこちらへ突進してくるのが見えた。相手が森番のラーキンだとわかった瞬間、ロティは猟銃を突きつけられた。ラーキンは狩り場の方向へ大きく猟銃を振りまわした。

「全部おまえのせいだ。いらないところに首をつっこんで、ここへ来た早々面倒を起こしやがって」ラーキンは毒づいた。「これで何もかもおしまいだっていうなら、おまえを道連れにしてやる」

怒りに血走った男の目を見て、ロティは身震いした。周りにはほかに誰もいない。ラーキンは明らかに逆上していた。

「あなたが何を言っているのかわからないわ」

「とぼけるんじゃねえ。おまえが現れてここの連中を味方につけるまで、おれは調子よくうまい汁を吸ってたんだ。つけを払ってもらうぜ。ディコンの野郎にも目にもの見せてやる」

「法を犯して密猟をしていたなら、罰せられるのが当然だわ」その場を動かずに、ロティは言った。背を向けて逃げたら、きっと撃たれる。「あなた、サム・ブレークを殺したのね？　あれは事故ではなかったんでしょう」

「もともとサムはおれたちの仲間だった。だが、やつは女房が泣くから足を洗うと言いだしやがったんだ。ディコンとおれはサムを脅して引き留めようとしたが、やつは聞かなかった。なら、口をふさぐしかねえ。そして、今度はおまえの番ってわけさ」

「わたしを撃ったら、縛り首になるのよ」ロティは言った。「いまならまだ、わたしの夫も寛大な態度を示すかもしれないわ」

「そんなはずがあるもんか。だったら、なぜおれに見張りをつけたんだ。そのうえ、ディコンのやつ、侯爵の側に寝返りやがって……」

そのとき、茂みががさがさと鳴りだした。ロティは振り返らなかったが、後ろのほうから誰かが近づいてくるのがわかった。ラーキンもそれに気づいて、そちらを向いた。森番の視線がそれた瞬間、ロティは茂みの中に逃げこんだ。ラーキンの叫びが聞こえ、別の男の怒鳴り声がした。それから、格闘する物音がして、一発の銃声があたりに響いた。さらにもう一発、銃声が響きわたった。ロティは恐怖の叫びを押し殺した。誰か撃たれたのだろうか？

「侯爵夫人」男の声がロティを呼んだ。どうしていいかわからず、ロティは動かなかった。「ラーキンはもう悪さはできません。大丈夫です」

「ディコン――あなたディコン・ブレークなの？」

ロティが声のしたほうへ近づくと、ラーキンは脚から血を流して地面に倒れていた。森番は自分に猟銃を突きつけて立っている男を、憎々しげににらみあげている。銃を構えているのは、まさしくディコン・ブレークで、彼も腕に浅い傷を負っていた。

「怪我《けが》をしたのね、ディコン。ここで何が起きたの？」

「この男がおれに向けて銃を撃ったんですが、狙いははずれました。それで、おれはこいつの脚を撃ったんです」ディコンは答えた。「奥さまには正直に申しあげます。おれは密猟者で、そのことを誇りに思っていました。おれに言わせりゃあ、家族に食べさせるために誰が森でうさぎを獲《と》ろうといいはずだ。だが、おれは人殺しじゃない。この男はおれの従兄《いと》弟《こ》を殺した。そして、いままた奥さままで殺そうとするところを、何もしないで見ているわけにはいかなかったんです」

「あなたは命の恩人よ」ロティは言った。見ると、ラーキンは傷のせいで気絶してしまっていた。「屋敷へ戻ってこの人の手当てをしないと――」彼女が言い終わらないうちに、幾人かの男たちが茂みをかき分けて走ってきた。

「ロティ！」ニコラスは彼女の姿を見ると叫んだ。

「ああ、よかった！　きみが殺されてしまったかと思った」彼は妻から、地面に倒れている男に目を移し、そしてディコンを見た。「何があったんだ？」

「ラーキンがわたしを殺そうとしたの。サムを殺したようにね。サムは密猟の仲間から抜けたがっていたのよ。でも、ラーキンがそれを許さなかった。このあたりで大規模に密猟をくり返していた人たちの頭目はラーキンだったの。そうでしょう、ディコン？」

「はい、奥さま……」ディコンはまだ何か言い足そうとしたが、ロティににらまれて口をつぐんだ。

「偶然、ディコンが近くに居合わせて、ラーキンとわたしのやりとりを聞いたのよ。ラーキンが先に発砲したので、ディコンはラーキンの脚を撃ったの。そうだったわね、ディコン？」

「ホローの住人にあんなによくしてくださったんだ。奥さまがこの男に撃たれるところを黙って見ているわけにはいきません。最初は、奥さまもほかの金持ち連中と同じだろうと思ったが、そうじゃなかった。たとえ残りの人生を牢獄《ろうごく》で送ることになっても、ラーキンをほうっておくことはできませんでした」

「牢獄へ送られる心配はないだろう」ニコラスは言った。「ぼくの雇った捜査官が、密猟の調査に関して、きみは非常に協力的だったと言っていた。きみが仕事を見つけるのに苦労していたことは知っている。どうだろう、ラーキンのしていた仕事をやる気はないか？　きみはきっと誠実に職務を果たしてくれると思う」

「侯爵家の森番に？」ディコンは自分の耳が信じられないという顔で目を見開いた。「おれはご領地から獲物を盗んでいた連中の仲間だったんですよ。だが、雇っていただけるなら、立派に務めを果たします。おれにそんな申し出をしてくださるとは、夢にも思わなかったが……」

ニコラスはロティの肩に腕をまわした。「妻がぼくに礼儀を教えてくれたんだ、ディコン。きみのしてくれたことは、心からの敬意に値する」ニコラスは驚きの目でこちらを見ているほかの森番たちを差し招いた。「ラーキンを屋敷の厨房《ちゅうぼう》へ連れていってくれ。この男はサム・ブレークを殺した嫌疑と、ぼくの妻を殺そうとした罪で逮捕され、裁判にかけられる。ディコン、裁判にはきみにも立ち会ってもらうことになるだろう。きみとはあとで話をしたい。きみのような男なら、過去に行われた不正に関してよく知っているだろうし、それを正す方法についても意見を持っているはずだ。それに、ホローの人々の暮らしについても相談がある。妻が取りかかった仕事だが、あの場所の今後に配慮するのはぼくの仕事だからね」

「ありがとうございます、だんなさま」ディコンは言った。「侯爵さまが奥さまと結婚なさった日は、おれたちにとっちゃ大変な吉日だったようだ」

ニコラスはロティを振り返った。その目には奇妙な表情が浮かんでいた。「ああ、ぼくの人生でもっとも幸運な日だった。あのときは、それに気づかなかったが」

「屋敷へ戻りましょう」ロティは言った。「なんだか気分が……」彼女はうめき、膝から地面へくずおれそうになった。

ニコラスは急いでロティを支えた。妻の体を抱き上げると、身をひるがえして屋敷へ向かった。その後ろに森番たちとディコンがつづいた。

部屋の窓から様子を見ていたベス伯母があわてて玄関ホールへ出てきた。「何があったの？　銃声が聞こえたけれど……ロティに弾が当たったの？」

「いいえ、怪我をしたのは森番のひとりです。しかし、ディコン・ブレークがいなかったら、ロティが撃たれていたかもしれません。ぼくの留守中、ロンドンから捜査官を派遣して密猟の監視に当たらせていたのですが、今日の午後に捜査が山場を迎えたわけです」

ロティのまぶたが動き、彼女は目を開けた。「まあ、わたしったら。気絶していたの？」

「その子を応接間へ運んでちょうだい」ベス伯母は言った。「すぐによくなりますからね。こういうときの卒倒は、大したものではないのよ」

「どういうことです？」ニコラスはいぶかしげにきいた。「ロティはラーキンに襲われたショックで気を失ったのですよ」

「それはどうかしら」ニコラスが応接間の長椅子の上へロティを下ろすと、ベス伯母は言った。「ロティ自身が気づいているかどうかはわからないけれど、兆候はありましたよ……でも、わたしの口からは言わないほうがいいわね」

ニコラスはいらだって言った。「意味がまったくわからない。ロティは病気なんですか？」

ロティはニコラスの腕にふれた。「おばさまは、わたしに子どもができたのではないかと言っているのよ、ニコラス。わたしも確信が持てなかったから、いままで何も言わなかったの」

「子どもが？」ニコラスは唖然《あぜん》として妻を見つめていたが、やがてその顔が大きくほころんだ。「それはすばらしい知らせだ。ひょっとして、きみがロンドンを発《た》つ前の晩の……？」

「ええ、そう思うわ。でも、まだ日が浅いから、確かなことはわからない」

「さあ、ロティ、これを鼻にあてて」ベス伯母はラベンダー水をたっぷりふりかけたハンカチを差し出した。「これは卒倒したあとの頭痛に効くのよ」

ロティはハンカチを受けとり、ありがたそうにかぐわしい香りを吸いこんだ。

「向こうで事の処理に当たらなくていいの、ニコラス？　警官を呼ばなくてはいけないし、ラーキンだって、お医者さまに診せなくてはいけないわ」

「銃を撃ったのがぼくだったら、ラーキンはおそらく死んでいただろう」ニコラスは厳しい顔つきで言った。「先に追いついたのがディコンで、やつは運がよかったんだ。事態の処理は森番と捜査官にまかせておけばいい。きみをつけ狙う悪党がほかにいないことがはっきりするまで、ぼくはきみのそばを離れない。さっきはきみを守れなくてすまなかった」

「ラーキンがわたしを殺そうとするなんて、考えもしなかったもの」ロティは長椅子の上へ身を起こし、ニコラスにほほえみかけた。「これまでどういうことがあったのか、わたしに教えて」

「きみがあまりにも固くサム・ブレークの無実を信じているので、嘘《うそ》をついているのはラーキンかもしれないとぼくも考えはじめたんだ。そこで、ロンドンへ行ったときに捜査官を雇って、ロスセーの調査に当たらせた。きみの身の安全を図ることも目的のひとつだった。ラーキンに対するきみの非難を聞いて、もしかしたら馬車の馬を驚かせた銃声も、ラーキンの仕業だったのではないかと思うようになったからね。あの男は、きみを怖がらせようとしただけだったんだろう。だが、きみがリリー・ブレークを雇って、彼女の身のまわりの事情に興味を持ちはじめたため、事態はラーキンにとって危うくなった。そこで、あの男はサム・ブレークを殺すことにしたんだ」

「サムは密猟をやめたがっていたそうよ。でも、サムをそのままにしておいたら、あとで仲間を裏切るかもしれないとラーキンは考えたのね。ほかの誰が密猟にかかわっていたのかはわからないけれど、首謀者はラーキンだったと思うわ」

「密猟にかかわっていた者たちには警告を与えよう。だが、ディコン・ブレークが的確にことを納めてくれると思う。改心した密猟者は最良の森番になる。以前、父がそう言っていたんだ。残念ながら、ぼくは父の教えをほとんど忘れてしまっていた」

ベス伯母はふたりを残して応接間を出ていった。ロティが長椅子の隣を手でたたくと、ニコラスはそこに腰を下ろした。「子どものころ、あなたは寂しい思いをしたの、ニコラス？　誰かから聞いたけれど、お母さまはあなたがまだ小さいときに亡くなってしまったんですって？」

「母はきみのような人だったんだ、ロティ。いつも誰かを助けようとしていた。だが、あるとき母はホローへ若い母親の看病に行き、そこで熱病をうつされて、あっけなく死んでしまった。父もぼくも打ちのめされたよ。母の死後、父はこの屋敷で暮らすことにさえ耐えられなくなったんだろう。ほとんど領地へは帰ってこなくなってしまった。亡くなる直前まで、息子がいたことすら、まれにしか思い出さなくなっていたんじゃないかな。死ぬ間際になって、父はぼくに許しを求めたが、もう遅かった。ぼくは心に壁を作るようになっていたんだ」

「でも、それだけではないんでしょう、ニコラス」ロティは彼の顔を見つめた。「わたしも少しはエリザベスのことを知っているのよ」

「エリザベスのことはぼくなりに愛していた。だが、彼女にとっては、それだけでは足りなかったんだ。一度、彼女に言われたことがあるよ。ぼくが生き生きして見えるのは、ピアノを弾いているときだけだって」

「あなたは音楽の世界に我を忘れることができるのね。だから、あんなに上手なんだわ。でも、エリザベスがあなたを愛していたなら、あなたの心の壁を突き崩す方法を見つけたはずでしょう」

「きみがしたようにかい、ロティ？」

「そうなのかしら……本当に？」

「ああ。ぼくは人を愛したくなかった。愛する人を失ったとき、ひどくつらいからだ。だが、今日、ぼくはきみを失うところだった、ロティ」ニコラスはロティの手を取って、てのひらに唇を押しつけた。「きみがいなければ、ぼくの人生はからっぽだ。きみはぼくの心の中に住みついてしまった。きみがいなくなったら、ぼくは父のようになってしまうだろう」

「ばかなことを言わないで」ロティは前へのりだして、ニコラスの唇に軽くキスした。「わたしはもう二度と、あなたのもとを離れてどこかへ行ったりしないわ。でも、約束してほしいの。この先、わたしが子どもを残して死んだとしても、あなたはその子を精いっぱい愛するって。何かを失ったからといって、すべてを諦めてしまうのは弱い者だけよ。あなたは弱くはないわ。わたしの子どもが生きていれば、わたしもその中で生きつづける……でも、たぶんそんな心配は無用だわ。あなたはきっと、とても長いあいだわたしといっしょに暮らさなくてはならないのよ。おそらく、一生ね」

いたずらっぽく瞳を輝かせるロティに、ニコラスは声をあげて笑った。「ああ、そのとおりだ、ロティ。ぼくは父のような男じゃない。ぼくには母の勇気があるんだ。約束するよ、きみとぼくの子どもをずっと愛しつづけると……さあ、部屋へ行って少し休むかい？」

「いいえ、ニコラス。午後のお昼寝が必要になるのはまだ何カ月も先のことよ。明日の朝は、村の集会所を見に行こうと考えているの。建物の一部をわたしの学校に使えないかと思って」

「もし使えなかったら？」

「そのときは、あなたに小さな学校を建ててもらいたいわ。先生にはもう心当たりがあるのよ……」

鏡の前でロティが髪をとかしていると、つづきの部屋の扉が開いて、夫が寝室に入ってきた。彼女はほほえんでブラシを置き、立ち上がった。

「今夜は疲れているかい？」

「いいえ、ニコラス。わたしがさわっただけで壊れてしまうような女だとは思わないで。体の状態はいつもと少しちがうけれど、わたしはか弱くはないわ。愛を交わしても、おなかの子どもに害があるとは思わない」

ニコラスはロティの体に腕をまわし、しばらく妻の顔を見つめていた。そして、屈《かが》んで彼女にキスした。ニコラスの唇はやさしかったが、胸にあふれる飢えと情熱に燃えていた。

「どうして、こんな幸運に巡り合えたんだろう？」彼はかすれた声でささやいた。「あれほど無造作に花嫁を選んで、かけがえのない宝を手に入れるなんて」

「慎重に選んでいたら、わたしたちは決して出会わなかったと思うわ」ロティは表情を曇らせた。「クラリスのこと、ごめんなさい。あの子がフランスに留《とど》まって、面倒を起こさないでいてくれるといいのだけれど」

「彼女には一筆書いてもらった。それに、取り決めを破ったら、牢に入れられることを彼女も承知している。クラリスはもうここへは来ないだろう。だが、もし現れたら、ぼくに言うんだ、ロティ。ぼくが手を打つ。きみの妹は金のためならなんでもする女性だ。きみを傷つけるから言いたくはないが、事実を見据えなくてはならない」

「ええ」ロティはため息をついた。「あの子がパリでしたことをあなたから聞いたときには、信じたくなかった。でも、そのくらいやりかねない子だということは、以前から薄々わかっていたの。クラリスは身の丈にあったお金の使い方を覚えなくてはいけないわ」

「きみの妹の話はもう終わりにしよう」ニコラスはロティの髪や頬を撫《な》でた。「ベッドへおいで、愛《いと》しい人。ぼくがどれほどきみを愛しているか、見せてあげるよ」

ロティは彼に導かれてベッドへ近づいた。シーツの上に横たわり、ニコラスを引き寄せる彼女の胸は激しく高鳴った。はじめてすべてを捧《ささ》げ合ったふたりのキスは、これまでになく甘かった。あらゆる壁は取り除かれ、ニコラスの瞳に差していた暗い陰は跡形もなく消えている。

猛《たけ》る欲望に身震いしたとき、ロティは自分が愛し、愛されていることを知った。彼女のよろこびの声は、ニコラスの荒い息遣いと混じり合った。最後に彼は声をあげ、大きく体を震わせた。ふたりは肌を合わせたまま横たわり、新たに見いだした幸福に我を忘れて、やがて静かな眠りについた。

身代わりの侯爵夫人
2013年5月5日発行

著　　者　アン・ヘリス
訳　　者　長田乃莉子（ながた　のりこ）

発 行 人　立山昭彦
発 行 所　株式会社ハーレクイン
東京都千代田区外神田 3-16-8
電話 03-5295-8091（営業）
0570-008091（読者ｻｰﾋﾞｽ係）

印刷・製本　大日本印刷株式会社
東京都新宿区市谷加賀町 1-1-1

デジタル校正　株式会社鷗来堂

ISBN978-4-596-33162-5 C0297

5月20日の新刊 発売日5月16日

※地域および流通の都合により変更になる場合があります。

愛の激しさを知る ハーレクイン・ロマンス

恋の呪文をささやいて	サラ・クレイヴン／漆原　麗 訳	R-2854
楽園の忘れ物	ケイトリン・クルーズ／田中　雅 訳	R-2855
キスの記憶は消えない	リン・グレアム／井上絵里 訳	R-2856
悪魔との甘美な契約	シャンテル・ショー／槙　由子 訳	R-2857
傷心のハネムーン	メイシー・イエーツ／深山　咲 訳	R-2858

ピュアな思いに満たされる ハーレクイン・イマージュ

愛を許す日	メレディス・ウェバー／西江璃子 訳	I-2275
水の都で二度目の恋を	シャーロット・ラム／大谷真理子 訳	I-2276

この情熱は止められない！ ハーレクイン・ディザイア

砂漠に囚われた花嫁（アズマハルの玉座Ⅱ）	オリヴィア・ゲイツ／中野　恵 訳	D-1563
プリンスの罪な誘惑	サンドラ・ハイアット／高山　恵 訳	D-1564

もっと読みたい“ハーレクイン” ハーレクイン・セレクト

三十日だけ恋をして（ルールは不要Ⅲ）	リアン・バンクス／速水えり 訳	K-150
十七歳の恋	アン・メイザー／江口美子 訳	K-151
ウェイド一族	キャロル・モーティマー／鈴木のえ 訳	K-152

永遠のハッピーエンド・ロマンス　コミック

- ハーレクインコミックス（描きおろし） 毎月1日発売
- ハーレクインコミックス・キララ 毎月11日発売
- ハーレクインオリジナル 毎月11日発売
- ハーレクイン 毎月6日・21日発売
- ハーレクインdarling 毎月24日発売

フェイスブックのご案内

ハーレクイン社の公式Facebook　www.fb.com/harlequin.jp

他では聞けない“今”の情報をお届けします。
おすすめの新刊やキャンペーン情報がいっぱいです。

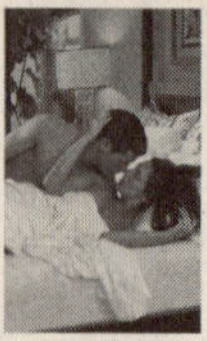

今見逃せない注目の作家メイシー・イエーツ

ボスから婚約者のふりをしてタイ出張へ同行するように命じられたクララ。彼に想いを寄せていた彼女は傷つき、役目を終えたら会社を辞めることを宣言するが…。

『傷心のハネムーン』

●ロマンス
R-2858
5月20日発売

不動の人気を誇る超人気作家リン・グレアム

18歳の時、事故で親友を死なせてしまったアヴァ。3年後、新しく職を得たが、その会社の経営者は少女の頃から好きだった親友の兄だった。彼の呼び出しに…。

『キスの記憶は消えない』

●ロマンス
R-2856
5月20日発売

メレディス・ウェバーが描くアルゼンチン男性との恋

ある事故が原因で、愛した男性から突然の別れを告げられたキャロライン。娘を産み育てながら彼の行方を探しあてたが、再会した彼に冷たく追い払われてしまう。

『愛を許す日』

●イマージュ
I-2275
5月20日発売

サンドラ・ハイアットのロイヤル・ロマンス

名家の令嬢レクシーに、幼い頃から憧れていたプリンスとの縁談がもちあがった。しかし彼女を迎えにきたのは、仮面舞踏会でキスしてしまったプリンスの弟で…。

『プリンスの罪な誘惑』

●ディザイア
D-1564
5月20日発売

3大ラテンヒーロー　スペイン人

漆黒の瞳の大富豪――その体には情熱の血が流れている。

弟を追って訪れたスペインで、謎めいた傲慢な男に出会った。

レベッカ・ウインターズ作『魅惑の貴公子』(初版:I-1116)

●プレゼンツ 作家シリーズ別冊／PB-130　**5月20日発売**

秘書ドルーは、ボスへの想いを胸に秘めながらも退職を告げた。ところが優秀な彼女を手放したくないボスに騙され、アドリア海に連れ出されてしまう。

ケイトリン・クルーズ作『楽園の忘れ物』

●ロマンス／R-2855　**5月20日発売**